1964年と2020年の東京五輪をまたぐ
ＪＡＬハイク・プロジェクト50年超の軌跡

子ども地球歳時記
ハイクが新しい世界をつくる

柴生田 俊一 [著]

🔴日本地域社会研究所　　コミュニティ・ブックス

まえがき

　柔道は日本発祥の武術であるが、今ではジュードーとして、世界中で愛好されている。スポーツに限らず、寿司（スシ）、能（ノー）、盆栽（ボンサイ）、畳（タタミ）など、カタカナで呼ばれる日本発祥の文化が増えてきた。俳句（ハイク）もその一つで、その国の言語でハイクを創作するハイジンが増えてきた。

　しかし、俳句は柔道や寿司ほどポピュラーではなく、数百万いるといわれる俳人のなかでも、ハイクの存在を知っている人は少ない。知っていても、俳句とハイクは別物だ、外国人に俳句が分るはずがないと考える人が多い。

　私は40歳半ばまで、ハイクが存在することを知らなかった。ハイクが戦後米国で創作されるようになり、JALが東京オリンピックの前年に、全米でハイク・コンテストを行ない、ハイクの大衆化に貢献したと聞き、びっくりした。

　1983年のある日、早稲田大学の佐藤和夫先生が来社し、「これが特選ハイクです」といって、"HAIKU'64"というJapan Air Lines発行の小冊子を開いたのである。

A bitter morning	寒い朝
Sparrows sitting together	雀が群がっている
Without any necks	首をすぼめて

　私のみならず、広報の誰に聞いても、そんな事実は知らなかった。会社の20年史にも30年史にも、広報部のファイルにも記録がなかった。

　しばらくして、部内のジョフリー・チューダーが「合衆国におけるハイクの普及」というA4、1枚のコピーをみつけてきた。「1962年まで、ハイクは難解なテーマだった。私はこの年、ハイクを普及させ、これを大衆的なテーマに変えた」と前置きして、東京オリンピック誘致のキャンペーンとして、全米ハイク・コンテストを行なったことが書いてある。

　一体誰が、このレポートを書いたのだろう。佐藤先生の小冊子と広報部のレポートのコピーを手掛かりに、やっと当時米州営業部の宣伝課長をしていたダン・中津であることを突き止めた。ダン中津は1967年、米州支社がサンフランシスコからニューヨークに移るときに退職していたが、1987年当時は健在で、サンフランシスコで会うことができた。

　本書は、何ゆえにJALは1963年に米国でハイクの普及活動を始めたか、そ

して、何も知らなかった一企業人の私が、何ゆえにハイクの国際化に目覚め、やがて、世界の子どもたちを対象とする「地球歳時記」の編纂活動を始めたか、その過程を記録したノンフィクションである。

　私が主体的に関わったのは1990年までであるが、幸い本事業は継続され、日本航空（およびJAL財団）は目下、第16回世界子どもハイク・コンテストを推進中である。

　そして、2020年、日本は再び東京オリンピックを迎えようとしている。JALはハイクの翼となり、世界中で子どもたちを対象に、ハイクの受粉活動をしている。テーマは「スポーツ」とか、はたしてどんな「地球歳時記」ができあがるだろうか。

目次

まえがき ……………………………………………………… 2

第1部　米国におけるハイク ……………………………… 7
1　全米ハイク・コンテスト ………………………………… 8
2　禅とハイク ………………………………………………… 11
　（1）ハケット、禅の修行 ………………………………… 11
　（2）「世界ハイク」の展望 ……………………………… 13
　（3）ハケット、日本訪問 ………………………………… 15
　（4）ハケット、処女句集 ………………………………… 18
　（5）禅とは何か、禅ハイクとは何か …………………… 21
　（6）生きることと自然への共感 ………………………… 24
3　ビート世代 ………………………………………………… 28
　（1）"ビート詩人"たち …………………………………… 28
　（2）ビート作家たち ……………………………………… 31
　（3）ケルアック『路上』 ………………………………… 34
　（4）アメリカのライフスタイル ………………………… 37
　（5）ギンズバーグ『吠える』 …………………………… 40
4　サンフランシスコ・ルネッサンス ……………………… 44
　（1）シックス・ギャラリー、詩の朗読会 ……………… 44
　（2）仏教と俳句 …………………………………………… 47
　（3）文学運動 ……………………………………………… 50
　（4）社会への反発 ………………………………………… 53
　（5）60～70年代の予見 …………………………………… 56
5　カウンター・カルチャー ………………………………… 60
6　ハイクの大衆化 …………………………………………… 63
　（1）全米ハイク・コンテスト …………………………… 63
　（2）全英大学生ハイク・コンテスト …………………… 66
　（3）佐藤和夫──ハイクとの出会い …………………… 69
　（4）小学校でハイクの授業 ……………………………… 72
　（5）先駆者──エリザベス・スコフィールド ………… 76
　（6）詩の創作とハイク …………………………………… 79

（7）失敗例 ― 全米高校生ハイク・コンテスト ……………	83

第2部　子どもによるハイク …………………………………… 87
1　ハイクとの出会い …………………………………………	88
2　俳句の国際化 ………………………………………………	90
3　子ども俳句との出会い ……………………………………	92
4　全国学生俳句大会への協賛 ………………………………	95
（1）子ども俳句の不思議な魅力 …………………………	95
（2）水野氏の活動 …………………………………………	97
5　カナダ子どもハイク・コンテスト ………………………	101
（1）国際交通博覧会 ………………………………………	101
（2）子ども俳句展の準備 …………………………………	103
（3）俳句イベント …………………………………………	105
（4）子どもハイク・コンテストの準備 …………………	108
（5）ハイク・コンテストの実施 …………………………	111
（6）入選作品集 "Out of the mouths…" の出版 ………	114
（7）ジャック・スタムの経歴と英訳 ……………………	118
6　北米ハイク・コンテスト …………………………………	124
7　全伊ハイク・コンテスト …………………………………	129
8　ハイク・コンテストの対象 ― 世界の子どもたち ……	134
9　オーストラリア子どもハイク・コンテスト ……………	136
10　世界子どもハイク・コンテスト …………………………	143
（1）国際花と緑の博覧会 …………………………………	143
（2）ハイクイベントの再検討 ……………………………	147
（3）日航財団の設立 ………………………………………	148
（4）世界各地のコンテスト、選考・表彰 ………………	152
（5）ハイク・アドベンチャー ……………………………	159
（6）ハイク・フォーラム …………………………………	164
（7）『地球歳時記90』 ……………………………………	169
（8）『地球歳時記92』 ……………………………………	173

第3部　詩としての子どもハイク ……………………………… 179
1　思い出 ………………………………………………………	180

（1）東京ビル9階・広報部 ― 紙ヒコーキ ……………… 180
　（2）羽田機体工場 ― B747の重整備 ………………… 182
　（3）カナダから社用貨物 ― 子どもたちの絵とハイク ……… 183
　（4）航空局総務課 ― 日航財団の設立申請 ………… 185
　（5）生口島 ― 灯篭流し ……………………………… 187
2　覚え書き ……………………………………………… 190
　（1）学校教育のカリキュラム、定型詩 ………………… 190
　（2）韻律、朗読 ………………………………………… 191
　（3）ハイクの翻訳 ……………………………………… 194
　（4）創作の適齢期 ……………………………………… 195
　（5）絵、イラスト ………………………………………… 198
　（6）地球歳時記の編纂 ………………………………… 201
　（7）"Haipedia"に託する夢 …………………………… 203
3　詩人と子ども ………………………………………… 206
　（1）芭蕉、俳諧は三尺の童にさせよ …………………… 206
　（2）マコーレ、偉大な詩人にならんと欲する者は、
　　　先ず小さな子どもになれ …………………………… 207
　（3）想像力 ……………………………………………… 209

あとがき ………………………………………………… 211
参考文献 ………………………………………………… 214
人名索引 ………………………………………………… 218

第 1 部

米国におけるハイク

1　全米ハイク・コンテスト

　1963年のある日、いつものように車を走らせながら、自社提供の音楽番組を聴いていたダン中津はふと、このＤＪを使えば面白い企画になるのではないかと思った。ダン中津はサンフランシスコにある日本航空・米州支社の宣伝課長である。数カ月前から、東京オリンピックのオフィシャル・キャリアとして、どんなキャンペーンを展開したらいいか、ずっと思案していたのである。

東京オリンピックの開催
　ダン中津は日系２世である。米国国務省のサンフランシスコ空港事務所で、東洋から米国を訪れる有名人を迎える国際関係の仕事をしていた。日本航空が太平洋線を開設することになり、米州支社の広報・宣伝スタッフとなった。1954年２月、同社初の国際線はプロペラ機により、羽田〜ウェーキ〜ホノルルを14時間、ホノルル〜サンフランシスコを４時間で結んだ。乗客はほとんど米国人で、米国発の商用客や外交官・軍属と、里帰りの日系人観光客で占められていた。
　1959年９月のパン・アメリカンに続いて、1960年８月、日本航空もジェット機を就航させると、太平洋線は黄金時代を迎えた。
　1964年、東京オリンピックが開催されることになった。日本航空はオフィシャル・キャリアとして、1962年からオリンピックのＰＲとフライ・ジャル・キャンペーンを開始した。
　ほとんどの米国人は、オリンピックが東京で開催されることも、日本の航空会社が米国に乗り入れていることも知らなかった。無名の日本の会社としては、日本のいいところは、文学、美術、歴史、習慣など、何でも宣伝の武器にすべきだと、ダン中津は考えた。詩人ではなかったが、日本の詩に対する認識はあった。あるとき、アメリカはおそらく俳句を歓迎するんじゃないかという考えが、頭に浮かんだ。そのきっかけは、サンフランシスコのKPIXという有線ステージに出ている有名なディスク・ジョッキーだった。通勤途上で聴いているうちに、考え方がまとまり、このちょっと変わったキャラクターを使い、ローカルでオンエアして、全国規模のハイク・コンテストをやるべきだという見通しがついた。広告代理店のボツフォード（ケッチャム）と相談したところ、優秀なスタッフと考え方が一致し、やろうということになった。

第 1 部　米国におけるハイク

全米から 4 万 1000 句

　日本航空がいくら太鼓をたたいても無理だ。支店が少ない。相手は大衆だ。新聞記事を出しても、すぐに消えてしまう。したがって、ＰＲでなく、宣伝のプログラムとしてやるべきだという結論になった。日本航空は毎年 2 回、最小限度 13 州でラジオ・キャンペーンを予定していたので、この枠を利用して、コンテストを行なうことにした。

　全米の主要 18 都市の中から、法律的問題のある CHI を除き、SFO、SEA、SAN、LAX、WAS、NYC、BOS、CLE など、17 のラジオ・ステーションが選ばれた。各ステーションは、日本航空の指導のもとで、自分のプロジェクトとして、ハイク・コンテストを行なう。日本航空は、スポンサーとして入選者に対して賞品を提供する。応募者への資料などは全部日本航空が用意して、ステーションはその企画どおり動けばいいようにした。どれもすでに宣伝に使っているステーションだから、こうしたキャンペーンに馴染んでいた。
「ハイクを作って、東京オリンピックに行こう」。

　企画は 1964 年 1 月から開始し、5 〜 6 月の 4 〜 5 週間、コンテストが行なわれた。ステーションごとに、音楽を流しながら、ＤＪがハイクの作り方や、応募ハイクの紹介などを行ない、1 週間ごとに応募ハイクの中からベスト 5 を選んでいく。この予選にあたっては、日本航空は何もしなくていい。各ステーションの選んだ 5 人に対して、ソニーのミニテレビ、カレンダー、フライトバッグ、ハッピコートなどを、賞品として毎週提供する。ラジオ・ステーションは、変わった行事で面白い、局地的に目立つ、お互いに競争し、自分のためになるプロジェクトと考えた。コンテストは口コミで、インフルエンザのように全米に波及していった。全米から 4 万 1000 句の応募があり、予選の結果、17 局×4 週間×5 句＝340 句が選ばれた。

　本選の最終審査はアラン・ワッツが行ない、Ｊ・Ｗ・ハケットが特選に選ばれ、日本航空から日本への旅行費用 2 人分（航空券を含む）が提供された。ハケットはその後、ハイクの本を何冊も書き、ハイクの権威になった。

　ラジオ・ステーションを対象にもう一つのコンテストが行なわれた。17 局のうち、一番うまくプロモーションをやったところに、日本航空から日本への旅行費用 2 人分が提供された。サンディエゴがプロモーション賞を獲得した。新聞社と提携していたので、配送トラックが "We put San Diego on HAIKU BINGO" と大書したステッカーをボードに貼り付けて走った。

ダン中津の回顧

　応募は7〜8歳の子どもから老人まで、いろんな人がよろこんで参加してくれた。書こうとして出さなかった人もいただろう。実際エントリーした人が4万人余り、日本の歌会初めの2万9000に比べても、決して小さくない人数だと思う。

　アメリカ人は、文化熱、文化に対する尊敬や欲望が強く、とくに、東洋や日本に行った人間は日本のよさを散々褒め称えた。旅行者は何ゆえ日本がいいのか知っていた。

　日本人は枯れ枝一つ見ながら楽しむことができるが、アメリカ人は文化的欠乏感を埋めるために、身の回りに物質的にアートや花壇を並べたがる。そういうアメリカ社会に、こういう立派な art of form があることを紹介する。

　ハイクに対しては、大衆、とくに児童たちが関心をもっている。ハイクは個人の感想、エモーションであるが、その中に人間、自分が出てはダメだ。自然をみて、それを通して、universe を感じる。愛や怒りが入らない。I love you ではない。日本独特。

　日本航空のハイク・コンテストが展開される前、ハイクはある学者の中でしか知られていなかった。その後、根強いアメリカの市場に広がった一つの art of form になった。とくに、小学校に広がった。

　シスコの図書館には日本の文献がいろいろあったが、全部出てしまった。間接的に日本に対する意識が高まった。もっともはっきり反応したのが小学校の全米の先生たちだった。ハイクは、very challenging、簡単なようで簡単ではない、創意的にうまい文章、英語の感性に合致、どんどん図書館に行って勉強した。

　シスコの2人の白人、今42〜43歳、2人ともコンピュータ・プログラマー。寿司を食べ、思い出話をしていた。「ハイスクールの学生のとき、ハイクを書きなさいと先生にいわれてやった覚えがある。なるほど、やれば簡単なようだが、深い意味がある。その経験が楽しかった」。

2　禅とハイク

　大拙は1938年に『禅仏教とその日本文化への影響』を出版し、1949〜58年に全米各地で講演や講義を行なった。弟子のブライスは1942年に『英米文学と東洋古典における禅』、1947〜52年に『俳句』4巻を出版した。2人は俳句を禅文化の一つとして紹介し、1950年代に米英における禅や俳句のブームを巻き起こした。

　全米ハイク・コンテスト（1964、日本航空）で優勝したJ・W・ハケットは、この大拙とブライスを師匠として、禅の道に入り、ハイクの道に進んだ。英語ハイクの草分けであるとともに、「禅ハイク」の最高権威である。いま76歳、ハワイ州マウイ島で、パトリシア夫人や愛犬4匹とともに、禅三昧の隠遁生活をしている。

　以下、しばらく、ハケットを中心に、戦後の世界ハイクの原点、「禅と俳句」を振り返ってみたい。

（1）ハケット、禅の修行

　ジェームス・ウィリアム・ハケットは1929年、米国ワシントン州・シアトルで生まれた。父親は自然風景を描く画家だった。ワシントン大学で歴史と哲学を専攻し、優等で卒業した。在学中の1953年8月、同大学で音楽を専攻していたパトリシアと学生結婚した。

　学位論文のテーマは芸術史に決め、1956年、ミシガン大学・大学院に進学した。進学にあたっては、将来の職業として美術館館長を志し、複数のトップクラスの大学院を受験し、ハーヴァード大学を含め、そのすべてに合格したが、ハーヴァードは私立で学費が高いので、州立で学費の安いミシガンを選んだのである。

　ワシントン大学では、東洋哲学を選び、とくに道教と禅を学んだ。禅仏教の指導を、鈴木大拙、並びにセンザキ・ニョゲン、中川宋淵、緒方宗博の3老師から受けた。3人の老師は、いずれも日本から派遣されてきた禅仏教の指導者だが、ニョゲンには著作により、宋淵、宗博には直接指導により、禅の修行を積んだ。

　大拙は非常に高齢であったが、その著書や講演により、禅仏教がさまざまな日本文化を生み、俳句もその一つであることを知った。ハケットは大拙からブライスを紹介され、ブライスの著作を読み、さらに文通するようになった。

　それはドラマチックな事故だった。ハケットは血の海に横たわりながら、救急車を待った。

そうしながら、禅の指導者たちが語っていた「永遠の今」（eternal now）とは何かを、初めて悟った。それは今までアカデミックで抽象的な言葉にすぎなかった。しかし、事故を体験することにより、ハケットは初めて「永遠の今」の意味する全体を認識したのである。
「ある禅の修行者が書いているように、私は子どものときに戻り、現在只今の一瞬一瞬に、自分の嗅覚・視覚・触覚など、感覚のすべてを委ねた。このようにして、禅は超越的な世界に入るのだ。私はもはや概念的存在でも抽象的存在でもない。真の禅が、鳥たちの囀りのように響き、私はいま熱帯の鳥たちに話しかけている」

ハケット、ハイクの創作
　ハケットの手は麻痺し、ペンを握ることもできなかった。ミシガンの酷寒の冬は、こんな身体に堪えがたかった。ハケットは友人の誘いを受けて、妻とともに、家財道具を積んだトレーラーを引きながら、アリゾナ州ツーソンを目指した。その友人は仏教詩人で、ハイクを作る態度として、重要なことを二つ教えてくれた。「一つは、現在只今の場所と時間（here and now）、もう一つは、人間を含む大いなる自然の素晴らしい創造物、我々の頭脳や言語による知的思索では等閑にしている存在と心を通じ合うことだ（spiritual interpenetration）」。
　事故を経験して、ハケットは生まれ変わった。もはやアカデミックな成果には無頓着になり、関心の対象はもっぱら自然であり、できる限り現在只今に生きることだった。今までの知的な生き方をやめ、創造的な生き方を模索した。創造的な芸術形式として、自然画家の道は選べなかったので、友人の言葉もヒントになって、ハイク詩人を目指すことにした。
　妻のパトリシアが、サンフランシスコ市立大学で音楽教授の職を得たので、ツーソンは半年ほどで、サンフランシスコに移った。
　ブライスとの文通はミシガンで始まったが、それから1年余り経ち、サンフランシスコに移った頃である。ブライスの著書に、「私が書けるどんな言葉よりも、いま私が書いているペン先の音の中に、もっと深い意味がある」という一文があった。禅は言葉を超越する。ハケットはブライスが禅を理解している、我々は禅を共有している、すぐピンときたので、ブライスへの尊敬の気持ちをこめ、初めて自分のハイクを添えて、手紙を出した。2週間ぐらいして、ブライスから信じられないほど長い返事がきた。ハケットのハイクを称賛し、今後も書き続けるように、励ましの言葉が書き連ねてあった。ブライスはとても賢明で強い人なので、

いつも自分の直感に従うことができた。そういうブライスから、このような手紙を受け取ったので、ブライスへの敬愛の念はますます強まった。

ブライスの長女、春海はいまカリフォルニアに住んでいるが、父親がハケットから手紙を受け取ったときのことをはっきり憶えている。ブライスは大変うれしそうな面持ちで、家族のいる部屋に入ってくると、「あるアメリカ人が本物の俳句を英語で書いた」と言った。

ハケットの片腕は麻痺し、病気を併発していた。2人の受難の生活は続いた。ブライスはとても深い精神の持ち主だったので、ハケットの詩から事態を察知することができた。そして、こう書いてきた。「あなたの受難は精神的な道を歩むためにとても重要です。精神的・肉体的な試練を受けた者のみが、他の人々や他の生き物たち、虫や犬や鳥などと交感できるからです」。ハケットはこうして、少しずつ試練を克服していった。

（2）「世界ハイク」の展望

ブライスは『俳句の歴史』第2巻の最終章を「世界ハイク」とし、日本以外のハイクに初めて言及し、次のように展望している。

　俳句の歴史における最新の展開は、誰も予測できなかったことであるが、日本の外で日本語によらない作句である。今や、ロシア語やセレベス語やサルディニア語でハイクが書かれる日がやがて来ることを、かなりの確信をもって断言できるかもしれない。
　しかし、ハイクがどの地域で作られようと、その形式が必ず問題になるに違いない。欧米人はハイクを2行連句にするか、3行連句にするか、頭韻詩にするか、自由詩にするか、無作法な人たちが「散文の滴り」と呼ぶものにするか、あるいは日本語におけるような5・7・5音節にするかを決めなければならない。……ハイクの形式は、英詩におけるソネット、無韻詩、その他の借用形式に比べると、単純でとても「自然な」形式である。よくある英語ハイクの形式はおそらく3行で、2行目は他の行より長目のものである。リズムは2－3－2で、押韻は適切で偶発的であっても避けるべきである。季語はなくてもいいが、四季のどれであるかを示唆できればとても有利である。

次に、ハケットから受け取った手紙の一節を紹介している。

　俳句は基本的には、文学的というより実存的、あるいは、一つの詩の形式とい

うより一つの経験であると思います。「俳句は端的に現在只今起こっていることである」という芭蕉の言葉は、直観的な経験が俳句の基礎であると見なしていたことを示すものです。……音節や行に関してはすべて随意であり、また、そうあるべきことは明らかなようです。なぜなら、俳句は究極的には一つの詩の形式以上のもの、一つの生き方、生の知覚だからです。……

　最後に、ハケットのハイクの特徴を述べた上で、そのハイクを紹介している。
　次に紹介する30句（実際には31句）はサンフランシスコのJ・W・ハケットのいずれ出版される本から無作為に選んだハイクである。これらは決して単なる日本の俳句の模倣でもなければ、文学的な逸脱でもない。これらは禅経験、実現、対象そのものの自己における現実化であり、理性的思考にとっては不可能だが、経験においては可能な「すべての詩人の信念」である。（以下、岡田史乃：俳訳）

> Two flies, so small　　　　　とても小さい２匹の蠅
> It'a wonder they ever met,　　不思議だ、彼らが出会って
> are mating on this rose.　　　この薔薇の上で交尾している
> 　　― 薔薇の上小さき蠅の交尾かな

> City loneliness　　　　　　　町の孤独が
> dancing with a gusty wind　　突風と踊っている
> yesterday's news.　　　　　　昨日のニュース
> 　　― 街騒の木枯しの呼ぶ孤独かな

> Snow viewing…　　　　　　　雪景色
> the shape of my loneliness　　私の孤独の形
> each winter breath.　　　　　どちらも冬の息
> 　　― 我が孤独息のごとくに雪景色

> Summer verandah　　　　　　夏のヴェランダ
> listening to fluttering birds:　ばたばたと飛ぶ鳥を聴きながら
> the cat's tail.　　　　　　　猫の尻尾
> 　　― 羽博きを猫の尾が聴く露台かな

Now centered upon	古い骨のにおいに
the flavor of an old bone,	集中している
the mind of my dog.	私の犬の心

　　　― 古骨の匂い嗅ぐ犬春の土

Deep within the stream	川の深いところで
the huge fish lie motionless,	大きな魚が動かずにいる
facing the current.	流れに逆らいながら

　　　― 動かざる大き凍て鯉川激し

This leaf too,	この葉もまた
its colors eaten into lace,	その色々は食べられてレースとなり
floats on the stream.	流れに漂う

　　　― 流れゆくレースの如き紅葉かな

"禅の精神"と俳句

　ハケットはブライス博士と話を交わすのでなく、その脇に座って、ただ静かにお茶を共にしたかった。2人の関係は"文学的"ではなく"精神的"なものであり、禅の精神は言葉を超えるものだった。ハケットにとって、禅は宗教ではなく精神的哲学だった。

　「大拙博士やブライス博士の禅仏教に関するエッセーを注意深く読めば、"禅の精神"が俳句に及ぼした影響を容易に知ることができる。"禅の精神"と"禅の宗教"とははっきり区別しなければならず、前者が芭蕉に影響を及ぼしたのだ」と、ハケットは言う。

　「芭蕉の師匠は仏頂だった。個人的には、禅の精神こそが芭蕉を真の偉大な詩人にしたものと信じる。なぜなら、芭蕉の初期の詩には格別重要なものはなく、その詩が偉大になるのは禅を学び始めた後である」

（3）ハケット、日本訪問

　ハケット夫妻が日本を訪れると、その数カ月前に、ブライスは死去していた。突然の死であったらしく、ブライスが病気であることすら知らなかった。ハケットには、ブライスの他に、訪ねるべき日本人が2人いた。緒方宗博と中川宋淵である。

南禅寺、緒方宗博

　ミシガン大学の卒業コースに進み、美術館長職を目指し、有名なアメリカ人のプランマー教授のもとで、日本美術を学んでいるときだった。ある日、プランマー教授は、たまたま大学を訪れていた緒方宗博という京都から来た禅の老師を、自分の授業に招き、2人で日本美術と禅の合同講義をしてくれた。

　宗博の講義を聴いて、ハケットは禅の虜になった。今までは書物を読んだだけだった。禅の精神的展開への関心がとても強かったので、ハケットは老師を自分たちのアパートに招き、さらに講義してもらうことにした。老師は僧衣をまとって来た。教室で講義したときは洋服だったので、びっくりした。宗博が美しい黒いガウン姿で階段を上がってくる情景を、ハケットは今でもはっきり思い出す。京都の南禅寺を訪ねると、宗博は心臓麻痺を患い、自室で床に臥していた。老師は大変心の広いやさしい人だった。ミシガン大学のアーヴァーでのことはよく憶えていて、ハケットにとってとても大切なことを言った。「日本の禅をそのままアメリカに持っていくべきではなく、禅はアメリカにおいてそれ自身の土壌の上に育つべきである。あなたのハイクは禅の真の精神をアメリカにもたらすもっとも良い手段の一つになるだろう」。

　この死の迫りつつある床で、宗博が言った言葉はその後のハケットに大きな影響を与えた。「今日まで、私自身の禅に対する感情は、このように普遍的なのだ。それは日本的な禅に限定されない。悟りという禅の覚醒は国籍・民族・宗教のあらゆる限界を超えるものだ」とハケットは言う。

龍澤寺、中川宋淵

　中川宋淵は何度もアメリカに来たし、日本でも大変尊敬されている。ハケット夫妻は三島の彼の寺、龍澤寺に何度か滞在した。寺院には仏像や仏画など、仏のイメージは一切なかった。しかし、近所の農民たちには仏のイメージが必要なので、彼らがやって来る週末になると、菩薩の掛け軸が掛けられた。仏画や仏像はシンボルである。真の禅は直覚の生きた哲学であるから、概念にすぎないシンボルを超越するものである。ブライスも著書の中で「禅は世界の非シンボル化である」と述べている。

　ハケットの詩集『禅ハイクと他の禅詩』に収録されている「龍の日」という詩は、ハケット夫妻が中川宋淵と過ごした日を描いたものである。詩のどの行も実際に起ったことである。

　夫妻は僧房の一室をあてがわれ、布団の中で眠っていた。障子の開く音がして、

「ミスター、だるま」と囁く声がした。「富士と一緒に太陽に挨拶しよう」。僧房は富士山の裾野にあった。夫妻は着替えて、外で老師に会い、富士山への道を登り始めた。

How wise those masters of reality	現実の宗匠たちは、かくも賢く
who divined the path should	道を予示し、使途たちを
lead disciples away from their tomb	眠っている墓から
to the mountain beyond	山の彼方へと導く。
And though the trail in the dawn	そして、暁の通り道は
was dark and overgrown, a blazing line	暗く生い茂っているが、一筋の
of ancient Buddhas showed the way.	古の仏陀の光が道を示す。
Slowly we climbed beyond words and ceremony	我らはゆっくり登る、言葉や形式を超えて
through a wood whose calm was cadenced	一本の木を通り抜けて、その静けさは韻律となる。
by the humming of mosquitoes	蚊のうなり声と
and the drum of the rōshi's wind.	老師の風切る音によって。

拓けた場所に達したとき、ちょうど太陽が上がり始めた。3人は腰を下ろし、富士山が曙光に挨拶するのを見つめた。

On feeling the first moment of sun	曙光が頂きに触れる瞬間、
with the summit, we bared to the waist	我らは腰を折り
and performed a solemn obeisance:	恭しくお辞儀した。
one full of Zen's uncommon reverence	永遠の今に対する
for this eternal Now.	禅の崇敬をこめて。

禅問答、禅ハイク

　禅僧たちはとても面白い意外なことをする。宋淵はガウンを腰まで下ろし、「同じようにしなさい」という。太陽が上がってきて、富士山が彼方にある。「さあ、相撲を取ろう」。宋淵は腰を落とし、膝に手を当て、ハケットも同じようにした。2人は相手の目を見据えて睨み合った。相手が動くまで動こうとしなかったが、2〜3秒経って、ハケットはついに心の命ずるままにすることにした。彼は愛情

と尊敬をこめて老師を抱擁した。

>   a treasured moment of mutual embrace　相互抱擁の秘蔵すべき瞬間
>   between a windbell from the West　西洋からの風鈴と
>   and a summit spirit of the East.　東洋の頂上精神との

　宋淵は「成る」の状態に入り、経を唱え始めた。数分後、2人はそれぞれ太陽が富士山に上がってくるのを眺めた。宋淵がハケットに「富士を笑わせることができるか？」と尋ねた。禅問答である。彼らは尾根の頂上にいた。向こうに富士山があり、棚田越しに谷を見下ろすと、鷹が舞っている。ハケットは即座に下方を指し、「鷹を見よ、いかにも景色を楽しんでいる」。かくして、禅問答に合格した。
　次の晩、宋淵は「僧たちの集まりに出て、自分の詩を朗読しなさい。私が日本語に翻訳するから。」とハケットに言った。

>   Searching on the wind,　風に乗って獲物を捜す
>   the hawk's cry　鷹の叫びは
>   is the shape of its beak.　その嘴の形
> 　　　── 嘴や風に乗りゆく鷹の声

　ハイクを朗読すると、宋淵老師が問うた。「鷹の声は如何に？」ハケットは即座に答えた。「ぎゃあっ！」。老師は大笑し、僧たちは喝采した。宋淵はハケットが悟りを得ていることを知っていた。

（4）ハケット、処女句集

　ハケットが初めてハイクを作ったのは1956年、ミシガン大学で卒業論文に取り組んでいるときだった。プランマー教授に提出する日本美術史の期末レポートにハイクを書き入れた。
　致命的な事故の後、ハケット夫妻はアリゾナのツーソンの友人宅に居候した。そこで、ジョン・ファーの手ほどきを受けて、ハケットはハイクの創作に打ち込むようになった。
　ブライスとの文通は1959年から1964年まで5年間に及んだ。1年半ほど経って、ハケットは初めて手紙に自作のハイクを入れた。
　ハケットは、処女句集『ハイク（Haiku Poetry）』の献辞にこう書いている。「ま

ず妻に、その無数の有用な示唆とタイピングの助力、次に、ジョン・ファーに、その激励がなければ、決して創作活動を始められなかっただろう、そして、R・H・ブライスに、その霊感溢れる俳句の著書から多くを学んだ、その終始変わらぬ励ましなくしては……」。

処女句集「ハイク」
　ブライスは1964年10月死去したが、その前年からハケットの処女句集刊行を北星堂に掛け合ってくれていた。『ハイク（Haiku Poetry）』第一集は1965年に出版された。定価は1ドル50セント、74ページ、A5サイズ、和風の簡素で上質な仕上げになっている。
　処女句集は「パンケーキ」のように売れ、5〜6万部のベストセラーになった。ブライスは序言で次のように書いている。
———これらの素晴らしいハイクは、日本の俳人の秀句と同じように、文学や詩というよりも、詩的経験の直接交流なのである。「最上の言葉」ではなく的確な言葉、シューベルトの音楽よりもバッハの音楽に近いのである。
　この能力を得るためには、直接の知覚を表現するには、自己のすべてを対象に注入し、対象をして自己のあらゆる部分に浸透せしめるには、心身にきつい労苦を課さなければならない。……エマソンが「世界に数多くいるはずはないが、本当に重要な人々がいる」と言っているが、ハケット氏はまさにそういう人々の一人である。———
　ハケットの序文と献辞があり、その後に、ハイクが1ページに3句ずつ、全部で180句並んでいる。その中から既出の句を除き、いくつか紹介する。（俳訳：岡田史乃）

　　Autumn evening…　　　　　　　秋の夕方……
　　the weight and shape of this moment　この一刻の重さと形は
　　is a distant bell.　　　　　　　　遠い鐘である。
　　　　——一刻の重さと形秋夕べ

　　Butterfly slender　　　　　　　細長い蝶
　　folds into a tall silence　　　　羽を畳んで丈の高い沈黙になる
　　upon the flower　　　　　　　　花の上で
　　　　——沈黙の丈をたたみし花の蝶

The gust of wind	一陣の風
that is trying on that shirt	あのシャツの上で試みている
needs a larger size!	もっと大きいサイズが欲しい！

　　　　― 夏疾風大きサイズのシャツを欲る

Frog waits as a stone	蛙が石のように待つ
within this mountain spring	この山の泉の中で
all but his yellow eye!	その黄色い目あるのみ！

　　　　― 山泉動かぬ蛙(かわず)の目の黄色

The spider spins round	蜘蛛は回りながら
and round his ancient designs,	その古代のデザインを仕上げていく
bound for the center.	中心に向って

　　　　― 中心へ古代模様を作る蜘蛛

Snail may creep his way,	蝸牛は這っていくしかないが
but see how he binds with silver	ほら、銀を貼りつけていく
each moment he leaves.	置き去るひとつひとつの瞬間に

　　　　― 蝸牛這ひし跡より銀の道

Night shades disappear,	夜の闇が消えると、
and within each dew begins	一つ一つの露の中で始まる
a play of hues.	色の戯れ

　　　　― それぞれの露に色おく夜明けかな

作句心得20カ条

　ハケットは処女句集の巻末に付録として、英語ハイクをつくるための示唆として、次の20カ条を挙げている。この作句心得は、後の句集「禅と禅ハイク（Zen and Zen way of haiku）」では12カ条にするなど、時々に少しずつ変えている。

1、生は俳句経験の源泉である。だから、この現在只今を記録せよ（現在時制で書け）。
2、俳句は日常生活の詩であり、平易が俳句の領分であると、記憶せよ。

3、自然の対象をしっかり熟視せよ。見えなかった驚異が自ら顕れるであろう。
4、対象が何であろうと、自我と同一になれ（相互浸透せよ）。それは汝である。
5、汝の自然について、独りで静かに熟考せよ。
6、物事のあるがままを放棄するな。自然はあるがままに反映されるべきである。
7、3行、ほぼ17シラブルで書くようにつとめよ。日本語の5・7・5形式はよい規範であるが、英語においてそれに執し過ぎると、埋め草や巧み事に陥りかねない。
8、自然な英語の構文法で、汝の経験を表現せよ。
9、ありふれた言葉のみを使え。
10、示唆せよ、しかし読み手にとって十分だけを伝えたか、混乱や不明をもたらす俳句になっていないかを確認せよ。
11、汝の明快な直感を人工の犠牲にしてはならない。言葉の選択は意味によって管理されねばならない。
12、押韻などの詩の技法が目立ち過ぎて、内容から逸れるようではいけない。
13、俳句の本当の質は美しさでなく生命である。
14、可能なら季節に言及せよ、広がりを加えることになる。季節は詩人の題材や修飾語に包含され得ることを記憶せよ。
15、ぼんやりした引喩は決して使うな。俳句は直覚であって知的ではない。
16、ユーモアを無視するな、しかし単なる機知は避けよ。
17、詩を1行ずつ大きな声で詠め、見えない趣向が通常聞きとれるから。
18、単純化、単純化、単純化せよというソローのアドバイスを心にとめよ。
19、汝が伝えたいものをまさしく伝えるまで、詩の各行にとどまれ。
20、俳句は月を指す指である、しかし、その手に宝石がついていれば、指の指すものを見ないというブライスの警告を忘れるな。

（5）禅とは何か、禅ハイクとは何か

　禅の流行をきっかけとして、戦後アメリカでハイクが作られるようになったが、本当に禅の精神にもとづいて、ハイクを作っている人は少ない。ハケットは禅ハイクを作っているが、それ以外の流派を否定しているわけではない。精神的ハイクもあれば文学的ハイクもあり、自分は前者の方を作っているのだという。
　いささか手に余るテーマだが、禅とは何か、禅ハイクとは何かを、鈴木大拙やR・H・ブライスの著書に拠って考察し、ハケットの持論を紹介することとしたい。

禅とは何か

　大拙は英米に禅を広めた最大の功労者である。その難解な教義を面白い譬えを引用しながら、分かりやすく説くとともに、日本文化が禅をベースとしていることを明らかにした（参照：『禅と日本文化』）。

　禅の教義は大乗仏教の一般教義と同じである。大乗仏教における仏陀の精神は般若（超越的智慧）と大悲（愛、憐情）である。般若を得れば我々は事物の現象的表現を超えてその実在を見得することができる。そのとき大悲が自在に作用し、愛がその利己的な妨げを受けずに万物に及ぶことができる。仏教では愛は無生物にまで及び、愛の及んだ事物は成仏する定めになっている。

　禅が他の大乗仏教と異なる点は、その目的にある。禅は仏陀の教えの周囲に堆積した一切の皮相的な見解（経典、儀礼など）を除去して、仏陀の精神を直接見ようとするのである。禅は知的作用によって生まれる論理と言葉を蔑視する。我々が知性に屈服するがゆえに、般若は無明と業の密雲に包まれてしまう。禅はこの我々の中に睡っている般若を目覚まそうとする。禅はこのために一風変わった鍛錬法を用いる。真理が何であろうと、剣術でも夜盗術でも、身をもって体験することであり、知的作用や体系的な学説に訴えない。言葉や概念は代表するものであって、実体そのものではないからである。

　禅は我々自身の存在、すなわち、実在そのものの秘密を直接に洞察しようとする。経典や儀礼などを媒介せずに、直観的な理解の方法により、「悟り」という内的体験を得ようとする。悟りがなければ禅はない。禅と悟りは同意語である。

座禅、公案

　禅の瞑想方式を座禅というが、座禅には禅公案が用いられる。老師は僧たちに座禅を組ませると、禅公案の一つを与え、精神をこれに集中するように命じる。唐や宋の時代に色々な禅公案集が編纂されたが、その一つ「無門関」をR・H・ブライスは英語に全訳している。その何百とある公案の中で、ハケットがよく使うのは次の公案である。

僧が老師に尋ねる、「仏陀とは誰か」
老師が答える、「連なった３人の僧侶」
僧が尋ねる、「それで、何が起きたのか」
……

自分の意識の内で、与えられた公案に集中する。きわめて真剣な、とても困難な修行である。この座禅を何年も続けて、ハケットはやっと「悟り」を得た。「悟り」は最高の真理の発見によって得られる。我々は本当に誰なのか、実在の究極レベルにおいて何が本当の真実なのか。この形而学的探索がつねに修行僧たちの上にある。

仏陀の教えの中に、「サムサーラ」は「ナーヴァーナ」であり、「ナーヴァーナ」は「サムサーラ」であるというパラドックスがある。ハケットは「悟り」を得ることによって、このパラドックスの意味することがやっと体得できた。「サムサーラ」「ナーヴァーナ」は古代インドのウパニシャッド哲学に遡る概念であるが、日本語の「輪廻」「解脱」とはちょっとニュアンスが異なるようだ。仏陀の教えによれば、「サムサーラ」とは日常の世界で、事物の中に存在するように見える自己認識のレベルであるが、「ナーヴァーナ」の方は精神そのもので、我々すべての中にあり、本当の自己であり、宇宙であり、永遠であるという。我々は「サムサーラ」をあらゆる苦難が生起する現実の世界と捉えているが、実は「ナーヴァーナ」という偉大な宇宙精神の投影にすぎず、夢の世界なのである。

松の事、竹の事

『三冊子』は伊賀における芭蕉の高弟、服部土芳が師の教えを書き留めたものを基礎とし、それに自分の解釈を加え、また、他の門人の著書などをも参考にして、蕉風俳諧の解明と修行への指針たらしむべく執筆したものと思われる。芭蕉の俳諧観をうかがうには絶好の書で、向井去来の『去来抄』と並んで、今日も芭蕉研究者に尊重されること、はなはだ厚いと、能勢朝次氏はその著書『三冊子評釈』の序で述べている。

芭蕉は末期の枕に集った門人たちに、風雅（俳諧）の道は自分が出てから百変百化したが、まだ真（最も本格的な行き方）・草（最も自由簡略な行き方）・行（その中間の行き方）の3つを離れておらず、しかもそれぞれの10分の1、2さえも尽していない。俳諧において開拓すべき新領域はまだ無限に残されているとした上で、今後この風雅の道を窮めていくために、門人たちが特に心すべき所をいくつか述べた。その中に「松の事は松に習え、竹の事は竹に習え」という教えがある。これは芭蕉自身の深い禅から発した言葉であるとハケットは言う。

没我、相互浸透

禅の特徴は自己と他の事物との精神的な相互浸透の原理である。相互浸透は他

の事物の中に真の自己を認めるというより、他の事物の中に自己を失う（没我）という深遠な実存的方法なのである。
　ブライスは『ハイク』第1巻の中で、俳句における禅の相互浸透（没我）の例をいくつか取り上げ、解説している。

　　　　たたずめば遠きも聞ゆ蛙かな　　　　蕪村
　　　　Standing still,— / The voices of frogs, / Heard in the distance too.

「晩春の静かな夜に聞こえてくるという蛙は、本当のところは無言なのである。ただ詩人の心の中で、はっと聞こえるのだ。詩人の中で蛙の本性が目覚めるのである。まず没我があり、それが直接的かつ十分なきっかけとなって、自己と万物との相互浸透が起こるのである。」
　ハケットはこの相互浸透の例として、次の自句を挙げる。（俳訳：岡田史乃）

　　　Left by the tide　　　　　　潮によって取り残され
　　　within a shallowing pool:　　潮溜りの中で
　　　a frantic minnow　　　　　　取り乱している小魚
　　　　― 小魚のもがける秋の忘れ潮

　詩人の直感によって、そのとき、相互浸透が行なわれ、詩人は小魚と一つになったのである。先の芭蕉の言葉を禅語でいえば、人間にも動植物にも、無生物を含め、宇宙のあらゆる事物には「ナーヴァーナ」（本質）がある。日常の人間や動植物、すなわち「サムサーラ」は宇宙に遍在する「ナーヴァーナ」の投影・現象に過ぎない。詩人は松・竹・蛙・小魚の心（本質）になり、相互浸透して、それを俳句にするのである。
　アナンダ・クマラジューは、「サムサーラ」は「在る」という状態であり、「ナーヴァーナ」は「成る」という行為だとした。「没我」して松・竹・蛙・小魚に「成る」ことは、すなわち、人間が松・竹・蛙・小魚と共通の、宇宙に遍在する精神になることを意味する。

（6）生きることと自然への共感
　ハケットは何年も禅を研究してから、ハイクを知った。大拙の著作を読んで、ハイクが禅芸術の一つであることを知った。そこでハイクを真面目に見るように

なり、致命的な事故の後、その人生全体を、その価値観を完全に変えた。
　事故を経験して、ハケットは二つのことを考えることができるようになった。一つは現在只今に生きることの大切さ、もう一つは、知的な存在だったときには看過していた自然の素晴らしい創造物への共感であった。

釣鐘に……
　蕪村の次の俳句は、なぜか外国人に強烈な印象を与えるらしい。

　　　　釣鐘に止りて眠る胡蝶かな
　　　　Perched upon the temple bell, / The butterfly sleeps.
　　　　（ラフカディオ・ハーン英訳）

　アメリカの女流詩人エミイ・ローウェルはこれをもとにして、第1次世界大戦中（1917）に、次のような2行詩を書いている。（詩集『浮世絵』、詩題「平和」）

　　　　Perched upon the muzzle of a cannon
　　　　A yellow butterfly is slowly opening and shutting its wings.
　　　　大砲の砲口にとまって /
　　　　黄色い蝶が羽をゆっくり開いたり閉じたりしている
　　　　　　　　　― 砲口に黄蝶の羽は閉じ開く（岡田史乃・俳訳）

　子規はこの俳句に触発されて、次の句をつくっている。

　　　　釣鐘にとまりて光る蛍かな
　　　　On the temple bell / Glowing, / A firefly.（R・H・ブライス英訳）

　虚子は『蕪村句集』の輪講の席上、「この釣鐘は大きく黒く、重々しい。これに反して胡蝶は小さく軽くヒラヒラするものである」と、その反対物をうまく配合調和をした面白さを力説している。

無意識への直覚
　しかし、大拙はこうした鑑賞を認めながらも、禅の立場から別の鑑賞をする。この句にはこの上なく重要な宗教的直覚が含まれているという。

鐘と蝶のコントラストはただちにさまざまに人の心を打つ。ある人々は、詩人の蕪村がやや遊戯的気分で、眠れる蝶を釣鐘の上においたのだと捉える。心ない僧がこれを突けば、憐れな小さな無邪気なものを驚かし去らしめるに違いないと。そして、われわれは（この蝶のように）その突然の噴火に気づかずに噴火山の上で踊っているのだとして、この句に、人間の軽佻な生活態度に対するある道徳的な警告を読もうとする。
　しかし、私の考えでは、蕪村の句にはもっと深い彼の人生洞察を示す他の一面、すなわち、蝶や鐘という表象によって表現される蕪村の「無意識」への直覚がある。
　蝶は……いま疲れて、翼はしばらくの憩いを求める。鐘は物憂げに垂れ、蝶はそれに止って睡ってゆく。やがて震動を感じるが、それは待ち設けたのでもなければ待ち設けないのでもなかった。蝶は現実としてそれを感じれば前と同じく何の係わりもなく飛び去ってゆく。
　蝶は鐘が自分と別な存在だとは意識しないし、自分自身をも意識しない。人間のように「分別」を働かせない。それゆえ心配・煩悶・疑惑・躊躇などからはまったく自由である。絶対信仰と無畏の生を営んでいる。蝶が「分別」と「小さな信仰」の生活を営むとするのは人間の心である。（参照：『禅と日本文化』）

　俳句は元来直観を反映する以外に、思想の表現をしない。しかし、直観はあまりに内面的、個人的、直接的なので、これを他人に伝える手段として、詩人は表象を使うのである。鐘や蝶という表象は、蕪村が頭で作り上げた修辞的表現ではなく、直観そのものである。
　大拙によれば、蕪村の句の蝶は、日常的な思慮分別を超えた内的生命、いわゆる「宇宙的無意識」の生命、すなわち永遠性の表象なのである。
　われわれの心は幾層かの意識によって構成されている。第1層は日常的な「分別」、二元的な分極作用の層である、第2層は半意識の層、第3層は記憶の層であり、第4層が「無意識」の層である。真の芸術家は日常的な意識の外殻を通りぬけて、最深の「無意識」の層に入り、禅の言葉でいえば「悟り」を体験し、心理学的にいえば「無意識」を直覚する、そのとき、初めて創造的能力を発揮することができる。その作品は絵であれ、音楽であれ、彫刻であれ、詩であれ、生の神秘を表し、神の仕事に近いものになる。

人間中心、自然中心
　真のハイクはとても直観的であり、大自然（greater nature）の反映である。

このようなハイクの特性は大方の西洋人を困惑させる。一つは「超越」の難しさである。東洋人の心理は直観的、超越的だが、西洋人の心理は秩序的、論理的なので、「悟り」とか「無意識」とかいわれてもピンとこない。もう一つは季節的様相の乏しさである。日本人は季節によって生活が変わる土地に住んでいるので、情景を設定し、季語などを使う機会にずっと恵まれている。しかし、もっと本源的な困難は、西洋人のもつ自然観・人間観に起因する。

　一般的に、西洋文化はギリシャ・ローマの人間主義の影響を受けているので、自然中心でなく人間中心である。人間は元来大自然の一部なのだが、西洋では特別な地位を占める。東洋ではもっと自然を敬う。ハイクは大自然の創造への敬意の反映なのである。

　禅は一つの生き方、人生哲学の一形態なのであるが、アメリカ人の中には禅を宗教ととらえ、それゆえに禅に対して偏見をもつ者が多い。ブライスやブライスのハイクに対する影響を否定する人たちは、頑迷なキリスト教徒であるか、ブライスや大拙の著作に関する無知であるか、そのどちらかであると、ハケットはいう。

　禅の第一歩は言葉を超えることである。ハケットは禅ハイクにおいて言葉を超えようと努めてきた。しかし、禅と無関係でも、優れた俳句やハイクはもちろん沢山ある。音楽にバッハもシューベルトもあるように、ハイクには禅ハイクもあれば文学的ハイクもある。どちらがハイクだと決めつけることはできないという。

永遠の今

　ハケットは、何年も前にジョージア州に住む婦人から感謝状をもらった。彼女はそれまでに癌の手術を10回もして、今は死の床にある。彼女は友人からハケットの仏陀ハイクの本をもらった。彼女自身の癌は、ハケットが句集のなかで書いているものと同じものに気づかせた。自分が癌で死ぬのだと自覚したとき、彼女は一日ごとの生だけでなく一時間ごとの生を認識するようになった。自然が、動物が、自然のあらゆる美が、自分にとっていかに大切かを認識するようになったのである。

　この他にも、ハケットのもとには、彼のハイクを読んで生き方がまったく変わり、自然や時間に気づくようになったという感謝の手紙が多数寄せられている。ハケットの本は「永遠の今」（eternal now）に捧げられている。現在只今が唯一存在する時間である。過去や未来は一つの概念に過ぎず、現在から導かれるにすぎない。ハイクは概念ではなく、究極の現実なのである。

3　ビート世代

　ハケットはいわゆる「ビート世代」に属する。この新しい潮流を起した"ビート詩人"たちもまた禅や俳句の洗礼を受けていた。

（1）"ビート詩人"たち
マンハッタン、1958年
　『ダルマ・バムズ』（達磨狂いたち、ジャック・ケルアック著）が出版された日の夜、マンハッタンの街中のビルのペントハウスでは、ジャック・ケルアック、アレン・ギンズバーグ、ピーター・オーロフスキーが集まって盛大なパーティーが行なわれていた。突然、酔った勢いでジャックはD・T・スズキの家に電話をかけ、訪問を申し込んだ。「いつ来たいのかね？」というスズキ老師にジャックは叫んだ。「たった今です！」。喜びいさんで繰り出した3人は、94丁目のスズキ老師の家のベルをけたたましく鳴らした。だが誰も出てくる気配はない。そこで今度はゆっくりと気持ちをこめて3度……。

　ドアが開き、88歳の小柄な老人が姿を見せた。老師は突然の乱入に怒る様子もなく、孫ほども歳の離れた彼らを奥の書斎に招き入れた。アーノルド・トインビー、カール・ユング、オールダス・ハクスレー、ディジー・ガレスビーなど多分野の人々に影響を与えた賢者を前に、舞い上がったジャックはさまざまな質問をぶつけた。「どうしてボッディダルマは西へ来たのでしょう？」。だがジャックの質問には答えず、老師は言った。「若いお三方、私が茶を入れる間、そこで静かに俳句を作りなさい」。

　しばらくして3人がドアを出て、いとまを告げようとすると、老師はクスクス笑い出し、こう言うのだった。「茶のことを忘れないように！」。不思議な感動を胸に「あなたとずっと暮らしたいですよ！」とジャックが叫ぶと、老師は指を1本立てて空の方を指さし静かな笑顔で答えるのだった。――「いつかね」。
　　　　　　　　（スティーヴ・ターナー著『ジャック・ケルアック』、室矢憲治訳）

"ビートたち"の出現
　第1次世界大戦後の「失われた世代」（Lost Generation）、第2次大戦後の「ビート世代」（Beat Generation）はいずれも新しい文学潮流として始まり、やがて時代を画する社会的な文化現象へと拡がったものである。前者は小説から始まったが、後者の中心は詩であった。前者の視線は西洋に向けられていたが、後者の視

第 1 部　米国におけるハイク

線は東洋に向けられていた。二つの世代に共通する時代の音楽はジャズだったが、ビート世代の精神はロック世代に受け継がれていった。

　"ビート"という言葉を持ち出したのはケルアックである。1948 年頃、友人の作家、ジョン・クレロン・ホームズに、ケルアックたち（の生き方）を何と呼んだらいいかと尋ねられて、この言葉を思い出したのである。「俺たちはビート・ジェネレーションと呼べばいいだろう」。ホームズは 1952 年、ニューヨークの下町に巣食う若者たちを描いたルポルタージュ、『ゴー』（Go）を出版するとともに、ニューヨーク・タイムズに一種の宣言文、「これがビート世代だ」という論文を発表し、"ビート"が一般大衆の意識の中に広く浸透していくことになった。

　マンハッタン西 15 丁目の古アパートをコミューンにして、新しい文学を求め、"裸の自分"を曝け出しながら、日銭を稼ぎ酒場や小屋にたむろしていたのは、ジャック・ケルアック（1922〜69）、アレン・ギンズバーグ（1926〜97）、ウィリアム・バロウズ（1914〜97）など、一握りの"ビートたち"であった。ケルアックとギンズバーグはコロンビア大学の在学中に、学業を放棄してタイムズ・スクウェア界隈に入り浸るようになった。バロウズはセントルイスの名家に生まれ、ハーヴァード大学で文学と人類学、コロンビア大学で心理学、ウィーン大学で医学を学びながら、学業も軍生活も就職もすべて放棄した男である。他の 2 人よりだいぶ年長で、30 歳になってから、生い立ちとは正反対の犯罪・麻薬・銃・売春などの暗黒社会を覗くためにふらりとニューヨークへやってきたのだった。

　彼らはそこで、ジャズ、ドラッグ、セックス、ジャンキーなど、あらゆる社会規範から解き放たれた自由な生き方を体験した。ケルアックはそこで、ジャンキーの親玉、ハーバート・ハンキーから"ビート"という言葉の使い方を知ったのである。

　ビート？　と聞き返すホームズに、ケルアックは付け加えた。「"おーい、俺はビートだよ"と言えば、金もなければ泊まるところもない、奈落の底にいるってことなんだ。タイムズ・スクウェアの街頭をうろついている地下街の住人たちが使っていたスラングなんだけど、俺は気に入って使っていたんだよ」。

　ケルアックはこの"ビート"のもつ言葉の拡がりに惹かれた。迫害され差別されて社会の底辺に追いやられた人たちの感情を表わす言葉であると同時に、新しい時代の黙示録、新しい啓示に意識を開いていく態度を示す言葉だと思った。

　こうして、社会から切り捨てられた人々への共感、一体感がビート文学へのキーとなっていったのである。ビートたちは、それぞれの文学的アプローチこそ違っていたが、あの"きのこ雲"の向こうに、もしもう一度、人間らしい生のビジョ

ンを回復できるとするなら、それはこうした虚飾で覆われた文明の価値観をすべての人々が脱ぎ捨てたときであると固く信じたのである。

ケルアックとハイク

　ケルアックは、47年間の生涯に約1000のハイクを作った。フランス系の魅力的な顔立ち、精悍な体つき、開襟シャツとリーバイ・ジーンズにワークブーツ、……。格子縞のランバーマン・シャツ（製材作業着）のポケットには、いつも小さなノート・ブックが入っていた。何か思いつくと、いつでもどこでもすぐ、このノートに三行詩を書き込んだ。彼はこれらの覚書（1956～1966）を鉱脈にして、1961年、『ハイク・ブック』を出版した。（以下、岡田史乃：俳訳）

Trying to study sutras　　　経典を勉強しようとして
the kitten on my page　　　子猫がページの上で
Demanding affection　　　　甘える
　　　― 経典のページで子猫わがまます

Useless! useless!　　　　　無駄だ！無駄だ！
―heavy rain driving　　　　大雨が奔って流れ注ぐ
Into the sea　　　　　　　　海中に
　　　― 無益かな海へ入り込む大出水

In my medicine cabinet　　　薬棚の中で
the winter fly　　　　　　　冬の蠅が
Has died of old age　　　　　年老いて死んだ
　　　― 老死とは薬の棚の冬の蠅

Mao Tse Tung has taken　　　毛沢東は採り過ぎた
too many Siberian sacred　　シベリアの聖なる
Mushrooms in Autumn　　　　　秋のきのこを
　　　― 毛沢東シベリア茸採り過ぎだ

The tree　　　　　　　　　　木は
looks like a dog　　　　　　犬みたいに

Barking at heaven　　　　　天に向かって吠えている
　　　　　　　── 犬のごと天に吠えたる冬木かな

（2）ビート作家たち

　ホームズが1952年、「これがビート世代だ」という一文をニューヨーク・タイムズに書いて、"ビートたち"の存在を世に紹介したが、実際に"ビート文学"が登場するのは1950年代半ば過ぎのことである。
　それまで、ケルアックもギンズバーグもバロウズも、殆どの"ビート作家たち"は麻薬に溺れ、無名の境遇を彷徨っていた。

"ビートたち"のコミューン

　ジャック・ケルアック（1922～69）は、ボストン北方の工場町、マサチューセッツ州ローウェルに生まれた。両親はケベックから移ってきたフランス系カナダ人で、印刷業を営んでいた。ジャックは高校時代、フットボールの花形選手だったので、奨学金附きでコロンビア大学にスカウトされた。進学前に1年間、予備校の名門、ホレス・マン男子高校に通い、学業・スポーツとも抜群の成績をあげた。毎朝6時に起きて、ブルックリンからリヴァデールまで地下鉄で2間の通学、そのうち、途中のマンハッタンで下車し、グリニッチ・ヴィレッジやタイムズ・スクエア界隈をうろつくようになった。初めて黒人ジャズの生演奏に接した。当時はベニー・グッドマンやグレン・ミラーなどの白人バンドが、黒人の作った曲をバンド・アレンジし、その譜面を頼りに計算通りの演奏を繰り返していたが、ジャックはそんな"白人"スタイルよりも、形式にとらわれずワイルドに思いのたけを自由に表現する"ニグロ"スタイルの虜になった。
　1940年9月、ケルアックは大学に進学したが、開幕早々の対抗戦で骨折、2年目もコーチに無視されたので、腹立ちまぎれに大学を飛び出し、グリーンランド行きの商船にコックとして乗り込んだ。航海を終えて復学したが、ラインアップから外されたままだった。1943年3月、海軍から召集を受けて入隊し、奴隷扱いする上官に反抗して、軍の精神病院に放り込まれ、その2カ月後、性格不適応により除隊となった。もう一度、今度は大量の弾薬を運ぶリヴァプール行きの商船に乗り込んだ。
　1943年10月、コロンビアに戻ったケルアックは、復学せず、女友達、エディ・パーカーのマンハッタン西118丁目のアパートに向かった。
　アパートに戻ってみると、出入御免のルシアン・カーというコロンビア大学の

新入生がいる。この小生意気な金髪の美少年の縁で、ギンズバーグ、バロウズ、ルシアンを追いかけ回す"おかま"のカマラーも出入りするようになった。

ルシアンは襲ってきたカマラーを殺して刑務所送り、庇おうとしたケルアックとバロウズも幇助罪で拘留された。バロウズはすぐ保釈金を払って出所したが、ケルアックは父親に拒否され、保釈金を払ってもらうために、エディと結婚した。しかし、その親元での単調な結婚生活に耐えられず、数カ月で飛び出した。

コミューンの解体

アレン・ギンズバーグ（1926～97）はニュージャージー州北東部の小都市、パタースンに生まれた。両親ともユダヤ系で、父親は高校の国語教師をしている詩人で社会主義者、母親は少女の頃ロシアからやって来た移民で、熱烈な共産党員、手に負えないヌーディストだった。母親ナオミはアレンが12歳のときに発狂し、精神病院への入退院を繰り返した末、1956年に死んだ。アレンはナオミを唯一の女性として愛し慕い、ホモセクシュアルに向かう原因となった。

1943年9月、アレンはアメリカ労働総同盟の奨学金でコロンビア大学に入学し、「抑圧された労働者、大衆のために命を捧げる」ことを誓い、弁護士への道を目指した。その年のクリスマス、人気のなくなった学生寮の部屋から、美しい曲が流れてきた。アレンはそのドアをノックし、おずおずとその曲は何というのか、部屋の主に尋ねた。「とてつもなく弱々しくナイーブな奴だったよ」と、ルシアンはアレンの初印象を語る。

あるとき、何かのはずみで、アレンが「ジャック、君を愛している、君と寝たい、僕は男が好きだ！」というと、ジャックはむっとして唇をひしゃげ、ガオーッと不愉快そうな呻き声をあげた。

ウィリアム・バロウズ（1914～97）は、ミズーリ州セントルイスの成り上がり名家に生まれた。母方は南軍総司令官リー将軍の直系、父方の祖父はバロウズ計算機の発明者だが、バロウズが生まれる頃には落ち目にさしかかっていた。

ある日、同郷のルシアンの紹介で、バロウズが訪ねてきた。ジャックとアレンは、「アートとは何かって？そりゃ、ただの3文字の言葉にすぎないよ」と鼻先で笑うドライなウィットに言葉を失った。2人が思いつきで、エディのルームメイト、悪名高いジョーン・ヴォルマーに引き合わせたところ、バロウズは何と"おかま"の噂を返上するように、彼女と熱い仲になり、そのアパートに引っ越した。1945年、アレンがすでに退学していたケルアックを学生寮に匿った件と、寮の窓に過激な言葉を書き付けた件で、コロンビア大学を放校処分になり、アパート

に移って来た。

　ジョーンの西115丁目のアパートは"ビートたち"の新しい溜まり場になり、出戻り娘のエディ、裁判官の娘の売春婦ヴィッキー、ジャンキーのハーバート・ハンキーなども出入するようになった。1945年秋、バロウズは手に入れたモルヒネと自動小銃を捌きたいという触れ込みで、ハンキーの地下室を訪れた。盗品の山で埋まった狭い部屋で、ブツ試しをする彼等に続いて、バロウズも注射針を白い腕に突き刺した。

　しかし、ジョーンのアパートを舞台とする"ビートたち"のコミューンは長続きしなかった。まずバロウズが麻薬偽造で逮捕され、実家での保護観察処分、ジョーンはベンゼドリンによる精神異常で病院送り、ハンキーは刑務所送り、アレンは92丁目に引越し、1945年12月、ジャックもベンゼドリンの過度の使用がたたって、入院することになった。

　さらに、ジャックの父親は胃癌に罹って、1946年5月「何をしても母さんの面倒を頼むぞ」と言い残して、息子の腕の中で息を引き取った。

"ビートたち"の放浪

　ビートたちは大恐慌時代に幼年期を過ごし、第2次世界大戦中の混乱の中で青春期を迎えた。社会が押し付けてくる慣習や価値観・教育といったものを単純に信じようとしなかった。未来を約束する軍隊や大学での生活に懐疑心を抱き、実社会にうまく溶け込めない自分たちへの挫折感・敗北感に苛まれながら、なおあり余る生への情熱を抱えて街へ出て行った。

　「僕たちが歴史の公式ビジョンとリアリティから切り離されているという最初の認識は、1945〜47年頃に初めて出てきた」とギンズバーグは振り返る。「僕たちが"心と心とのしゃべり方"をしているのに、大統領とか議員とか、文学者でさえも"ビジネス・スーツを着た月世界のロボットか何かみたいなしゃべり方"をしていた」（アーサー＆K・ナイト著、『ビート・ヴィジョン』）。

　1946年、マンハッタンでのコミューンが解体した後、そのメンバーはアメリカ大陸に散らばって、酒・麻薬・セックスなどに耽り、魂の放浪を続けるのだった。ビートたちが創作活動を開始するのはだいぶ後である。ジャックは1946年、父親の死を契機に処女作『町と都会』に着手した。バロウズは1950年、処女作『ジャンキー』に着手し、原稿をギンズバーグに送った。ギンズバーグは1948年、ウィリアム・ブレイクのビジョンについての一連の作品に着手し、1955年、初めて詩人になることを決意した。

（3）ケルアック『路上』

　ケルアックの代表作『路上』は執筆に7年、出版まで、さらに6年かかった。出版されるや、大きな共鳴と反発を呼び、多くのメディアから容赦のない反応を受けた。ケルアックがユニークな散文体を持ち、人を揺さぶる生のビジョンを持つ一人の真摯な作家として受け入れられるのは、次の世代が育ってから後であった。

路上を旅して、1946〜51

　ケルアックは自ら "spontaneous prose"（自発的散文）と名付けた新しい散文体を創り、それによって、アメリカ人の「旅行者」の生と、1950年代のビート世代の体験を記録した。『路上』や『達磨狂いたち』、『地下街の人々』はこの文体で書かれていると、伝記作家のアン・チャーターズは述べている。

　代表作『路上』は、ビート世代の年代記といわれ、ヘミングウェイの『陽はまた昇る』が"失われた世代の聖書"であるのに対して、"ビート世代の聖書"とされ、ボブ・ディランなど、次のロック世代に大きな影響を与えた。

　『路上』の主人公はディーン・モリアティ（ニール・キャサディ）、語り手はサル・パラダイス（ジャック・ケルアック）である。小説はニールとジャックを中心に、1946年から1951年までに、ビートたちやそれを取り巻く人々が実際に体験した出来事を展開する。ケルアックは初め実名で書いたが、直ぐすべて別名に替え、自分の母親は叔母に変えた。

　ニールはアル中の路上生活者の息子、少年院帰り、ジャックは敬虔なカソリック教徒の息子、大学中退と、生まれも育ちも対照的であったが、ともに「ビ・バップ・ジャズ」を崇拝し、抜群の運動能力を持ち、身体・顔つきは兄弟といってもいいほど似ていた。ニールの自由奔放な行動・発想・語り口はビート世代の旗手に相応しかった。

　『路上』は5部構成になっている。第1部は1946年12月、ニールがデンバーからニューヨークにやって来て、初めてジャックやアレンに会う。そして、1947年7月、ジャックは初めて大陸を横断旅行し、デンバーでニールやアレンに会った後、1人でシスコに行く。第2部は1946年12月、ニールがシスコからニューヨークにやって来て、ジャックやアレンをバロウズ夫婦のいるニューオリンズに連れ出し、さらにジャックをシスコまで連れて行く。第3部は1946年5月、ジャックはデンバーに移住するが、なじめず、シスコのニールを訪ね、イタリーへ行こうと誘う。ニールとジャックはデンバー経由、ニューヨークに向

かう。第4部は1950年6月、ジャックがデンバーにいると、ニューヨークからニールが戻ってきて、バロウズ夫婦のいるメキシコに連れて行く。第5部は短い。1950年秋、ジャックはニューヨークで結婚し、シスコへの移住計画を立てた。ニールが直ぐ迎えに来たが、まだ貯えがない。これがニールとの最後になった。『路上』は1951年4月に書き上げられ、6年後の1957年にようやく出版された。

"spontaneous prose"（自発的散文体）

　ケルアックの小説はどれも自叙伝スタイルであり、ノンフィクションとフィクションの融合スタイルである。『路上』の文体は "spontaneous prose" である。ケルアックは、この書き方に至るまでに、実に7年を費やしたのである。

　彼は19歳のとき、'Independence'（独立）に熱中し、自分は自身の心を持っているから、大学を修了する必要はないと決意した。冒険家、孤独な旅行者になって、ジャック・ロンドンやトム・ウルフの伝統を引き継ぐ偉大なアメリカの小説家になりたいと思った。コロンビア・グループと友だちになると、さらに作家になる決意を強めた。

　処女作の『町と都会』は、トム・ウルフの作品スタイルと構文を真似たが、不満が残った。

　1946年、第2作を書き始めて、ウルフのスタイルを真似ないと、自分の考えや感情をフィクションにできないことに気がついた。そこで、セオドア・ドゥライザーの真似をして、'factualist'（事実にもとづく人）" のスタイルで書いてみた。処女作よりはずっと自由に書けることが判ったが、空虚や欺瞞な感じが否めない。タイプを叩きながら、処女作のときのような敬虔な狂気の感情を表現できなかった。そこでウルフの影響を払拭した野心的な新プランのアウトラインを作った。『路上』をセルバンテスの『ドンキホーテ』やバンヤンの『天路歴程』のような 'Quest'（探求）小説として描くことにした。主人公は20歳代後半のマイナー・リーグのフットボール選手で、ジャズドラマー、投獄された船員に変わった。

　1949年、『町と都会』の原稿料の前金をもらって、デンバーに移ると、再び『路上』に取り掛かった。しかし、ジャズの持つ新鮮さや自発性に欠けるので、行き詰まった。

　1950年、『町と都会』が出版された。メキシコから、母親のオゾンパークの家に戻ると、10歳の黒人少年を語り手に、大陸をヒッチハイクするという物語を書き始めた。ケルアックは出版社の『町と都会』担当に、「アメリカ人の生における開拓者精神、現世代による移民時代の再現を背景とする叙事詩、小説を書

いてみたい」と、新たな抱負を語った。

　1951年、バロウズが自叙伝『ジャンキー』の原稿をギンズバーグに送ってきた。ケルアックはバロウズの一人称の叙述の誠実さに感銘を受けた。ニールからアレンと自分あてに生気あふれる長文の手紙がきた。デンバーでのさまざまな女性との性的遍歴の告白であったが、几帳面で具体的な観察と冗長で取り留めのない文章とを組み合わせ、過去から現在に自由に飛ぶ叙述スタイルに引きつけられた。3月、ホームズから小説『ゴー』の完全原稿を受け取った。ケルアックは『路上』のプロットとキャラクターづくりに何年も苦しんできたが、ホームズは実生活の材料をそのまま使っている。仰天したケルアックは「くだらないことは全部忘れて、起こったままに書こう」と決めた。

　ケルアックはバロウズとニールから自分たち自身の生を書こうと励まされていた。新妻のジョアンから、ニールとあなたはどうしたのと聞かれた。ケルアックは結婚前の大陸横断の旅で何が起こったのか、ジョアンに語るように、バロウズの自叙伝の第一人称で、ニールの告白スタイルがもたらす感情的効果を劇的に書くことにした。

　1951年4月、ジャックはタイプライターと向き合って、トランス状態に突入した。タイプライターに1巻きのトレーシング・ペーパーをつなげた。3週間後、書き上げたばかりの長さ100フィートのロールの原稿を抱えて、出版社に飛び込んだ。

"Bebop"（ビバップ散文体）

『路上』を書きながら、ケルアックは自分自身の声と自分の本当の主題—アメリカにおけるアウトサイダーとしての場所を探す物語—をついに見つけた。『路上』は彼や彼の友だちに起こった出来事をベースとする虚構と自叙伝の見事なブレンドである。

『路上』はサル・パラダイスによる探求として読むことができる。ディーン・モリアティの例を追いながら、限りない自由の約束に縛り付けることによってアメリカの夢を試すことに踏み出した。ディーンは最終地に何の幻想も持っていない。出来事や遭遇が次々起こり、サルは反省も説明もせず流されていくので、読者は陽気な気分になる。

　ジャズはサルの心の血の中にあり、路上でもっともいい時間を与え、アメリカの自由と創造性の源を象徴する。サルはディーンのように、ジャズにのめり込み、ビリー・ホリデイ、ジョージ・シアリング、レスター・ヤングの崇拝者である。

ビバップは、サルの世界では、米ソ間の冷戦よりも主要な出来事であった。

（4）アメリカのライフスタイル

　第2次世界大戦後の、強制収容所や原子爆弾への恐怖の後に、アメリカ人は正常な時代の到来を希求した。しかし、ビートたちはそれを見掛け倒しだと感じた。時代の重点はやはり、唯物主義と、従順な人生に置かれていた。

　ケルアック（『路上』）やギンズバーグ（『吠える』）は、戦後社会に溶け込めないボヘミアンたちのライフ・スタイルを見事に描写し、古き良きアメリカの友情や自由の価値を強調した。

ブレイクの詩、ビジョン

　1943年、コロンビア大学入学当初のアレン・ギンズバーグは、酒も女も、まだ世の中のことは何も知らず、ただ熱狂的に本や作家、芸術や絵画についてすべてを知りたいと望んでいる17歳のユダヤ少年だった。角縁の眼鏡、大きな突き出た耳に燃えるような黒い瞳、不思議に大人のように深く響く声を持っていた。

　アレンには二つの悩みがあった。一つはセクシャリティ、ルシアンやジャックに断られ、ニールが応えてくれた。翌年、デンバーを訪ねたが、愛しいニールはキャロリンに夢中だった。「女々しい泣虫男」（キャロリン命名）は『デンバーの憂鬱』という詩を書いた。もう一つはナイーブ。自分の部屋をハンキーたちに占領され、所持品を持ち出され、盗品が持ち込まれても何もできない。1949年、窃盗団の巻き添えを食って一時拘置され、精神病院で6カ月間治療を受けることになった。

　1948年、暑い夏の日中、アレンは窓を開け放ち、ベッドでウィリアム・ブレイクの『ああ、向日葵よ』を朗読していた。無意識にパンツを開け、マスターベーションをしていた。すると、ブレイクの肉声が聞こえた。予言的な優しい声は、アレンの頭からでなく、部屋の中にあったが、部屋には誰もいなかった。「それは人間の声を借りた神の声だった。無限の優しさと厳粛な重さをもって、生きた創造主が息子に語り掛けてきた。」

　突然、彼は詩の意味を深く理解した。向日葵は神なのだ。窓から差し込む午後の日が異常に明るくなった。空は古の、無限への、ブレイクの見た深いブルーの宇宙へのゲートになった。空の明るい生きた光を背に、ハーレムの屋根の尖端がシルエットになり、至る所に、生きた手の証拠を見た。……。

　パターソンに帰ったアレンはこの体験を父親のルイに話した。ルイは、前にはホモだと打ち明けられ、今度は神を見たといわれて、妻ナオミの狂気を受け継い

でいるのではないかと、息子の次の展開をおそれた。

　数週間して、「永遠」のビジョンは消えていった。爾来、日常の意識を麻痺させ、意識下の意識を広げるために、ドラッグを飲み、笑気ガスやメスカリンを吸い、ヘロインを打ち、アヤスカを求めてアマゾンの上流まで行った。こうしたビジョンを得るための実験は、インドでヒンズー教に帰依する1963年まで続いた。

ウィリアム・カルロス・ウィリアムズ

　1952年、アレンの叙述スタイルは、主に二つの影響を受けて、突如過激に変化した。一つはケルアックのスケッチ技法、ケルアックは建築家の友人から「画家のように、街を言葉でスケッチしたら」と示唆され、目覚しい成果を挙げた。もう一つはウィリアム・カルロス・ウィリアムズのオープン形式、音節を数え、1呼吸単位で、ラインを書く。アレンは古い日記を読み返し、詩的にとか万人の心を開こうとか考えずに、明瞭で詳細に書かれた直截な散文スケッチを抜き出した。そして、ウィリアムズの手法で、ラインに並べてみると、ウィリアムズの作品のようになった。1952年1月、これをウィリアムズに送ると、数日して「素晴らしい！　こういう詩をどれだけ持っているのかね。1冊の本にすべきだ」という返事が来た。

　歓喜して、彼はシスコにいるジャックとニールに手紙を書いた。「我々はみんな本が出せるぞ！　センテンスはどうでもいい。それを2行か3行か4行に分けて、並べればいいんだ！」

ユカタン半島、サンフランシスコ

　アレンは以前に比べずっと、生活を自己管理できるようになった。1953年8月、裁判進行下のビル・バロウズがタンジールへ逃避する途中、ニューヨークに立ち寄った。ビルとの同棲に耐えられなくなった彼は11月、ジャックとニールのいるサンフランシスコに引越し荷物を送った。傷心のビルは12月、タンジールに向け、旅立った。

　アレンはその前にユカタン半島旅行を思い立ち、精神病院のドクターにこわごわ相談した。「長期間旅に出ようと思うのですが、大丈夫でしょうか？」。返ってきたのは、それまで抱えてきた不安を一気に吹き飛ばすかのような、爽やかな励ましの言葉だった。「やりたいことを思い切りやるといいよ。この広い世界には必ず君を愛してくれる人間がいるよ。だって君は素晴らしくいい人間だもの」。

　半島での4カ月、アレンは見違えるように元気になり、逞しくなった。1人で

密林の奥に分け入り、ニグロのリズムで太鼓を叩いて、インディアンに敬われた。インディアンを率いて、火山噴火の現場を探査し、また巨大な洞窟を発見した。ターザン映画のジェーン役、インディアンたちに"白い女神"と呼ばれるカリーナ・シールズは、一目でアレンを気に入り、そのプランテーションを基地にさせてくれた。好意を抱いてくれるさまざまな人々とめぐり会い、彼は人間としても、詩人としても大きく成長した。

　1954年初夏、カリフォルニア、アレンから発揮されるオーラは22歳の美女、シーラ・ブッシャーの心を捉え、初めて異性との同棲に入った。そして、4カ月後、生涯の伴侶となる21歳の美青年、ピーター・オーロフスキーが現れたのである。

『吠える』に着手

　1955年8月、モンゴメリー通りを見下ろす大きな部屋で、アレンはタイプライターを前にしていた。1篇の詩を書くのではなく、もっとルーズな、散文のようなものを、自由に書こう。何も怖れずに、想像に任せて、包み隠さず、自分の真心から出る魔術的ライン ―自分の人生の要約― を、自身の魂の耳や他の少数の黄金の耳に届くように連ねようと思った。

　彼はウィリアムズの "triadic verse form" ＜三つ組み韻文形式＞を用い、各ラインを自分の長い一息の長さにして、サキソフォンでカデンツァを長々と引き延ばして吹くように、書き始めた。

　　　　I saw the best minds of my generation
　　　　　　destroyed by madness
　　　　　　　　starving, mystical, naked,
　　　　who dragged themselves thru the angry streets at
　　　　　　dawn looking for a negro fix

　　　　僕は見た　僕の世代の　最良の精神たちを
　　　　　　狂気によって破壊された世代の
　　　　　　　　飢え　神秘的に　裸で
　　　　その精神は　怒りの通りを　のろのろ歩いた
　　　　　　夜明けに　一服のヤクを求めて

　ビートを保つために、各ラインの初めに "who" を置いた。"who" はラインが長

い想像の飛行に飛び立つ前に、必ず戻ってくるベースであった。

> who sat in rooms naked and unshaven
> 　listening to the Terror through the wall
> who burned their money in wastebaskets
> 　amid the rubbish of unread Bronx manifestos,

　　その精神は　裸で髭も剃らずに　部屋に蹲った
　　　壁を通して聞こえてくる恐怖を聴きながら
　　その精神は　屑籠の金を燃やした
　　　誰も読まないブロンクスのマニフェストの屑の中で、

（5）ギンズバーグ『吠える』
　ビートとは、絶えざる恐怖と境を接して生きていたような社会、つまりいずれ遠からず、冷戦だの、マッカーシズムだの、アイゼンハワー大統領だのに道をゆずる、そんな社会の中に含まれていた。この恐怖は、その兄弟分としての大勢順応主義とともに、1950年代の中ば頃に浮上して来たのである。その結果、この社会の住人は、自発的で、真情を吐露するような話し方をすると不穏だと見做され、洗脳されてしまうことになったのだ。
　　　　　　　　　　（アーサー＆キット・ナイト著『ビートの天使たち』）

長いラインの詩
　アレン・ギンズバーグは、いままでウィリアム・カルロス・ウィリアムズのイマジスト的な考え方に基づいて短いラインの詩を書いていたが、サンフランシスコに来ると、散文にならないようにして、長いラインの詩を書くにはどうしたらよいかを考え始めた。そして、ホイットマンの詩形がそうした探求をしている稀な例であることを実感した。大多数のアメリカ詩人たちは、自国の大詩人ホイットマンに目を向けることを忘れ、イギリスやフランスの詩を意識していたのである。
　こうして、有名なギンズバーグの長いラインの詩が1955年6月、初めて書かれた。『吠える』もこの新しい詩形を踏襲している。
　「長いラインを維持するためには、感動的なインスピレーションによるほかなく、ラインには本質的に異なるものを、"juxtapositions of hydrogen juke-box"（水爆

的なジューク・ボックスの並置）のように置き、比喩の速記的記述を行なうことであった。抽象的な"俳句"は、その神秘を持っていた」（ギンズバーグ『吠える』覚書）。

　第1ラインの「狂気によって破壊された僕の世代の最良の精神たち」を書きながら、アレンはまずハーバート・ハンキーを思い浮かべた。1949年2月、暖房と阿片の立ち込めているイースト・リバーの川船のドアが開くのを待ちながら、ハンキーは血まみれの靴を引きずって、雪の波止場を一晩中歩いていた、……。トゥリー・クフバーはブルックリン橋から飛び込んだ、おごりのビール1杯もなく、チャイナ・タウンに消えた、……。ニール・キャサディはこの詩の隠れたヒーローだ、色事師、デンバーの美少年、次々自動車を盗み、女を漁った、……。自分もその一人だ、寮の窓に猥褻な詩を書いたために大学を追い出された、……。

　これらの非行や愚行の底流には、戦後社会に順応できず、小羊的な青春時代を送っている青年たちの苦悩や挫折があった。アレンはwhoのラインを書き連ねていくうちに、小羊たちの代表がソロモンであることに気がついた。アレンはハンキーたちの窃盗事件に巻き込まれて逮捕され、父親の助けで保釈処分となり、1949年6月末、ロックランドのコロンビア・プレスビテリアン精神病院に移された。そこで、自分より2歳下の背の高いユダヤ人青年、カール・ソロモンと知り合ったのである。

> who threw potato salad at Dadaist lecturers at
> 　　CCNY & subsequently presented themselves
> 　　on the granite steps of madhouse with shaven heads
> 　　and harlequin speech of suicide
> 　　demanding instantaneous lobotomy,
> and who were given instead the concrete void of
> 　　insulin metrosol electricity hydrotherapy
> 　　psychotherapy occupational therapy pingpong
> 　　&amnesia,
> and who in protest only overturned one symbolic
> 　　pingpong table.

> その精神は、ニューヨーク市立大学で
> 　　ダダイストの講師たちにポテト・サラダを投げつけた。そして、

頭を剃って精神病院の花崗岩の階段に現れ、
直ちにロボトミーにしてくれと自殺願望の道化スピーチを行なった。
そして、その精神は、その代わりに、
全く効き目のないインシュリン療法、電気療法、水治療法、
心理療法、作業療法、ピンポン、健忘症を与えられた。
そして、その精神は、抗議として、
象徴的なピンポン台をひっくり返した。

ロックランドにいる

　小羊たちの代表がソロモンであることを認識するや、アレンはそのソロモンに呼び掛ける第2部を書き始め、同じ日に半分ほど書き終えた。

Carl Solomon! I'm with you in Rockland
　　　where you're madder than I am
I'm with you in Rockland
　　　where you must feel very strange

カール・ソロモンよ。僕は君とロックランドにいるのだ。
　　　そこで、君は僕よりずっと狂っている。
僕は君とロックランドにいるのだ。
　　　そこで、君はとても奇妙に感じるに違いない。

　アレンは第1部のオリジナル原稿を打ち終わると、各ラインにA, B, C, Dの符号をつけ、また、第1ラインのmystical（神秘的に）をhysterical（苛立って）に置き換えるなどの文言修正を行った。そして、第1部がソロモンの長いクライマックスに導かれるように、AからDへ、新たな順序にラインを並べ直しながら、修正原稿を打ち込んでいき、最後に、次の未来への積極的なヴィジョンをもつ数ラインを加えた。

the madman bum and angel beat in Time, unknown,
　　　yet putting down here what might be left to
　　　say in time come after death

第1部　米国におけるハイク

　　いま気違いは浮浪し　天使は羽ばたいている
　　　　まだ記されていない未知よ　死の後に来る時の中に
　　　　いうべきことを書きしるす（訳：諏訪誠）

モーラック！　モーラック！
　数日後、アレンとピーター・オーロフスキーはペヨーテを飲み、お互いの顔が幽霊に見えるような状態で、夜の下町を歩き回った。すると、聖フランシス・ホテルはぎらぎらと赤い煙を吐くモーラック（古代フェニキアの火神）に見え、その上階はブラインドの下りた無数の眼と頭蓋骨のロボットで、煙に包まれていた。モーラックという言葉はパウエル通りのカランカラン鳴るケーブルカーに乗っているときに浮かんだ。アレンはそれをつぶやきながら、ホテルの下のカフェテリアに座って、『吠える』の第2部のスタンザを書き始めた。

　　Moloch! Moloch! Whose hand ripped out their brains
　　　　and scattered their minds on the wheels of
　　　　subways?
　　Moloch! Moloch! Ugliness Ashcans and unobtainable
　　　　dollars! Beauties dying in lofts! Harpsichords
　　　　unbuilt!

　　モーラックよ！　モーラックよ！
　　　　その腕は地下鉄の車両で脳を割り、
　　　　心を撒き散らした。
　　モーラックよ！　モーラックよ！　醜悪、ゴミ箱、手に入らないドルよ！
　　　　屋根裏で死につつある美女よ！
　　　　組み立てられないハープシコードよ！

　ソロモンへの呼び掛けを第3部に回し、長詩『吠える』の3部構成が決まった。ギンズバーグは、構成の意図を『吠える』の覚書に、次のとおり書き記している。「第1部は小羊的な青春時代を送っているアメリカの小羊たちのためのエレジーである。第2部は小羊たちを餌食にしている精神的意識のモンスターの告発である。第3部は栄光に包まれた小羊たちの肯定の祈りである」。

4 サンフランシスコ・ルネッサンス

(1) シックス・ギャラリー、詩の朗読会

　1955年10月7日、サンフランシスコのシックス・ギャラリーで、詩の朗読会が開催された。ニューヨークから来たビート詩人たち、地元のさまざまの流派の詩人作家たちが、初めて一堂に会するなか、ギンズバーグが『吠える』を朗読し始めた。

　この朗読会は、「ビート・ジェネレーション」の文学運動の開始を画期するとともに、サンフランシスコは、その後の文学運動としての「ビート・ジェネレーション」にとって拠点の役割を果たした。(村上淳彦、「フリスコでビートニクは……」―『ビート読本』思潮社)

ベイ・エリア、1955

　1954年6月、アレンはユカタン半島を離れ、カリフォルニアに向かった。サン・ノゼに愛しいニールを訪ねたが、長続きせず、8月、サンフランシスコに移った。タウン・オラー社に入社し、市場調査の仕事に就いた。髭を剃り、髪をカットして、ツィードのスーツに身を包み、いかにも有能な月250ドルを稼ぐビジネスマンになった。

　アレンは早速、ウィリアム・カルロス・ウィリアムズの紹介状を持って、ケネス・レクスロスを訪ねた。レクスロスは48歳、ベイ・エリアの文学界の長老で、毎週自宅でセミナーを開き、政治・宗教・文学を議論していた。無宗教・平和主義のアナーキストで、東洋の神秘主義に関心を持ち、漢詩や俳句を翻訳し、詩集をいくつも出版していた。アレンは前々からウィリアムズの示唆でレクスロスと文通していたので、直ぐ親しくなり、その文学サロンのメンバーになった。そこで、ロバート・ダンカン、ジャック・スパイサー、マイケル・マクルーア、ケネス・パッチェンなどと知り合った。

　アレンはシスコで、初めて異性と親密になり、そのノブヒルのアパートに移った。しかし、ホモであることを打ち明けると、関係がおかしくなったので、1955年2月、モンゴメリー通りのアパートを借りた。間もなく、ピーターと知り合い、同棲するようになった。5月1日、勤め先のサンフランシスコ支社が閉鎖され、アレンは週30ドルの失業保険で、6カ月間暮すことになった。7月28日、アレンはUC(カリフォルニア大学)のMA(文学修士)を取得し、父親を喜ばせた。

失業保険が入ってくるので、将来（文学部教授）への準備は後回しにして、今までの創作活動を振り返り、読書三昧の日々を過ごした。そして、8月初めの午後、『吠える』の第1ラインを書き始めたのである。

　9月1日、アレンはピーター兄弟をモンゴメリー通りのアパートに残し、単身でバークレーのミルビア通り1624の小さな家に引っ越した。いよいよ米文学のドクター・コースに進むべく受験準備に入った。試験問題を読むかたわら、学資を稼ぐために皿洗いをしたが、週20ドルか30ドルもあれば十分だった。

　月初め、アレンは街でマクルーアと出会った。彼はシックス・ギャラリーで詩の朗読会を組織するよう頼まれていたが、時間が取れないで困っていた。アレンはジャック、ニール、自分が朗読しようと、直ちにボランティアを買って出た。レクスロスに相談すると、バークレーの若い詩人、ゲアリー・スナイダーを推薦した。

　9月の第1週、ゲアリーが小屋の裏庭で自転車を組み立てていると、ビジネス・スーツのアレンがカバンを提げてやって来た。ゲアリーは25歳、ブロンドで、背が高い。シェラ・ネバダで山林の仕事をしているので、筋金のような身体をしている。オレゴン州のリード・カレッジを卒業し、UCバークレー校で中国や日本文学を専攻している。カレッジで仏教に出会い、バークレー校では座禅をしている。カレッジを卒業すると、寮で起居を共にした詩人仲間、フィリップ・ウェーレン、ルー・ウェルチと一緒に、ベイ・エリアに移ってきた。

　アレンは、詩の朗読会の出演者として、最終的に、アレン・ギンズバーグ、マイケル・マクルーア、ゲアリー・スナイダー、フィリップ・ウェーレン、フィリップ・ラマンティアの5人を選んだ。本来はジャックとニールに出演してもらいたかったのだが、人前では恥ずかしいと断わられた。ジャックの近作、『メキシコ・シティ・ブルース』は素晴らしい詩だったので、とても残念であった。

　朗読会の司会者は、スナイダーの推薦により、レクスロスになった。レクスロスは大変喜んで、質屋に行き、赤と白のストライブ・ジャケットを買ってきた。アレンは朗読会を宣伝するポスト・カードを作った。「6ギャラリーに6人の詩人、……1955年10月7日金曜夜、午後8時、サン・フラン、フィルモア通り3116、6ギャラリー」

『吠える』の朗読

　ジャックとアレンが、ファーレンゲティ夫妻とともに入っていくと、シックス・ギャラリーは150人余の聴衆で溢れかえり、歓喜と興奮に包まれていた。ニー

ルもアラン・ワッツもいた。一隅に小さな舞台が作られ、大きな椅子が6つ半円形に並べられていた。

レクスロスの短い挨拶に続いて、ラマンティア、マクルーア、ウェーレンの順に、詩が朗読され、13分の休憩に入った。ジャックは舞台近くでスポット・ライトを浴びながら、興奮していた。会場に帽子を回して、小銭を集めると、外に飛び出し、カリフォルニア・バーガンディのガロン・ピッチャーを3本買ってきて、再び会場に回した。

11時ごろ、ワインが聴衆の間を自由に回る中、アレンが舞台に現れ、会場の知人たちに会釈すると、書き上げたばかりの『吠える』（第1部）を朗読し始めた。小さい緊張した声で始めたが、アルコールと詩的感情が高まるにつれて、その力強いリズムを揺らし、息を長く引き延ばし、並外れた言語を味わいながら、聖歌隊の先詠者のように詠い始めた。

僕は見た、僕の世代の最良の精神たちが、狂気によって破壊されるのを、……

ジャックはジャズ・クラブでやるように、アレンの朗読を囃し、ラインの切れ目に「ゴー！　ゴー！」と合いの手を入れた。やがて、会場全体が「ゴー！　ゴー！　ゴー！」の大合唱となった。アレンは1ラインの前に、息を深く吸い込み、原稿を見つめ、そして、言葉を吐き出した。両腕を広げ、両眼をぎらぎらさせ、言葉のリズムとともに、足を身体ごと右・左とスウィングさせた。聴衆はライン毎に荒々しい喝采を送り、レクスロスは歓喜の涙をハンカチで拭っていた。アレンが嗚咽しながら、最後のラインの朗読を終えた。

ジャックが「ギンズバーグ！　君はサンフランシスコ中で有名になるぞ！」というと、レクスロスが「いや違う！　西海岸から東海岸までだ！」といい直した。

最後のゲアリーの朗読が終わると、詩人たちやその友だちは車に分乗して、ゲアリー馴染みの中華レストランに行き、その素晴らしい夜を語りあった。それから、グラント通りの詩人たちの溜り場になっているバーに行き、その後は乱痴気騒ぎになった。

詩のルネッサンス

「我々は驚嘆の思いで立っていた、あるいは喝采しながら驚嘆していた。そして、遂に一つの障害が破壊されたことを、真底から知った」と、マイケル・マクルーアは後に書いている。『吠える』は、従順に従うしか術のなかった産軍複合体の

アメリカに対して、初めて投げつけられた人間の肉声と肉体の抗議であった。「シックス・ギャラリー」以後のビート・ムーブメントは、「サンフランシスコ・ルネッサンス」として知られることになる。それ以前には、『路上』も『吠える』も『裸のランチ』もまだ出版されておらず、ビートと呼ばれる唯一の文学作品は、1952 年に出版されたホームズの『ゴー』であった。

（2）仏教と俳句

20 世紀初めのエズラ・パウンド以来、アメリカの詩人たちは専らイマジズム的な "文学手法" として、俳句に関心をもってきたが、ビート・ジェネレーションの詩人たちは、"生き方の問題"、あるいは滅びゆく "西欧精神文化からの離脱の方法" として、仏教や俳句を捉えた。

仏教との出会い

ビートたちの中で、仏教との出会いはアレンがもっとも早かった。1953 年、中国の屏風絵に感銘して、ファースト・ゼン・インスティチュートに通い、鈴木大拙の『禅仏教入門』を読み、『山から来た釈迦』という仏教詩を書いた。しかし、アレンに仏教における "苦" の考え方、つまり、"この世の苦しみは現実をありのままに見ることのできない人間が作り上げた幻想に起因すること" を教え、仏教への目を開かせたのはジャックだった。

ジャックは 1951 年『路上』を 3 週間で書き上げたが、出版までの道のりは長かった。1952 年夏に『ドクター・サックス』『コーディの夢』を書き、1953 年 11 月には『地下街の人々』を書いて "Spontaneous prose"（自発的散文体）を完成させたが、ニューヨークの出版界による無視は続いた。52 年から 53 年にかけて、ジャックは自己嫌悪やパラノイアに陥り、友人や肉親を頼って、大陸各地を放浪し、ドラッグと酒に耽りながら、心の救済を求めた。1953 年暮れ、ジャックはソローのように文明を離れて森の中に入ろうと思い立ち、図書館に行った。すると、ソローはヒンズー教について語っているではないか。そこで、偶々近くの本棚にあったアスヴァコジャの『仏陀の一生』を手に取って読み始めた。ジャックは "生とは苦しみである" という仏教の「四諦」の第 1 の言葉の中に、キリスト教にはなかった "思いやり" と "寛容" の教えを見出した。

1954 年 1 月末、ニールの誘いを受けて、カリフォルニア（サンノゼ）に移った。ニールは早速、エドガー・ケイス（1877 〜 1945）の "新しい教え" を熱狂的に語り始めた。それは "瞑想により魂の平安が得られる" という仏教の輪廻思想

に似た教義で、当時カリフォルニアで爆発的な人気を集めていた。この西洋発の"擬似輪廻思想"を巡って、ジャックとニールの間で宗教論争が起こった。ニールは仏陀の正統な教えを聞き入れないので、ジャックは毎日午後サンノゼの図書館で、仏教に関するあらゆる文献を読むようになった。

1953年から『路上』の出版される1957年までの苦しい日々、仏教はジャックの精神的な支えとなり、この間に、1000枚に及ぶ研究ノート『達磨書』(Some of Dharma)を始め、数々の仏教に関する覚書や翻訳を書き、友人たちに手紙を書いた。『達磨書』は初めアレンに対するガイドであったが、やがて、スピリチュアルな材料・瞑想・祈祷・ハイクなどを含む幅広い研究書になっていった。

バークレーの裏庭で

1955年10月の詩の朗読会を契機に、アレン、ジャック、ゲアリー・シュナイダーは、お互いに信頼と敬意と友情の絆によって、深く結びつけられるようになった。

ゲアリーは、リード・カレッジ（オレゴン州）で仏教と出会い、仏教の自然のあらゆるものに対する非暴力・不殺生の倫理を学んだ。1953年、UCバークレー校(大学院)でRHブライスの『俳句』4巻に接し、俳句の持つ驚くべき力を感じ取った。『俳句』は座右の書となり、北米の自然と暮らしを俳句の感性によって眺めるようになった。また、鈴木大拙の書物は彼の人生を形づくる一助となり、芭蕉の「松の事は松に習え」という偉大な教えは、ゲアリーの進むべき道筋を定めた。

アレンが借りていたミルヴィア通りの裏庭の小さな小屋と、そこから1マイル足らずの所にあるゲアリーのもっと簡素な小屋は、ビートたちやベイ・エリアの"いかれたダルマ狂いたち"の溜り場になった。

「みんなで一緒に夕飯を食べたり、ワインを飲みがら詩や仏教の話をしたり、鳥や栗鼠のいる庭先で本を読んだり、書き物をしたり、実に楽しかったよ」と、ゲアリーの詩人仲間の一人、フィリップ・ウェーレンは、当時の様子を振り返る。RHブライスの『俳句』やDTスズキの本はみんな読んでから、お互いにハイクを作ってやりとりしたり、公案を出しあったりした。

アレンは日記に"1955年、バークレー、ミルビア通りの裏庭の小屋で、RHブライスの『俳句』4巻を読みながら作ったハイク"と前置きして、21句を記している。(俳訳：岡田史乃)

```
A frog floating                 蛙が浮いている
   in the Drugstore jar:        ドラッグ・ストアの水がめに
   summer rain on grey pavements. 灰色の歩道に夏の雨
       (after Shiki)            （子規に倣って）
                     ― 水がめに蛙浮きゐる夏の雨


On the porch                    ポーチの上の
   in my shorts;                僕のショーツに
   auto lights in the rain.     雨の中の自動車のライト
                     ― 軒先の短パン雨のライト受く
```

ケルアックのハイク

　ジャック・ケルアックは書き直さず、浮かんだままに書いて行く"Spontaneous prose"（自在的散文体）の作家として知られる。しかし、その散文を注意深く読むと、不揃いで回りくどく悲しげなカデンツァの中に、詩のリズミカルなフレーズがあることに気がつく。ケルアックは、彼をよく知る知識層の間では、いくつもの詩の伝統を踏まえた卓越した詩人とされている。また、俳句をハイクに改造し、アメリカン・ハイクを作ることに成功したハイク詩人でもある。

　ケルアックは西洋言語が日本語の流れるような音節に順応できないことを知り、西洋流のハイクを提案している。「西洋ハイクは、どんな西洋言語でも、多くのことを3行の短いラインでいえばいい。ハイクはとてもシンプルで、あらゆる詩的トリックをせずに、小さな絵を描くが、ヴィヴァルディのパストラルのように、軽く優雅でなければならない」。

　ケルアックは1953～69年の間に、約1000のハイクを作ったが、その作品は三つの形態で収録されている。

　一つ目は1956～66年の製本された小さなノートに書き込まれたもので、このうち1956～61年の作品から選んで、"Book of Haikus"（自選ハイク集、1961）が出版された。二つ目は1961～65年のワーキング・ノート5冊、三つ目は1953～69年の様々なノベルや手紙や雑誌の中に含まれるものである。

　これらのハイクを総計すると約1000句になるが、同じ句がリサイクルされている場合があるので、実数はもっと少ない。

　一つ目の作品は既に紹介したので、ここでは、三つ目の"Some of Dharma"（達磨書、1953～56）の作品59句の中から、比較的初期のものを3句紹介するこ

ととしたい。

The sun keeps getting 　　dimmer—foghorns began to blow in the bay	日が暮れていく 霧笛が 湾内で響き始めた

　　　　― 夕暮の霧笛響ける湾の内

Take up a cup of water 　　from the ocean And there I am	水をカップ1杯掬う 大洋から さあ、いいわよ

　　　　― 海の水カップ1杯分掬ふ

Leaf dropping straight 　　in the windless midnight: The dream of change	葉が真直ぐ落ちる 風のない深夜に 変化の夢

　　　　― 真夜に落つ葉1枚に変る夢

(3) 文学運動

　1956年から1958年にかけて隆盛した"ビート・ジェネレーション"は、我が国の文学史の中では最も短命な世代の中に含まれる。しかし、ガートルード・スタインがアメリカでの講演で述べたように、あらゆる時代の区切れは一つの世代によって計られるのである。一つの世代は2年から100年の間のどこかに存在するのだ。

　　　　　　　（アン・チャータース著『ビート・ジェネレーションとは何か？』）

シスコよ、さらば

　『吠える』の朗読会（1955.10.7）の翌日、アレンはシティ・ライツ書店のローレンス・ファーレンゲティから「素晴らしいキャリアの出発を心から歓迎します」という祝電を受け取った。これは100年前に、エマソンが『草の葉』を出版したホイットマンに贈った祝辞の文句で、その次に「いつ原稿をいただけますか？」と書いてあった。

　数週間後、アレンはバークレー校をやめ、詩人になることを決意した。『吠える―その他の詩篇』は1956年8月、1ドル以下のポケット文庫として売り出さ

れ、東海岸でも話題になった。ニューヨーク・タイムズは9月2日号に"西海岸リズム"という書評を載せた。ベイ・エリアのさまざまな詩人や流派が紹介されているが、注目は『吠える』の著者、ギンズバーグの人と作品に集まっていた。

グレゴリー・コーソがニューヨークから移ってきて、地元の詩人やニールたちと悶着を起こした。余所者が大勢ノース・ビーチに屯するようになった。サンフランシスコが注目を集めるにつれ、詩人たちの間に亀裂や仲違いが生じてきた。シスコ文学界のドン、レクスロスは当初"詩のサンフランシスコ・ルネッサンス"であると歓迎したが、やがて、東海岸出身のビートたち、特にケルアックを批判するようになった。

アレンは3年前、著作のない無名の詩人として、シスコにやって来たが、今や多くのことを成し遂げ、新しいダイナミックな文学運動の中心にいた。このまま小さな池の大きな魚で居続けるのは容易であったが、シスコに止まっていれば社会シーンに巻き込まれ、創作できなくなると思った。彼にはビートたちの才能を信じ、ケルアック、バロウズ、コーソらを売り出す仕事が残っていた。

9月、アレンはシスコにおける季節が終わったことを悟り、ヨーロッパ旅行の準備にかかった。10月、ピーターやグレゴリーとともにシスコを離れ、メキシコに寄ってジャックを誘い、いったんニューヨークに戻った。

『吠える』、『路上』、『裸のランチ』

ゲアリーは日本で禅の修行をするために1956年5月15日、船で旅立つことになった。ジャックは4月初め、シスコの北、ミル・ヴァレーにあるゲアリーの丸太小屋を訪ね、出発までの1カ月余をともに過ごした。ゲアリーの3日に及ぶ歓送会が終わり、近くの山に2人でハイキングをして、波止場で出航を見送ると、ジャックは急に空白感に襲われた。

ジャックが7月から、カナダ国境近くのデソレーション・ピーク（荒涼峰）で、63日間の森林監視に就き、その孤独な体験に基づいて、10月、メキシコで『荒涼天使』を執筆していると、アレンたちがやって来た。一緒にタンジールに行って、ビル・バロウズの出版を手伝おうというのである。

ニューヨークに着くと、『吠える』がベストセラーになっていて、アレン、ジャック、コーソは早速、雑誌の取材を受けた。

12月、ついにジャックのもとに、バイキング社から『路上』の正式出版通知が届いた。ジャックは1957年2月15日、『路上』の最終契約書にサインすると、アフリカ行きのタンカーに乗った。アレンは2月25日、ピーターとともにニュー

ヨークを出航し、パリ滞在を経て、3月22日、タンジールにやって来た。

　ビルは1954年12月以来、ずっとタンジールにいたが、モルヒネの悪習を絶ち切り、見違えるように健康で逞しくなっていた。滞在中のホテル"狂乱宿"はフレンチ・クォーターの外れにあり、エキゾチックな退廃の香りに満ちていた。部屋に案内されて、ジャックはびっくりした。床一面に散らばった原稿には、靴跡にこびりついたサンドイッチの食べかす、鼠の齧った跡まであった。

　翌日からジャックは原稿を整理し、1分間に100語という得意のスピード・タイプで、ビルが初めて実名で世に問う作品の清書を始めた。やがて、アレンたちが来て、この作業を引き継いだ。2カ月後、友人たちの献身的協力を得て、ビルはこの人生最大の宿題を片付けることができた。ジャックは昔、この天才的友人が「田舎から届いたご馳走を食べよう」といって、皿に電球と剃刀の刃を乗せて、キッチンから現れたのを思い出し、この反吐の出そうな作品に『裸のランチ』（1959年8月出版）という名前をつけた。

"ビート"文学の隆盛

　アレンたちの欧州旅行は、イタリー、スペイン、パリ、ロンドン、パリと1958年7月まで続いた。1957年3月、英国の印刷所から船便でシスコに送られてきた『吠える』520冊が、US税関で押収されたが、猥褻物ではないという主張が通って、返却された。すると、今度はシスコ警察がファーレンゲティらを猥褻罪で起訴し、8月22日、裁判が始まった。

　裁判はシスコ文学界の名を大いに高めた。レクスロスが武器をもって立ち上がり、ダンカンなど多くの人々が助太刀した。ニューヨーク・タイムズ、ウィリアム・カルロス・ウィリアムズをはじめ、多くのメディアや論客がシティ・ライツ書店を支持した。裁判のおかげで、全国から『吠える』の注文が殺到した。

　執筆から7年、ジャックの『路上』がいよいよ9月5日に出版されることになった。その前日、フロリダにいる彼のもとに、ガールフレンドから、書評がニューヨーク・タイムズの当日朝刊に載るという連絡が入り、ニューヨークまでのバス代30ドルが電信で送られてきた。ジャックは彼女のアパートに泊まり、5日早朝、2人で近くのニュース・スタンドで第1版を買った。新聞を広げると、書評を書いているのは1952年、クレロン・ホームズの著書『ゴー』の書評を書き、ホームズに「これがビート・ジェネレーションだ」の寄稿を依頼した文化部の記者、あのギルバート・ミルスタインだった。彼ははっきりとした論旨で、『路上』の出版を"歴史的出来事"と讃えていた。

――『路上』は"ビート"の命名者、ジャック・ケルアックの第2作である。ヘミングウェーの『日はまた昇る』が"失われた世代"の聖書であったように、ケルアックの『路上』は"ビート世代"の聖書である。トーマス・ウルフは『時と河の』で大陸横断鉄道の旅を描いたが、ケルアックは『路上』で大陸を疾走する自動車の旅を描く。――

一眠りして起きると、ジャックは"ビート世代"のヒーローになっていた。『路上』は5週間、ベストセラーの上位を快走した。

既に『吠える』裁判を通じて、"ビート"の名前は今や知らぬ者のないほど知れ渡っていた。そして、10月30日、クレイトン・ホーン判事はこの裁判に無罪の判決を下したのである。

『路上』の出版はまさに時機を得ていた。アメリカ人は自動車とロックンロールに熱中していた。『路上』は1948〜49年の出来事を描いていたが、人々の目には現在の出来事と映った。1955年に『暴力教室』『理由なき反抗』が封切られ、1956年にエルビス・プレスリーが登場した。大多数のアメリカ人にとって、新たな現象、非行に走る"ティーン・エージャー"は脅威であった。

『路上』はロックンロール・ブックとなり、ケルアックは非行青少年（ティーン・エージャー）の元祖（オピニオン・リーダー）と見なされたのである。

（4）社会への反発

第2次大戦後の15年間、米国社会は慎重さ、角刈りの髪（クルー・カット）、自己満足の時代だった。若者は危険な賭けを冒さず、常に冷静を保ち、他人と仲良く折れ合いながら、「組織の中の人間（オーガニゼーション・マン）」になって、立身出世を目指した。大学の学位、堅実な仕事、郊外の家、家庭、ステーション・ワゴンが、この時代の信条を形づくった。競争の単位は個人ではなく、組織であった。このような"スケア"な社会に反発し、ドロップ・アウトしたのが、"ビート"であった。

脱モダニズム、魂の解放

第1次大戦後、T・S・エリオットやエズラ・パウンドなど、モダニズムの詩人たちは、さまざまな前衛的実験を行ない、複雑化する現代の精神を表現しようとした。しかし、その亜流たちは、詩法の末端の工夫に走り、詩を感情の流露のない、いたずらに難解なものにしてしまった。

本来の「アメリカ的」な文学は、精神においても表現においても、「自由」を

探求するものであったはずだ。モダニズムの「閉ざされた形式」でなく「開かれた形式」によって、エマソンやホイットマンの自由な詩的精神を取り戻そうという動きがでてきた。ウィリアム・カルロス・ウィリアムズやケネス・レクスロスはその先駆者であったが、詩を根本的に改革し、精神の解放に結びつけて、文化運動にまで発展させたのは、"ビート・ジェネレーション"といわれる詩人たちであった。

　"ビートたち"は、中産階級的な物質本位の豊かな日常生活に自己満足した精神"スケア"を軽蔑した。詩は自然で自由な人間性を回復するための最も有効な表現手段となった。

　彼らには態度として、直接「神」に接するという「超絶論（トランセンデンタリズム）」の精神があった。エマソンやソローやホイットマンのように、つまらぬ束縛的な現実を「乗り越え」て、本来の自己を回復しようとした。魂を昂揚させ「至福」を実現するために、彼らはセックスを重んじ、飲酒やドラッグに耽った。ビート・ジェネレーションの新しい文学・文化運動は、1940年代末に始まるが、実際に作品として結実するのは1957～59年である。

"ビート現象"

　ジャックの得た名声と成功は、作家としてではなく、"ビート世代"のスポークスマン役にあった。メディアは、彼の文体や文学には関心がなく、もっぱら"ビート世代"の信条・主張を尋ねた。『路上』に描かれるビートたちは、快楽に任せて、車の盗み、違法なドラッグ、少女の誘惑などを、奔放に振る舞う。メディアは"ビート世代"を反抗的・反社会的・非道徳的な存在と見なし、そのイメージに沿った発言を引き出そうとした。ジャックが「ビート世代とは、宗教心に富み、至福を信じるが故に、神秘主義者である」と説明しても、どこも取り合わなかった。

　メディアによって振り撒かれたイメージは一人歩きを始め、1957年から58年にかけて、国中に"ビート現象"を引き起こした。街角にはサングラスをかけ、サンダルを履き、ジーンズ姿でボンゴを打ち鳴らす若者が現れ、壁を黒く塗っただけの"ボヘミアン・カフェ"が次々とオープンした。

　そんな中、1957年10月4日、ソ連が人類初の人工衛星スプートニク1号を打ち上げた。直径58cm、重量83.6kg、ミサイルに水爆をつければ、米本土を直撃できる。続いて、11月3日、スプートニク2号が打ち上げられ、今度は全重量508kg、1周108分で地球を飛行し、観測機器の他に、ライカ犬が乗って

いる。58年1月31日、米国も人工衛星を打ち上げたが、重量は8.2kgに過ぎず、ソ連に大差をつけられていた。

4月2日、サンフランシスコ・クロニクル誌のコラムニスト、ハーブ・カーンが、スプートニクに引っ掛けて、"ビートニク"という造語を考案し、ノース・ビーチに屯するボヘミアンたちを揶揄した。この言葉には、敵国ソ連の連中と同じくらい危険で厄介な奴らだという、敵意と軽蔑の響きがあり、たちまち国中の流行語になった。

こうして、新しい詩や文学の運動として始まった"ビート世代"は、わずかな時の流れの中に、マスコミやコマーシャリズムによって、奇妙・滑稽・グロテスクなイメージの"ビート現象"へと歪められていったのである。

"禅ブーム"

アラン・ワッツ（1915～73）は英国ケント州の生まれ、カンタベリー大聖堂のキングズ・スクールで英国教会の牧師教育を受ける傍ら、ロンドンの仏教ロッジで季刊誌を編集し、1936年、鈴木大拙に出会った。1938年、ニューヨーク移住、1941年、イリノイ州のシーベリー・ウェステム神学校に入会し、監督教会の牧師になった。1951年教会と決別し、サンフランシスコで、米国アジア研究アカデミーの教授になった。そこで人気講師になり、1953年、バークレーのラジオ放送KPFAの常連講師になった。1958年に『禅の道』を出版、ベストセラーになった。続いて1959年、シティ・ライツから『ビート禅、スケア禅、そして禅』を出版すると、前年10月に出版されたケルアックの『達磨狂い』と相まって、全米に"禅ブーム"を起こしていった。

この本はたった35ページの小冊子であるが、ワッツは"ビート"や"スケア"などの流行語を使って、社会一般の関心を捉え、1950年代後半の人々の意識や行動の変化に結びつけて、禅の考え方を身近なものにした。

ZEN（禅）は日本語であるが、その根底には中国の道教思想がある。ユダヤ・キリスト教に感化された西洋人は、善と悪、正と邪を峻別し、自然と人間を対立的に捉えるが、道教的な自然観・人間観に立つ東洋人は、人間は善悪・正邪を併せ持つ存在であり、宇宙や大自然の一部であると考える。東洋の智恵は悪から善を切り離すのではなく、コルクが波の山谷を漂うように、善悪を乗りこなすのである。

禅を志す西洋人は、まず自らの西洋文化に知悉し、ユダヤ・キリスト教の神と合意の上で、その教義を自由に取捨できなければならない。また、自意識を捨て、

自己の正当化を止めなければならない。これができないと、その禅は"ビート"か"スケア"、すなわち、既成の文化や社会秩序への「反抗」か、新しい秩序や慣習の「墨守」になってしまう。"真の禅"はあらゆる慣習を乗り超えるものであり、慣習への反抗でも、外来の慣習の遵守のどちらでもない何かなのである。

"ビート禅"は文芸や生活における気ままな好みの正当化から、ギンズバーグ、スナイダー、ケルアックの文学における社会批判や宇宙探求まで、幅広く使われるが、自意識過剰・主観的・耳障りであり、禅味に欠ける。

"スケア禅"は日本的な禅の作法によって、座禅を行い、悟りを得るために、毎日修行する。生真面目で、難解な規律を好み、精神的なスノビズムに陥りがちである。

ワッツは、"ビート禅"や"スケア禅"を否定せず、精神運動とは極端に振れるものだとして、"真の禅"（悟り）に至るプロセスの一つとして、容認している。

『達磨狂い』の出版

1957年11月、出版社の要請を受け、ジャックはたった10日間で『達磨狂い（ダーマ・バムズ）』を書き上げた。ここで、彼は今までの"ビート"とは全く違う新しい若者像を描き、翌年10月出版されるや、"禅ブーム"に火をつけた。"ダーマ"は「真理」「法」を意味する。主人公ジャフィー・ライダーに導かれて、レイ・スミスは、真理を求めて、ロッキーを登り、尾根を歩き、瞑想する。遥か下には、俗まみれのシスコがあった。ジャフィーのモデルはゲアリー・シュナイダー、森林監視人、木こり、東洋研究者、禅仏教徒、しかし好色で、詩を楽しみ、ワインを愛し、いつも陽気で、振舞いは自然であった。

(5) 60〜70年代の予見

"Dharma Bums"（達磨狂いたち）は、1955年から1956年まで、ケルアックが西海岸で体験した"ビート世代"の新しい群像を、描いたものである。それは1960年代から1970年代のカウンター・カルチャー時代を予見するものだった。

新しい若者像、"達磨狂い"

『達磨狂いたち』は1955年9月〜1956年8月に起こった出来事に基づいている。

物語は詩の朗読会に参加するために、語り手のレイ・スミス（ケルアック）が、貨物列車に無賃乗車するところから始まる。貨車の中で最初の"達磨狂い"（放

第1部　米国におけるハイク

浪者）に出会う（第1章）。"サンフランシスコ・ポエトリー・ルネッサンス"の朗読会（第5章）や詩人たちの"yabyum"（曼荼羅の性愛儀式）パーティー（第3章）などで、レイは"達磨狂い"のヒーロー、ジャフィー・ライダー（スナイダー）と親交を深める。レイはジャフィーに導かれて、シェラネバダ山脈の高峰、マッターホルンを登り、そのライフ・スタイルを学ぶ（第6～12章）。クリスマスから翌春まで、レイは母親や妹夫婦の北カロライナの家で、"達磨ライフ"を実践する（第17～21章）。3月、レイはカリフォルニアの山林の簡素な丸太小屋に、ジャフィーを訪ね、若い大工の夫婦を交え、1カ月間"達磨ライフ"を楽しみ（第23～26章）、ジャフィーと近くのタマルペイス山に登った（第29～30章）。ジャフィーは5月5日、日本で2年間の禅修行をするため、シスコを出港した。6月18日、レイはヒッチハイクをして、シアトルに向かった。そして、"Desolation Peek"（荒涼峰）山頂の監視小屋で、独り63日間、山火事監視の任務に就き、"達磨修行"に励むのだった（第34章）。

　"達磨狂いたち"は大量消費社会を否定し、エコロジカルな生活をしながら、座禅し、瞑想し、精神的覚醒を求める。都会を離れて、山野の質素な家に住み、リュックサックでヒッチハイクし、スリーピング・バッグで寝る。

　ジャフィーは「何千、何百万のアメリカの若者たちが、いずれ、リュックサックを担いで放浪するだろう」と予見するが、この予言は12年後に、その想像を超える規模で現実になった。ヒッピーたちがアメリカ全土に溢れ、世界中に広がった。

　ケルアックは『路上』と『達磨狂いたち』によって、新しいアイデアを予言し、普及させ、1960年代のヒッピー文化、規制されないライフ・スタイルの実現に大きな影響を与えたのである。

俳句とは何か、"達磨狂い"の探求
『達磨狂いたち』のモチーフは完璧な俳句への苦闘である。ジャフィーはヴェルギリウス、レイはダンテになって、山を登る。新鮮で透明な湖を見て、レイが「ああ、俳句そのものだ」と言う。「あれを見ろよ」とジャフィーが言う、「イエロー・アスペン、俳句の心になった」。

「断崖の上に、岩が数個ある。何故落ちないのだろう」とレイが言うと、「多分俳句なんだ。いや違うかも知れない。俳句にしては一寸複雑すぎる」と、ジャフィーが言う。「本当の俳句はポリッジのようにシンプルで、しかも、現物をリアルに写し出すんだ」と言って、ジャフィーは子規の俳句を詠み上げる。"濡れ足で廊

下を歩く雀かな"、「君の心の中に一つのヴィジョンのように濡れた足跡が現れる。この数語の中に、その日降っている雨のすべてを見、濡れた松葉の香さえ嗅ぐんだ」。

自作のハイク集を出版したもう一人のビート詩人、ギンズバーグは「合衆国の中で、ハイクの作り方をマスターしたのは彼だけだ」とケルアックを評価する。"Jack Kerouac, Book of Haikus"（2003）を編集したレジーナ・ワインライヒによれば、ケルアックはビート詩人の中で「主題のエッセンスの表現、一時的な存在の微かに光る儚い性質」を最もよく会得していた。ケルアックは、言語におけるヴィジュアルな可能性を追求し、"自在的散文体"と"スケッチング技法"を結びつけた。"Dharma Bums"のセンテンスは、今までの作品よりさらに短くなり、何千ものハイクを書いているようになった（ギンズバーグ、1958）。

ビート派、ハイク熱の拡大

太平洋戦争後、アメリカ人の禅や俳句への関心を、一部知識層に止まらず、社会一般にまで広げたのはビート派の詩人たちだ。ブライスの『俳句』4巻は、俳句が禅の詩的表現であるという前提に立っていたので、とくに、ビート派の注目を引いた。ギンズバーグ、スナイダー、ケルアックの3人は、禅仏教に魅せられて、俳句について書き、Haiku（ハイク）を作ったが、ケルアックはハイク形式を普及させる上で、特に大きな役割を果たした。

『達磨狂いたち』はアメリカの若者全体のバイブルになった。主人公のジャフィー・ライダーがハイクを作ると、突然、多くの若者たちがハイクを作り始めた。現代の代表的なハイク詩人たち、例えば、ウィリアム・ヒギンソン（1938～）も、その一人である（ジョージ・スウィード、『北米におけるハイク』）。ヒギンソンは米空軍の兵士として、三沢に勤務中に俳句に出会い、俳句の研究を始めた。1958年、ケルアックの『達磨狂いたち』を読んで、初めてハイクを発見し、ハイクを作るようになった。

コー・ヴァン・デン・フーベル（1935～）は、1957年冬のある日、マンハッタンのニュース・スタンドで雑誌「エヴァーグリーン・レヴュー」の第2号を手にした。サンフランシスコにおける"文学のルネッサンス"特集号には、ベイ・エリアやビート派の詩人たちの名前と作品の抜粋が載っていた。それらがとても革新的で新鮮だったので、ルネッサンスを体験するために、1958年春、サンフランシスコを訪れた。詩人たちの溜まり場、ノース・ビーチの"プレイス"で、スナイダーの横に腰掛け、彼らが馬の話をして、そのハイクを作り合うのを、黙っ

第 1 部　米国におけるハイク

て聴いていた。ニューヨークに戻ると、俳句の本を探し、ブライスの翻訳を通して、芭蕉・蕪村・子規に出会った。

"見える"詩人、ケルアックのハイク

　フーベルは 1974 年、初めての『The Haiku Anthology』を編纂・出版し、1950 年代以降の北米におけるハイク詩人 38 人 238 句を収録した。その序論で、「このアンソロジーの詩人たちは、今まで"見えない"存在だった」として、過去 20 年の発展を概括する。

　ハイクは 1950 年代に種が蒔かれ、1950 年代後半から 60 年代前半に発芽した。1963 年、初めてのハイク雑誌 "American Haiku" が発行され、1968 年、初めてのハイク団体 "The Haiku Society of America" が設立された。ハイクの創作活動は世界的に広がってきたが、文学の世界では、批評家も詩人たちも、ハイクを無価値な切れ端、空っぽで不可解と見なし、子どもたちに詩への興味を起こさせるための教育的手段に過ぎないと捉えている。その脚注で、「例外的に数人の"見える"詩人たちがハイクを書いた」として、スナイダーとケルアックを挙げるが、「いずれもその詩作の方法や方向には、ハイクを位置づけていない」と記す。ケルアックについては「ハイクの草分け、ビート詩人たちのなかでは最もその真髄に近づいたが、作品の副次的なものに止まった」と述べる。

　1974 年の第 1 版には、1957 年から作り始めた J・W・ハケット（1929 〜）の 9 句、1963 年から作り始めたニコラス・ヴァージリオ（1928 〜 97）の 15 句が載っているが、1999 年の第 3 版には、89 人・約 850 句が収録され、初期のハイク詩人として、ハケット 10 句、ヴァージリオ 39 句などに加えて、1952 年から作り始めたケルアックの 6 句が登場した。

　ケルアックの全資料が 1990 年から公開されるようになり、その全ハイクを収録した『Jack Kerouac, Book of Haikus』（前出）が 2003 年に出版された。ハイクにおけるケルアックの見直しは緒についたばかりである。

5　カウンター・カルチャー

　1959年から1960年初めにかけて、堰を切ったように、多くのビート作家たちが出現した。その詩や小説のテーマやジャンルはさまざまであったが、戦後生まれのアメリカ人たちの意識を変革し、時代の体制に対する不服従の精神を喚起した。

　1965年頃から、"ビート"あるいは"ビートニク"という名称は、その力と衝撃力を失い始め、"ヒッピー"あるいは"フラワーチルドレン"に、その地位を明け渡していく。ベトナム戦争が拡大していくなか、"カウンター・カルチャー"という新たな社会的抗議運動の波が現れ始めたのだ。

豊かな社会

　米国の"豊かな社会"(the Age of Affluence)は1942年に始まり、1960年代に最盛期を迎え、1972年に終わったと、セオドア・ローザックは著書『対抗文化の形成』(The Making of a Counter Culture、1969)の概論(1995年版)で述べている。

　1942年、ルーズベルト大統領はそれまでのニューディール政策を戦争経済に切り換え、軍産複合による経済の復興が始まった。戦争によって、古い工場は全部建て替えられ、戦争終了時点で、米国は電子工業、化学、プラスティック、航空宇宙などの最新技術を擁する世界唯一の産業国家になっていた。他の国々は戦争によってことごとく疲弊していたが、米国には欧州と日本の復興のために、資本を輸出する余裕があった。

　大戦後、米国では高速道路網が広がり、都市から伸びる道路の先に、郊外住宅地が開発された。男は組織・仕事、女は家庭・育児に専念し、結婚して、テレビ・冷蔵庫・芝生付きの家に住み、テール・フィンの自動車に乗るという、米国人の願望が叶えられた。企業経営者と産別労働組合の間で、賃金の物価調整を組み込んだ労使慣行が成立した。組織の一員となり、社会規範を守り、良き家庭を築くことが、米国人の常識となった。テレビや雑誌は消費熱を煽り、商品は頻繁にモデル・チェンジされ、後払いのクレジット・カードが普及していった。

　ヨーロッパ人は、羨望と侮蔑の複雑な眼で、豊かなアメリカ社会を眺め、"天国の豚"と呼んだ。ナポリに帰ってきたイタリー人は、アメリカの様子を聞かれると、ティッシュで鼻をかんで、窓の外に捨て、「使ったら、捨てるんだ」と答えた。米国では、テレビもテレビ番組も、ガス・ガズラーの自動車も、使い捨てられた。

離婚はかつて富裕階級の贅沢であったが、結婚は中産階級にとっても使い捨て可能となった。

　1960年、アイゼンハワー大統領は、引退スピーチで、米国社会を"軍産複合体"と呼んだが、この警告は遅きに失した。大戦後に始まった東西冷戦は、戦時中に形成された軍産複合体を強化し、軍産複合体は新たな戦争を欲した。軍産複合体は、米国の政治システムに組み込まれ、中国の共産化（1949）、朝鮮戦争（1950～53）、ミサイル開発の米ソ競争を経て、1960年代にはキューバ危機（1962）、ヴェトナム戦争（1965～73）と、ますます確固たるものになっていった。1972年、石油不足が発生し、米国人は初めて、地球資源の有限性に直面した。大量生産・大量消費型の文明社会への警鐘が鳴らされた。

対抗文化の形成
　どの時代にも、メイン・カルチャーの周辺にはさまざまなサブ・カルチャーが存在するが、それらの中で、メイン・カルチャーに対抗するに至ったサブ・カルチャーを、特にカウンター・カルチャー（対抗文化）という。この新造語の命名者、ローザック（既出著、1969）によれば、"対抗文化"は1942～1972年の"豊かな社会"に、高度産業経済が破綻したからでなく、逆説的ではあるが、成功したために、それに対する"抗議"として形成されたのである。対抗文化の主たる担い手は、戦後生まれの"ヒッピー"たちだった。

　1965年8月5日、サンフランシスコのジャーナリスト、ハーブ・カーンは"ビートニク"の一部がノースビーチから貧民地区のハイト・アシュベリーに移りつつある現象に注目し、「ビートニクのための新しい天国」という記事で、"ヒッピー"という言葉を使った。"ビートニク"は山羊髭を生やし黒っぽい服装であったが、その変種、"ヒッピー"は長髪を垂らしサイケデリックな服装をしていた。

　"ヒッピー"の大半は白人の中流家庭に育った15～25歳のティーン・エージャー及びヤング・アダルトで、先のボヘミアンやビートニクの文化的不同意の伝統を受け継いでいた。戦後生まれの彼らは、大不況や戦争を経験した両親たちとも、社会から離脱した"ビート"や"ビートニク"とも異なり、何をしなくても両親から金がもらえるし、いつでも社会に復帰することができた。

　ビートニクは次第に減少し、ヴィレッジ（NYC）やノースビーチ（SFO）に代わって、ハイト・アシュベリー（SFO）が全米のヒッピーたちのメッカになった。1967年、ゴールデンゲート公園（SFO）で、Human-Be-In（人間集会）が開かれ、全米各地からヒッピーたちが集まった。その中には、ビート世代のギンズバーグ、

スナイダー、ウェルチ、ウェーレンたちや禅老師・大拙スズキ、アラン・ワッツの姿もあった。サンフランシスコ・クロニクルのハーブ・カーンは、常設コラムで"ヒッピー"に言及し、以後、この言葉がマスメディアに定着していった。

　ヒッピーはやがて、公民権運動を進める黒人たちや反戦運動を進めるニュー・レフトと連携し、対抗文化の担い手となった。彼らは白人・男性・大人中心の社会規範を否定し、非白人・女性・若者中心の新たな社会規範を主張した。

　彼らは中産階級の体制順応主義を否定し、軍産複合体を批判した。東洋の宗教に傾倒し、セックス革命を推進し、菜食主義者で、エコロジーを重視した。LSDなどの幻覚剤を愛用し、僻地に自給自足のコミューンを作った。オールターナティブ・アート、ストリート・シアター、フォーク・ミュージック、サイケデリック・ロックなどのサブ・カルチャーを好み、「平和」「愛」「個人の自由」を柱とする優しく非独善的なイデオロギーを大切にした。

　対抗文化は1960年代後半から1970年代前半にかけて、西欧・オーストラリア・ニュージーランド・日本・メキシコ・ブラジルへと広がった。しかし、1970年代後半から、公民権の実現、ヴェトナム戦争の終結、指導者の死、エイズの蔓延、ヒッピーの減少などにより、衰退していった。

"ビート"から"カウンター・カルチャー"へ

　"ビート・ジェネレーション"のスポークスマン役、ジャック・ケルアックはメディアや批評家たちの攻撃の矢面に立たされ、疲労困憊のすえ、酒浸りになって、1969年に死去した。『路上』のヒーロー、ニール・キャサディはヒッピー集団から熱烈な歓迎を受けたが、1968年に死去した。

　アレン・ギンズバーグ（1997死去）、ゲイリー・スナイダー、ビル・バロウズ（1997死去）は、ケルアックが本国で集中砲火を浴びている間、主に海外にいた。ギンズバーグは1957年以降、ヨーロッパ、南米、中東・インド・チベット・極東を旅し、ヒンズー教やラマ教の感化を受けた。スナイダーは日本で禅仏教を修行し、ギンズバーグとともにインドまで旅した。バロウズは本国での裁判を逃れて、ヨーロッパに滞在し、執筆活動を続けた。3人とも、カウンター・カルチャー時代に帰国し、ヒッピーや新左翼の抗議運動に参加し、その精神的支柱となった。

　ビート世代が発見した東洋の宗教思想、エコロジカルな生き方、俳句などの禅文化は、ケルアックの死後、アラン・ワッツ、ギンズバーグ、スナイダーなどによって、カウンター・カルチャー世代に引き継がれていった。

6　ハイクの大衆化

（1）全米ハイク・コンテスト

　日本は太平洋戦争に敗れ、サンフランシスコ平和条約の締結（1951.9）まで、米軍の占領下に置かれた。さらに、朝鮮休戦協定の調印（53.7）まで、米軍の前線基地となり、多くの米軍兵士が日本に駐留した。多くのアメリカ人が日本に直に触れ、その体験談やマスコミ報道を通して、日本文化への興味が社会一般に広がった。

　アメリカ人の俳句受容は、このような社会的・歴史的な背景を抜きには捉えられないが、ハイクの創作熱を喚起し、ハイクの"大衆化"を促進した存在として、ビート派の詩人たちと日本航空の果たした役割を忘れることはできないであろう。

ビート派、禅やハイクに熱中

　米国におけるハイク創作の第1波は20世紀初め、イマジズムとともに始まり、第2波は1950年代後半、禅とともに始まった。ビート派のケルアック、ギンズバーグ、ブライス直系のハケットがその先駆者であった。コー・ヴァンデン・フーベルの『ハイク・アンソロジー』（第3版、北米89人、1999）には、初期のハイク詩人として、1953年から作り始めたケルアック、1957年から作り始めたハケット、1963年から作り始めたヴァージリオのハイクが載っている。
日本の俳句の英訳としては、ブライス『俳句4巻』（1947～52）、ケネス安田『日本の俳句』（1957）、ヘンダーソン『ハイク入門』（1958）が出たが、ハイクに対する関心は一部の人たちに止まっていた。これを社会一般への関心にまで拡げたのは、まずビート派、特にケルアックの著作活動であった。そして、次にJALのハイク・コンテストであった。この"ハイクの大衆化"の発端を、ハケットの体験により辿ってみよう。

ケルアックとファーレンゲティに相談

　ハケットは処女句集（1965）を出版する前に、多分1961～63年の間のことであろうが、2度ほど出版を試みた。

　ハケットはケルアックのハイクを読んで、気に入った。当時有名になりつつあったので、自分のハイクを送り、出版社の紹介を頼んだ。ケルアックから親切な返

事がきた。手紙には出版社の名前が記され、ハケットの作品を日本の宗匠と比較しながら論評した紹介文が入っていた。ハケットは紹介文を副えて、2つの出版社に依頼文を出したが、返事はこなかった。「ジャックの禅への関心は、必ずしも自分の見解と同じではなかったが、真摯であり、尊敬した」と、ハケットは語る。

また、ハケットはファーレンゲティにも出版を打診した。草稿を届けると、翌日電話があり、すぐ会いたいというので、妻とシティ・ライツ書店に出かけた。ファーレンゲティが一晩で草稿を読切り、すぐ出版したいというのは初めてだと、パトリシアは補足する。ところが、彼の「ハイクに手を加えてほしい」という注文を、ハケットが「ブライスの助言があるから」と断ったので、出版は沙汰止みになってしまった。

「私は、ブライスのハイクは必ず5・7・5のシラブルで書かれるべきだという信念に従ってきた。ファーレンゲティの方は、思い起こすと、詩的理由から必ずしもそうする必要はないと思っていたようだ」と、ハケットは述懐する。ファーレンゲティはいい詩人だった。

日本航空、東京オリンピックへの誘致

日本航空の設立当時（1951）、来日外国人4万人余のうち、55％が海運、45％が空運を利用していた。東京・サンフランシスコ間はプロペラ機で、ウェーキ、ハワイを経由し、26時間かかっていた。1957年に海空のシェアが逆転し、1959～60年、ジェット機が就航すると、飛行時間は12時間余に短縮された。座席数は2倍、速度は2倍と、輸送力が4倍に増えたので、販路を拡張するため、各社はマーケティングにしのぎを削った。

日本航空の太平洋線は、1959年末、国際線全体の77％を占め、文字通り"黄金路線"であったが、その利用客は殆どアメリカ人だった。ちょうどこの頃、アメリカではオリエント・ブームが起こり、"神秘なオリエント"への好奇心から、大量の観光客が日本を訪れるようになってきた。

日本航空にとって、日本イメージをアメリカ社会に売り込むための最大のツールは"客室"と"スチュワデス"であった。客室は伝統的な日本調にして、京都の庭のような静謐な空間を造った。窓は障子、床は畳にして、日本人スチュワーデスが和服姿で、お茶をサービスした。

太平洋線のマーケティングは、米州支社によってリードされた。JALのシンボルマークは、本社案を制して、米州支社の鶴丸案が採用された。宣伝課長のダン中津は広告代理店のボツフォードと組んで、"鶴丸"を提案し、"おしぼりサー

ビス"、"ハッピコート"などを考案した。

　米州支社は営業・宣伝・広報のあらゆる活動を通じて、アメリカ人に日本イメージを訴求し、日本観光熱を喚起してきた。1964年開催と決まった東京オリンピックへの誘致は、こうした活動の総決算となった。

　かくして、ダン中津はラジオ・ネットワークを利用したハイク・コンテストを思いついたのである。コンテストは全米の話題を集め、大衆がハイクを作るきっかけをつくった。

ハイク・コンテスト、妻に感謝

　ある朝、ラジオを聞いていると、JALのハイク・コンテストについて話していた。特賞は東京への往復切符だった。パトリシアが大変興味をもって、応募すべきだと言ったが、ハケットは「競争は法的な論争を生むだけだ。コンテストには同意できない」と答えた。すると、「ジム、あなたも私も日本に行けるかも知れないのよ、ブライスに会えるかも知れないのよ」と言う。そういう考え方は思いもよらなかった。ハケットはコンテストの重要性を直ちに覚り、参加を決意した。

　応募5句を選ぶと、パトリシアが「あの"寒い朝"のハイクはどこにあるの？」と聞く。「ない」というと、「あるべきよ」と言う。
「だから、あの特選句を送ったのは、彼女のお陰だ」と、ハケットは妻に感謝する。

　予選通過の賞品はソニー・テレビだった。ハケットはユニオン・スクウェアのデパートに行って、テレビを受け取った。しばらくすると、セント・ルイスの大学で客員教授をしているという日本人から電話が掛かってきて、ハケットは優勝を知らされた。

　ハケットたちの隣には、写真家・画家の夫婦が住んでおり、夕食はいつも一緒だった。パトリシアが授業を終えて帰宅し、食卓に着くと、ハケットは悲しい顔で「コンテストは……、うまく行かなかったらしい」といった。まさか優勝するとは誰も思っていなかったので、皆このトリックに引っ掛かった。5分ほど経って、ハケットはワイン・グラスを取り上げ、「いや済まない。実は……」と真実を明かした。お祝いパーティになった。
「彼女は悲しんで、本当にいい妻だと思うが、私を慰め、私の気持ちを引き立たせようとした。友人たちも……」。ハケットはそのときのことをしみじみと思い出す。

（2）全英大学生ハイク・コンテスト

　英国出身のカリフォルニア人間科学大学教授、キース・スコット・ムンバイ博士（1945～）はアレルギー問題の第一人者である。1970年代半ば、初めて「食物アレルギー」現象の研究を始め、1980年代には"ガーガー"（うるさい奴）と嘲笑されたが、やがて「食物アレルギー」は"ムンバイ・ジャンボ"として関心を集めるようになった。1990年代末には、英国健康サービス（英国政府の社会医療機関）が博士の抗アレルギー処方を採用し、"ガーガー"は20年足らずで"オフィシャル"になったのである。

　このムンバイ博士は22歳の医学生の時、日本航空の全英大学生ハイク・コンテストに優勝し、1967年夏休みに、初めて日本を訪れている。

全英大学生ハイク・コンテスト

　日本航空は国際線進出（1954）以来、世界一周線の開設が、「国威発揚」「世界の日航」を達成するための悲願であった。当時、BOACだけが3大陸を結ぶ世界一周線を運航していた。1967年、日本は西独を抜いて、米英に次ぐ世界第3位の経済大国になり、世界一周線開設の実力は整った。

　1967年3月6日、日本航空の世界一周の西回り第1便、翌3月7日、東回り第1便のいずれもDC 8機が、東京国際空港（羽田）を飛び立った。

　日航欧州地区支配人は世界一周線の記念PR行事として、欧州の大学生に15日間の世界一周旅行を提供し、日本を体験してもらう企画を立てた。英国、フランス、ドイツ、オランダ、イタリーの各支店が、それぞれの国で独自のコンペにより、男女各1人のツアー参加者を選んだ。ツアーは大学の春学期終了後の7月に実施された。

　ロンドン支店はこのために、ガーディアン紙と提携し、全英大学生ハイク・コンテストを実施した。応募者3000人から、男子学生の代表として、マンチェスター大学のキース・ムンバイ（22歳）が選ばれた。優勝作は次の句であった。

Evening rain mist	夕べの雨霧
Two larches stand on the hill	落葉松が二本丘の上に
Somewhere a cuckoo....	どこかで郭公……

　　　　　　　― 郭公やゆふべ落葉松雨けぶり（俳訳：有働亨）
　　　　　　　キース・ムンバイ、22歳、マンチェスター大学

ムンバイは当時詩作の虜になっており、とくにハイクに夢中だった。芭蕉や一茶などが好きで、もっといいハイクを書きたいと思っていた。日本航空のコンテストに気がつき、応募を勧めたのは女友だちのポーリンで、後に結婚する。応募2句は自分で選んだ。

外国に出るのは初めて、日本への最初の訪問になった。ムンバイは日本滞在の1秒1秒を楽しんだ。着物を着て街中を歩いてみた。自分にとって「聖なる場所」の京都の庭園と寺院には、心から感動した。盆栽や墨絵も素晴らしかった。

郭公のハイク、北ヨーク原野で

ムンバイは中部イングランド、北ヨークシャーのリーズで育った。リーズの南西にはマンチェスター、北東にはヨークがある。ヨークシャー生まれのイングランド人にとって、その心象風景は北部に広がる広大なヒースの原野と渓谷である。ムンバイはよく"North York Moors"（北ヨーク原野）を訪れ、なだらかに起伏する原野・森・小川の自然風景の中で一日を過ごした。

北ヨーク原野には、ブリッジストーンズというボルダリング（飛び下りできる岩登り）で有名な岩の多い丘がある。彼はこの北斜面に近い岩の前に寝そべり、眼の前の渓谷や彼方の丘を眺めるのが好きだった。ときには、隠遁者のように着物を着て、何時間も坐って瞑想した。優勝句に詠み込んだように、霧雨は格別だった。岩の近くに落葉松が2本あった。

ムンバイは現在 "The Naked Doctor" というネット放送を通じて、グローバルな医療活動をしている。このサイトを通じて、「郭公のハイク」（優勝句）について、その情況を尋ねると、次のようなコメントとともに、21行の長い"chant"（詠唱歌）、"ATTENTION"（注意！）、「郭公のハイク」から成る詩1篇が送られてきた。

英語でハイクを創るのはとても難しい。何度も試してきたが、なかなかうまくいかない。英語はとても豊かな詩的言語だが、日本語とは違う。そこで、ハイクが創り出す心象を詠み込んだ詩をこのように表現してみた。まず読者をハイクの心象に引き入れる。そこで一声、"注意！"。はっとしたところで、ハイクを発するのだ。

Evening rain / Soft / Rain / Soft evening / Raining softly / Rain in the evening / A glimpse of trees / In the swish of thin water / Mist blowing on the hill yonder / Like the forests were afire / With Truth, smokes and vapour / Drifting through glades, becoming visible / In the world of sullen shadows / Shadows and rain /

Soft rain / Rain in the twilight / Is soft mist / Darkness descends / Day is done, extinguished / Visibility is washed away. Hush. / What then?　ATTENTION!
　　　　Evening rain mist / Two larches stand on the hill / Somewhere a cuckoo....

夕べの雨 / 柔らかな / 雨 / 柔らかな夕べ / 柔らかに雨が降る / 夕方に雨 / ちらっと木々 / この細長い水の流れに / 霧が向こうの丘の上を吹く / 森が燃えているように / 真実、煙と水蒸気とともに / 草地を漂い、見えてくる / 鬱陶しい影の世界の中に / 影と雨 / 柔らかい雨 / 黄昏の雨 / 柔らかい霧？ / 帳が下りる / 昼が終わった、消えた / 視界が洗われた、沈黙 / それから何？ 注意！
　　　夕べの雨霧 / 落葉松が二本丘の上に / どこかで郭公……

　このムンバイのいう表現形式は英詩の伝統を踏まえた一つの実験であろう。人麻呂の長歌と反歌、芭蕉の俳文と俳句という表現形式を一寸連想させる。むしろ、前出のハケットの禅ポエムと禅ハイクに近いのかも知れない。"Attention!"は禅の"喝！"に相当するのだろうか。

再び、郭公の谷間で
　ムンバイは英詩の表現技法と俳句の５・７・５形式に拘る。今までに作ってきたハイクをいくつか紹介しよう。（以下、俳訳は岡田史乃）

　　　Grey bird of sadness　　　　悲しい灰色の鳥
　　　Loudly over this dark fell　　けたたましくこの暗い丘を
　　　Where once my heart flew　　私の心が飛んだ丘を越えて
　　　　　― わが思ふ丘を鳴きゆく呼子鳥

　　　At dusk, two wild ducks　　　黄昏に二羽の野鴨
　　　Scud across the sea bay calling　湾を鳴きながら
　　　Could sounds make this ache?　その声、この痛み
　　　　　― 番鴨鳴き声湾の痛みとも

　　　Sunrise and white frost　　　日の出と白い霜
　　　A woodfire crackling brightly　焚き火が明るく弾け
　　　Chats with a tom-tit　　　　四十雀とおしゃべり

― 早朝の焚火弾けて四十雀

　　Warm rainy day　　　　　　暖かな雨の日
　　Words will not come easily　　言葉が容易に出てこない
　　So lost in my thoughts　　　　思索に耽る
　　　　― 暖かき雨に言葉のなき思案

　第1句は再び "North York Moors" を訪れて作ったハイクである。ムンバイは北斎の「富嶽百景」に倣って、「郭公百聴」をハイクにしようとしたが、一生かかっても実現しないと覚り止めた。第2句、第3句では英詩の技法を試みた。第4句はムンバイの好きな自作である。
　サマーセット・モーム、ミカエル・クリクトンなど、医者出身の作家が多い。詩や詠唱歌は、人生の究極である死に向き合って仕事する人の心に自然に浮かんで来やすい。しかし、ハイク形式へジャンプできるのは、自分が10代後半に禅仏教について熱中し読書した結果だと、ムンバイは語る。
　ムンバイはポーリンと結婚し、30年ともに暮した後、別れた。息子が2人いる。「郭公の谷間」は40年間ですっかり変わった。昔は人気がなく孤立していた。今では大勢の人たちで賑わい、みんな金を払って歩き回る。嘆かわしい時代になったと、ムンバイは語る。

（3）佐藤和夫 ― ハイクとの出会い

　早稲田大学名誉教授、佐藤和夫氏（1927 ～ 2005）は第2次大戦後の俳句とハイクの国際交流に貢献をした人物として著名である。その功績を称えられて、1998年、アメリカ・ハイク協会の30周年記念大会で特別表彰を受けた。また、日本では2001年、正岡子規国際俳句EIJS特別賞を受賞した。
　ここで、同氏の体験を通して、アメリカにおけるハイクの大衆化の流れを辿ってみたい。

ハイジン、ハイキスト
　1960年代半ばから1970年代初めは、ベトナム戦争（1965 ～ 75）が激化し、世界的に学生運動が盛んであった。日本では、東大で始まった全共闘運動が1969年には全国の国立大学や私立大学に拡がり、キャンパスは争乱状態になった。街頭でも投石や火炎ビン闘争が繰り広げられ、首都東京はさながら市街戦状

態になった。早稲田大学は革マル派の中心拠点であった。

　社会科学部教授・佐藤和夫は1970年3月、こんなキャンパスを逃れ、カリフォルニア州立大学バークレー校に行って、アメリカ文学を研究することにした。この大学は映画『卒業』（1967）で一躍日本でも有名になった。

　ところが、行ってみると、バークレー校はベトナム反戦デモの最中だった。学園内に警棒を持った警察が侵入し、空からヘリコプターが催涙ガスを撒き、とうとう4月、レーガン州知事が大学を閉鎖してしまった。

　大学町をぶらぶらしていると、偶然、古本屋で古い小さなハイク雑誌を2冊、"American Haiku"第1巻第2号（1963）と"Haiku West"（1968）を見つけた。前者の発行地はウィスコンシン州のブラットビルという片田舎だった。ハイクがあり、「季語について」というエッセーがあった。佐藤は「そうかアメリカ人もハイクをつくるのか」と驚き、また納得した。

　ある日、友人の紹介でサンフランシスコの実業家のこじんまりしたパーティに招かれた。老夫人が、最初の挨拶で「私はハイジンです」と自己紹介した。怪訝な顔をしていると「ハイキストです」といい直し、"Modern Haiku"というハイク雑誌を貸してくれた。

　学園閉鎖なので研究もままならず、ハイク雑誌を携えて、各地の編集者を訪ね、比較文学のフィールド調査を始めた。訪問先で「ハイクを始めたきっかけは？」と聞くと、「日本航空の全米ハイク・コンテストに入賞したから」と答える編集者がいた。さらに、教員、会社員、開業医、ジャーナリスト、牧師、家庭の主婦など、在野のさまざまな日本文化愛好家たちとの会話でも、この全米ハイク・コンテストがしばしば話題になった。一体これは何かと、佐藤は不思議に思った。

一種のハイク・ブーム

　プリンストン大学出版部の『詩学百科事典』にHaikuの項があった。「ヌーヴェル・レヴュー・フランセーズは1920年に12人の著名なフランス詩人によるハイクを掲載し、1924年にはハイク・コンテストのようなものが行なわれ、1000人の応募者があった」と書いてあり、1000人という数字にびっくりした。

　ハロルド・G・ヘンダーソン（1884～1974）が書いた"Haiku in English"（英語のハイク）という英文の小冊子があった。ヘンダーソンが1965年にニューヨークのジャパン・ソサェティで行なった講演記録である。その中に「ハイクは現在、10万人のアメリカ人によって書かれている。1964年の日本航空全米ハイク・コンテストでは4万1000人が応募した」という記述があった。先の1000人に

びっくりしたが、この4万1000人という数字には驚嘆した。1桁違うのではないか。一体どうやって、アメリカのようなだだっぴろい国で、ハイクを集めることができたのだろうか。

　佐藤は大学の学期休みを利用して、毎年アメリカを訪れ、ハイクの調査研究をするようになった。1975年頃、ロレイン・エリス・ハーに会った。彼女は全米ハイク・コンテストに入賞し、日本航空から数々の賞品をもらったのが病みつきで、ハイクにはまり、やがて自ら "Dragonfly"（蜻蛉）という季刊ハイク雑誌を発行するようになったという。先の "Modern Haiku" を編集しているロバート・スピースも入賞者であった。

　佐藤はこのR・E・ハーから、全米ハイク・コンテストの特選1人と入選83人の作品を収録した "Haiku '64" という美しい小冊子を譲り受けた。これは日本航空米州支社がコンテストの記念に作成したもので、一種の稀覯本となり、全米ハイク詩人の垂涎の的になっていた。これを手にして、佐藤はやっと納得できた。こういうイベントは個人ではできない。企業だからできたのであると。それも東京オリンピックへの乗客誘致という目的があったからだ。そして一種のハイク・ブームが起きたのである。

　なお、アメリカにおける最初のハイク雑誌は "American Haiku"（1963）である。佐藤が古本屋で見つけたのはその第2号だった。続いて "Haiku Highlights"（1965）、"Haiku West"（1967）、"Haiku"（1967）、"Frogpond"（1968、ニューヨーク）が創刊された。"American Haiku"、"Haiku Highlights" の廃刊後、後継誌としてそれぞれ "Modern Haiku"（1969、ウィスコンシン州マジソン）、"Dragonfly"（1973、オレゴン州ポートランド）が創刊された。

　スピースは "Haiku Highlights" の詩部門の編集長を経て、"Modern Haiku" の編集長になった。ハーは "Dragonfly" の初代編集長になった。

ハイク、小学校の国語教育に

　1965年時点でのアメリカのハイク人口10万人から、全米ハイク・コンテスト応募の4万1000人を除くと、約6万人になるが、これらのハイクは新聞、学校や大学の出版物、"小さな" 雑誌などに掲載されている分だと、ヘンダーソンは推定する。そして、その多くは小学校の国語の時間に作られているのである。"Haiku in English" には、小学生を対象とするハイクの教え方・作り方が書いてあった。

　佐藤はアメリカから帰ると、ハイク事情を研究するのに本家の俳句に無知では

話にならないと気付き、俳句を始めた。大学院の恩師・鈴木幸夫に紹介してもらい、多田裕計（芥川賞作家）の「れもん」の同人になった。

1975年頃、多田裕計に米国にもハイクがあり小学校でも教えている。日本の小学校の教科書からは古典俳句が消えてしまった。「古池や蛙とびこむ水の音」という芭蕉の句は日本人のアイデンティティだと思う、日本で教えないのはおかしいといった話をした。「面白いから書け」といわれ、「アメリカ俳句の現状」について書いたら、多田が毎日新聞へ持ち込み、1975年11月、文化欄で3回に分けて掲載された。また、文芸春秋の同年5月号には「アメリカ"俳句"事情」が掲載された。

その後もときどき、毎日新聞の文化欄でアメリカのハイク事情を紹介した。毎日新聞は、その反響が大きいので、1982年1月から、マイニチ・デイリー・ニュース（英字）の日曜版に"Haiku in English"を設け、その選者（1982〜97）を佐藤に依頼した。このコラムは海外ハイジンたちの間で評判となり、投句数は年々増え、佐藤はいつの間にか国際的に著名な"ハイキスト"になっていった。

ところで、日本航空の全米ハイク・コンテストによって、多くの初等教育の関係者がハイクに興味を持った。そのこともあって、1960年代後半から、ハイクは小学校の国語教育の中に取り入れられていくのである。その先駆者は小学校四年担任の国語教師、エリザベス・スコフィールドであった。彼女は1961年、「ハイク、児童のための新しい経験」という論文を"Elementary English"という国語教育研究誌（1月号）に発表した。これは児童のためのクリエイティブ・ライティング指導の優れた論文として、今日も研究書に引用されていると、佐藤は毎日新聞の文化欄（1975.11.16）に書いている。

（4）小学校でハイクの授業

米国では1960年代以降、多くの小学校が国語（英語）授業で、ハイク創作を行なうようになってきた。

言語教育の中心はコミュニケーションの能力や技術を教えることにある。子どもたちが将来社会活動を営めるように、言語や文法の基本を教え、聞く力や読む力、話す力や書く力をつけさせることにある。したがって、カリキュラムの大半は、スピーチや文章を的確に理解し、理路整然としたスピーチや文章を展開できる能力の習熟に費やされる。

文学は言語教育のごく一部であり、その中でハイクが取りあげられるという点に、ご留意いただきたい。

第1部　米国におけるハイク

米国の初等教育、ハイクの扱い

　アメリカ合衆国の初等中等教育体系は州や学区により異なるが、比較的多いのは6・3・3制や8・4制である。初等から中等への円滑な移行を可能にするなどの目的から、近年は5・3・4制や4・4・4制をとる学区も増えている。

　教科書の執筆者は主として初等中等学校の教員や大学教員である。教科書は民間の出版社が編集・発行する。州が選定教科書のリストを作成し、学区が選定教科書の中から、その学区の学校で使用する教科書を採択する。

　教師は教科書の使用を義務づけられていないが、教師の80～90％は教科書を使用している。ただし、教科書は自らの授業を補う道具だという意識が強い。

　以上の調査報告（『諸外国における教科書制度および教科書事情に関する調査研究報告書』、2000.4）をまとめた教科書研究センターには附属図書館があり、日本および諸外国の初等～高等教育の教科書を閲覧できる。

　米国における国語（英語）の教科書はどれも前述の教育体系に則して、1～6学年、7～8学年または7～9学年のシリーズになっている。教科書出版社は6・3・3制にも8・4制にも対応できるように、初等教育の教科書を前期の6年間と、後期の2ないし3年間に分けているらしい。ちなみに、同館所蔵の教科書はほとんど後期2年間である。これら国語の教科書で、ハイクはどのように扱われているのだろうか。

　スコット・フォースマン社、HBJ社は3種類の教科書、ジン社、ホートン・ミフリン社、アメリカン・ブック社は1種類の教科書を出版している。延べ6種類のうち、7種類は1～8学年シリーズ、2種類は1～6学年シリーズである。ハイク教育はどの教科書でも第5学年で取り上げられ、一部の教科書では第6～7学年でそのフォローアップを行なう。

　HBJ社のLanguage For Daily Use、第5学年のケースを取り上げてみよう。全部で9単元あり、各単元は10あまりのレッスンで構成されている。9単元はlanguage56、skill28、composing33、literature9、review/test36の162レッスンで構成されている。1年間の授業日数を365日の約3分の2とすれば、1レッスンを1～2日かけて行なうものと推定される。

　この第5学年のliterature9レッスンのうち、2回が詩のレッスン、その1回がハイクのレッスンとなっている。すなわち、ハイク教育は第5学年で1回、2日間かけて、行なわれるのである。なお、Literature教育（鑑賞、創作）のうち、フィクションとドラマの創作は第1学年から、ノン・フィクションの創作は第3学年から始まるが、詩の創作は第5学年からであり、もっとも高度な段階に位置

する。もっとも、詩の鑑賞は第1学年から始まっている。

小学4年生の教科書
　前記の各教科書におけるハイクの扱い方を具体的に見てみよう。どの教科書も第5学年が中心だが、第4学年で導入しているものが2冊、第6学年でさらに発展させているものが1冊ある。HBJ社の第4学年（1972版）には子規の次の俳句が載っている。

　When my canary / flew away, that was the end / of spring in my house.
　　　　　　　　　── カナリヤは逃げて春の日暮れにけり（子規）

　教師用の指導要領にはレッスンの目的、ハイクとは、例句の補注、質問・討議、発展について書かれている。

〔目的〕
（1）ハイクは感情を表現する詩である。
（2）ハイク形式を確認する。
〔ハイクの紹介〕これは日本の短い詩で俳句という。俳句は自然の中の何かについて思ったことを表現する。俳句は読み手の心に一つの絵を創り出し、喜びとか恐れのような特別の感情を与える。俳句がこんなに短い言葉でどんなに多くのことをいうことができるかに、気がついてほしい。
〔例句の補注〕ハイクには季節を表す言葉がある。例句のカナリヤは春を象徴する。
〔質問〕
（1）詩人にとって春はなぜ終わったのか？（カナリヤが飛び去ったから）
（2）君はこの詩を読んでどう感じたか？　幸せ？　驚き？　悲しみ？（悲しみ）
〔発展〕
（1）ハリー・ベーン訳の『蟋蟀の歌』を読むことから始めよう。
（2）それぞれのハイクで表現されている感情や季節を討議しよう。
（3）生徒たちに特定の季節に結びつくものを5つ、自然の中からリスト・アップさせよう。
（4）生徒たちにハイクを書かせようと思うなら、シラブルの組み立て（3行、5・7・7）を説明し、一つの感情を表現することを強調せよ。
（5）生徒たちには各自のリストから主題を選ばせる。

第 1 部　米国におけるハイク

小学 5 年生の教科書

　このように第 4 学年では、創作（作文）よりも鑑賞（読書）に中心があり、鑑賞の仕方を教師に指導しているが、第 5 学年になると、創作そのものが授業の中心になる。

　スコット・フォースマン社の第 5 学年（1969/73 版）は、「一つの詩全体が一つの直喩や暗喩を用いるのと同じくらいの少ない言葉で、一つの素早い鮮明なイメージを引き起こすことができる場合もあります。何世紀もの間、日本の詩人たちは俳句という、自然について簡潔で強烈な印象を引き起こす形式を書いてきました」として、日本の俳句を 6 句載せている。

　　Over the wintry / forest, winds howl in a rage / with no leaves to blow.
　　　　― 木枯の今や吹くとも散る葉なし（漱石）

　　An old quiet pond … / A flog jumps into the pond, / splash! Silence again.
　　　　― 古池や蛙飛び込む水の音（芭蕉）

　6 句の後には、こう書いてある。「これらのハイクを聴き読み、ハイクの特徴は何だと思いますか？（その特徴を学ぶために、各行のシラブル数を数えてみましょう）」次の頁には、「英語ハイクは必ずしも日本の俳句の特徴をすべて備えてはいません」として、現代のハイクを 1 句紹介し、次に「子どもたちにはハイクを創る才能があります」として、7 歳から 13 歳までの子どものハイク 4 句を紹介している。

A beagle puppy / Sleeps near the warm kitchen stove / As she dreams of bones.
ビーグルの仔犬が / 台所の暖かいストーブの脇で眠っている / 骨の夢を見ながら
　　　　― ストーブや眠る仔犬の夢は骨（俳訳：岡田史乃）

　その後に、「日本の俳句には次の特徴があります、憶えてください」として、
（1）韻を踏まない。
（2）イメージや印象を表現する。
（3）主題は自然や季節である。
（4）3 行である。
（5）各行の長さは 5・7・5 のシラブルである。

最後に、「伝統的な日本スタイルでハイクを作れますか？　やってみましょう」と呼びかける。

（5）先駆者 ― エリザベス・スコフィールド

　エリザベス・スコフィールドは、小学校の教育現場でハイク授業を試みた先駆者である。その体験に基づく論文、「ハイク、児童のための新しい経験」（『初等英語』1961.1月号）は、今日でも大変示唆に富んでいる。
「子どもたちはみな夢中になってハイクを作った。……」
　論文の最後に、彼女は次のように記す。
「私はよく教室で作ったハイクを読み直す。それらは単なる子どもたちの詩でも、大人の情報手段の賢い真似でもない。それらは他の心 ― 私の人生をその愛らしさにより豊かにしてきた心 ― からの美しい断片である。」

初めてのハイク、小学4年の授業

　雨上がりの朝、アカシアの花が霧の流れる丘を背に黄色く輝いている。スコフィールドは何か美しいものを紹介したいという願いが強まり、詩の授業でハイクを取り上げることにした。教室に入るや、小学4年生たちに、今日はハイクを作ります、これは日本の伝統的な詩型の一つですと言って、まず、芭蕉の最初のハイクを数回読み上げた。

　　　　　　On a withered branch / a crow has settled - / autumn nightfall.
　　　　　　　　　　　　　　　　　　　　（H.G. ヘンダーソン訳）
　　　　　　― 枯枝に鴉の止まりけり秋の暮れ（芭蕉）

　生徒たちはめいめい、じっと聞き入っている。繰り返し聞くうちに、ハイクの含意が分かってきた。次第に教室に驚きの波紋が拡がり、初めて聞く詩型への好奇心が高まってきた。そこで、スコフィールドは、日本人にとって詩がいかに大切か、日本ではみんな詩（短歌・俳句）を書く、もっとも国民的な行事の一つは新年の歌会始めであると説明した。そして、『日本の小写真集』（作：O・B・ミラー）の虫・動物・花・星などを紹介し、これらの自然が一つ一つハイクになることに気づかせた。さらに、ハロルド・G・ヘンダーソンの『ハイク入門』から、日本のハイクをいくつか、朗読した。
　教室を回りながら、紹介したハイクにはどんなルールがあるか、みんなに議論

させ、その結果を黒板にまとめた。(1) 3行で書け。(2) 対象は何か。(3) 対象はどこにあるか。(4) 時制は何か（現在形）。

　ハイクとは書き手の心から表現されるものであり、リズミカルでなければならないことを強調した。季節を示唆する言葉を取り上げ、生徒たちにカリフォルニアではどの季節であるかを議論させた。雨は冬と初春、茶色や金色の丘は夏と秋、星空・東の日・教会の鐘などは一日のある時刻を示唆する。ハイクでは、季節を述べるよりも示唆することが多いと付け加えた。

　教室を回りながら、はたしてこのデリケートな詩形を作る雰囲気になってきたか、半信半疑でいたが、まだ呼びかけないうちに、一人の少女から初のハイクを手渡された。

　　　　From the mountain / the moon / slowly goes to the stars.
　　　　山から / 月が / ゆっくり星に向かう
　　　　　　　　　　― 山に出て月ゆつくりと星に添ふ（俳訳：岡田史乃）

　この瞬間から、彼女は今まで教室で味わったことのない驚きを経験するのだった。
「みんな夢中で書き始めた。何を書いたらいいかという質問はなかった。私は教室を回って、子どもたちが詩を3行に分け、手直しするのを手伝った。ハイクの簡潔さを直ぐ理解した子もいたが、余計な言葉を省くのを手伝った子もいた。全員が反応し、授業時間内に5～6のハイクを作った」

成功の理由
　スコフィールドは3年生、5年生の授業でも試みて、同様の成果を得た。男の子たちに文章や詩を創作させるのは難しいのであるが、ハイクにはきわめてよく反応した。

　　　　The deer! / Look how gaily he bounds - / then goes.
　　　　鹿だ！ / ほら、楽しく跳ねて / それから行く
　　　　　　　　　　― 鹿一頭陽気に跳ねて消えゆけり（俳訳：岡田史乃）

　ある男の子はとても真剣に「これを書くとき、僕は本当にロマンチックな気分になった」と打ち明けた。

彼女は子どもたちの詩の媒体としてハイクを用いて、成功した理由を挙げる。
（1）ハイクは教師にとっても生徒たちにとっても新鮮である。（2）韻を踏む必要がないので、イメージやリズムに集中しやすい。自然に押韻する子もいるが、押韻できない子でもハンディがない。（3）対象が子どもたちにとってきわめて身近である。（4）対象について自分の感情を述べる必要がない。客観性が強調され、言葉の絵を書けばいいので、困惑しない。

最後に、（5）ハイクは短いことである。今まで子どもたちが一生懸命書いてから「これで長さは大丈夫？」と、静かに絶望しながら尋ねるのをどれほど聞いたことだろうか。言葉を捨て、不必要な文字を削って、絵のエッチングのように、きれいなはっきりした行にするのは、何という解放であるか！　ハイクは即座に浮かぶ、絵全体が心の中に全体として現れる。まず1文として書き、それから言葉を手直ししてリズミカルに3行に並べればいい。また、ハイクは子どもたちによく知っている言葉を要求する。詩を美しくするために長い修飾語や難しい用語を必要としない。驚きはオーとか、ほら！　とか、真の意味を表現すればよい。

語彙の少ない子どもたちが、イメージがもっと直接的ではっきりとなるように、優れたハイクを作る傾向がある。

　The blue blue sky / and the black black tree / with its long long arms.
　青い青い空 / 黒い黒い木が / その長い長い腕で
　　　　　― 青空を掴まんとする黒い木々（俳訳：岡田史乃）

ハリー・ベーン、"子どもの声"

1960年代の後半から、米国の小学校の国語の時間でハイクが取り上げられるようになった。教科書における日本のハイクは、RH・ブライス訳でもハロルド・G・ヘンダーソン訳でもなく、ほとんどすべて、ハリー・ベーン訳である。

理由はいくつか考えられよう。
（1）ベーンは"子どもの声"をもつ詩人である。英米の児童詩の世界では、20世紀初めから半ばにおけるもっとも優れた詩人の一人とされている。
（2）ベーンのハイク訳はみな5・7・5シラブルで構成されている。ブライスはハイクを5・7・5で書くように奨めたが、自身のハイク訳は5・7・5になっていない。ヘンダーソンのハイク訳は、英詩の伝統を踏まえて、だいたい1行目と3行目を押韻している。

先に米国初等科の教科書に載っている芭蕉・子規・漱石の俳句を紹介したが、

これらはすべてベーンの英訳である。ベーン訳の「古池」を読むと、日米の"ハイジン"は軽蔑の微笑を浮かべるが、ブライス訳やヘンダーソン訳に較べ、子どもたちにはどちらが親しみやすいか、子どもらしいか考えてみる必要がある。

　対象は主に小学4年、5年の普通の子である。英語しか知らない子が、日本では俳句を5・7・5で書きます、これがハイクですと、5・7・5ではない"ハイジン"好みのハイクを示され、さあ作りましょうと言われても、戸惑うのではないだろうか。いや、先生自身も苦労するはずである。

　ハリー・ベーン（1989～1973）は『小さな丘』、『優しい時』、『風の朝』、『井戸の中の風』、『ロデロ・パブロという2人の叔父』などを著した詩人、芸術家として、有名である。挿絵も上手く、いくつか賞を得ている。ハーヴァード大学を卒業後、映画の脚本を書いていたが、郷里のアリゾナに戻り、大学の英語教授になった。ラジオ教育番組、フェニックス小劇場、アリゾナ通信などに携わった。自分の子どもたち（2男1女）にせがまれて、児童詩を書き始めた。日本語に堪能な人々の協力を得て、俳句の英訳集、『蟋蟀の歌』（1964）、『（続）蟋蟀の歌』（1971）を出版した。

（6）詩の創作とハイク

　米国の初等中等教育では、「詩の創作」は一般に第5学年から始まる。生徒たちは"metaphor"（暗喩）や"rhyme"（押韻）の技法を習い、暗喩による記述や無韻詩（ハイク）を作る。

　教科書をみる限り、詩の用例も指導要領もなかなか適切な気がするが、才能豊かな詩人からみると、極めて物足りないようだ。

　ケネス・コックは古今の偉大な詩を用いて、生徒たちの隠れた才能を引き出した。

ケネス・コック

　ケネス・コック（詩人、コロンビア大学）は数年間、ニューヨークの61の小学校で詩の「創作」を指導してきたが、その経験の基づき、1972年、詩の「鑑賞」と詩の「創作」を一つの授業で行なうという新しい指導方法を試みた。

　米国の小学校では一般に1学年から「詩の鑑賞」を、5学年から「詩の創作」を始めるが、コックにいわせると、教科書に載っている詩はありきたりで幼稚なものが多く、5～6年生には女々しく馬鹿らしく見える。そこで、コックはシェイクスピア、ブレイク、ホイットマンなどの名詩10篇を取り上げ、詩の鑑賞と

創作を "poetry ideas"（詩的アイデア）によって繋げるという指導方法を編み出したのである。

次の詩はウィリアム・ブレイク（1757〜1827）の有名な "The Tyger"（虎）である。ブレイクの詩からどんな "詩的アイデア" を導き出し、生徒たちに詩を創作させたのか、その指導過程を辿ってみよう。

    Tyger! Tyger! burning bright
    In the forests of the night,
    What immortal hand or eye
    Could frame thy fearful symmetry?

虎よ！　夜の森で / 赫々と燃えている虎よ！ /
いかなる不死の手、眼が、/ 汝の恐るべき対称を造ったのか？

    In what distant deeps or skies?
    Burned the fire of thyne eyes?
    On what wings dare he aspire?
    What the hand dare seize the fire?

いかなる遥かなる深淵、天空で / 汝の眼の焔は燃えていたのか？ /
主は、いかなる翼に乗って天翔けり、/ いかなる手が、その焔を掴んだのか？

    And what shoulder, & what art,
    Could twist the sinews of the heart?
    And when thy heart began to beat,
    What dread hand? & what dread feet?

そして、いかなる肩、業が、/ その心臓の筋肉を捻り上げたのか？ /
汝の心臓が脈打ち始めたとき、/ いかなる恐るべき手、足が働いたのか？

    What the hammer? what the chain?
    In what the furnace was thy brain?
    What the anvil? what dread grasp

Dare its deadly terror clasp?

いかなるハンマー？　いかなるチェーンで？/
いかなる炉に、汝の脳髄は置かれたのか？/
いかなる鉄床？　いかなる恐るべき両手が、/ その死の恐怖を掴んだのか？

When the stars threw down their spears
And water'd heaven with their tears,
Did he smile his work to see?
Did he who made the Lamb make thee?

星々が光芒を地に放ち / その涙が天空に溢れたとき、/
主は創造物を見て微笑んだのか？/ 羊を造った同じ主が、汝を造ったのか？

Tyger! Tyger! burning bright
In the forests of the night,
What immortal hand or eye
Dare frame thy fearful symmetry?

虎よ！　夜の森で / 赫々と燃える虎よ？ /
いかなる不死の手、眼が、/ 汝の恐るべき対称を造ったのか？

詩的アイデア
「ある神秘的で美しい動物に話しかけていると思いたまえ。動物の秘密の言葉を使って、訊きたいことを何でも訊けると思いたまえ」と前置きをして、コックは『虎』の冒頭の２行について、質問した。
「ブレイクは誰に話しかけているの？」「どうして虎が燃えていると思ったの？」。さまざまな答えや感想が飛び交い、詩に対する興味が高まってきたので、詩と生徒たち自身の経験とを結びつけるために、新たな質問をした。
「ところで、君たちは猫や犬と話したことがあるかい？」「暗闇でその眼を見たことがあるかい？」「虎の眼のように光っていたかい？」。
　第３スタンザの虎の心臓を造るところでは、生徒たちの眼を閉じさせ、指を両耳に突っ込んで、静かに自分の心臓の鼓動を聴き取らせた。虎の心臓は自分たち

の心臓よりもっと不思議なものに違いないと、生徒たちは想像を膨らませた。

　第6スタンザの"symmetry"（対称）のところで、生徒たちに「君たちも"対称"なんだよ。確かめてごらん」と、注意を喚起した。肩、肘、耳、膝、……と確かめていくと、みんな"対称"である！　ざわめきが広がった。

『虎』の鑑賞を7分で終えると、コックは「何か美しい不思議な動物に話しかけている詩を書こう」という"詩的アイデア"を生徒たちに与えた。「君たちは秘密の言葉を話せるから、そういう詩を書く力があるんだ」。

生徒たちは一斉に、夢中で詩を書き始めた。

　ケネス・コック著『バラよ、お前はその赤色をどこでもらったの？』の第1部第1章「ウィリアム・ブレイク」には、虎・犬・兎・蝶・蟻・バラなどさまざまな生き物について書かれた3〜6年生の46作品が載っている。

　次の詩は5年生の Myrna Diaz の書いた『不思議な兎』である。11行あるが、最初の4行のみ引用する。

　　　　　Rabbit, where did you get those long long ears?
　　　　　They grew like stalks upon my head.
　　　　　Rabbit, rabbit, how come you hop up and down?
　　　　　It's because I take ups and downs and I can't stop.

　兎ちゃん、どこでそんな長い耳をもらったの？／
　僕の頭の上に幹みたいに生えたんだよ。／
　兎ちゃん、兎ちゃん、どうやってぴょんぴょん始めたの？／
　ぴょんぴょん跳ねると止められないんだ。

日本の詩5篇

　同書は第1部「10レッスン」（10の名詩と子どもたちの作品）、第2部「アンソロジー」（31人＋4カ国の名詩集）からなるが、第2部には、"日本の詩5篇"（芭蕉・一茶・蓼太・子規）が紹介されている。

　コックは「非常に短い詩を書くことはたった3〜4行で、絵を描くのに似ている。行や言葉を適切に選べば、とても楽しく不思議な効果を得ることができる。次の俳句のように、短い詩を書くには色々な方法がある」と述べ、"詩的アイデア"を付記している。

With what voice,/ And what song would you sing, spider/ In this autumn breeze?
　── 蜘蛛何と音を何と啼く秋の風（芭蕉）　　　（英訳：R・H・ブライス）

　人間に尋ねる普通の質問を書け。しかし、その質問の相手には、昆虫とか、何かびっくりさせるものを選べ。例えば、"もし世界中のお金を持っていたら、それで何を買いたいの？　蚊？"とか。

Wild goose, wild goose,/ At what age/ Did you make your first journey?
　── 雁よ雁いくつのとしから旅をした（一茶）（英訳：ケネス・レクスロス）

　鳥や獣に馬鹿げているかもしれないが、本当に聞いてみたい質問をしたまえ。例えば、"茶色い栗鼠よ、君は木を駆け上るときと、駆け下りるときと、どちらの方が楽しいの？"、"金魚さん、あなたは年をとるにつれて、前より賢くなったと思うの？"とか。

（7）失敗例 ── 全米高校生ハイク・コンテスト

　1970年代後半から日米経済摩擦が深刻化し、日本の農業保護や商業捕鯨などが批判の的となり、日本はアンフェアで非人間的だという反日キャンペーン、日本バッシングが全米に広がってきた。

　事態を憂慮した在米日本人識者は日本大使館を中心に、次代を担う"わだかまり"のない青少年を対象に、日本教育を促進する運動を始めた。

　かくして、1977年、全米社会科教育審議会と国際交流基金が共催し、全米から選抜した小中高の社会科教師を日本に派遣し、2週間にわたって日本を見聞してもらうという"日本研修"事業が始まり、1982年までに136人の社会科教師が参加し、いろいろなフォローアップ活動が展開され、大きな社会的評価を得た。

全米高校生ハイク・コンテスト

　社会科教育分野での成功に触発されて、1982年、全米の高校生を対象とするハイク・コンテストが企画された。

　アジア協会と全米英語教育審議会が共催し、米日財団が基金を提供し、日本大使館と日本航空が協力した。全米50州、1800以上の高校がコンテストに参加した。

　まず、参加校ごとに第1次予選が行なわれた。各校はハイク審査委員会を設け、

優秀作品を全米英語審議会の各州ハイク審査委員会に送った。そこで第2次予選が行なわれ、優秀作品がアジア協会に送られた。

　アジア協会はケネス安田（ハイク研究者、ミネソタ大学教授）を委員長とする5人の本選審査委員会を組織し、予選通過作品の中から入賞5句を選んだ。
（以下、俳訳：岡田史乃）

　　　In the fishpond mirror / a sudden gold butterfly / ripples in reverse.
　　　　生簀の鏡の中で / 突然金色の蝶が / 逆さにさざ波を立てる
　　　　　─ 金の蝶養魚の池をさざ波す　　　アニタ・ファレル、12学年

　　　little Dachshund puppy / peers into the porch window / tree lights in his eyes
　　　　ダックスフンドの仔犬が / ポーチの窓を覗き込む / その両眼に木々が光る
　　　　　─ 樹々緑窓を覗ける仔犬かな）　ポール・G・パラドプロ、12学年

　5人の入賞者と担任の英語教師たちは、1983年7月18日に来日し、東京と京都に2週間滞在した。滞在中に、産業施設や文化施設を見学し、日本の学生や教育者と交流し、日本の家庭にホームステイした。日本の景観や文化を楽しむかたわら、日本の抱える問題点と成功点を理解する機会を得た。

拠出者・米日財団の事後評価
　このハイク・コンテストについて、主催者のアジア協会は英語教師たちのハイクに対する理解欠如、ならびに、オーガナイザーたちの組織的な展開不足のため、主要目的を達成できなかったと、総括している。
　また、4万2300ドルを拠出した米日財団は、次のような厳しい事後評価を下している。
　この事業の所期の目的は、次の4点にあった。
1、学生たちの日本知識を発展させる。
2、英語と人間性の教育課程で、日本人の想像力・思考・精神的経験を検証する。
3、異文化理解への新しいアプローチを示唆する。
4、他文化の表現手段の学習を通して、米学生たちが自分自身の考えを交流させる能力を改善する。
　しかし、これらの目的は次の理由で未達成に終わった。
1、教師も生徒もガイドラインに従って、ハイクを作っただけで、日本の文化や

文学の理解増進にまで発展しなかった。
２、日本研修を受けた５人の教師は、州が異なり、日本に関する予備知識がなく、研修成果を地元でも共同でもフォロー・アップできなかった。
３、日本研修を受けた学生たちはすぐ卒業し、研修成果を級友や教師、学校全体と共有できなかった。
４、主催団体・実行組織がバラバラで、初期の目的を一丸となって追求する態勢に欠けていた。特に事業の起案者、チャールズ・フォン・ローウェンフェルト（広報サービス会社社長）は、コンテストを広報手段と見做し、フォローアップ活動に反対した。

英語教育におけるハイクの認識不足

　米日財団の事後評価にとどまらず、全米高校生ハイク・コンテスト失敗の根底には、英語教育におけるハイク創作についての基本的な認識不足が存在する。
　一つは、ハイク教育が初等教育課程ではきわめて有効であるが、高等教育課程では、教師にも学生にも歓迎されないという点である。ハイク創作は、前述したように、初等教育９年制の第５学年を中心に、第４〜６学年で行なわれる。全米高校生ハイク・コンテストを提案したローエンフェルトとケネス安田、ならびに共催者は、自国の英語教育の体系と実際に疎かったといえる。
　もう一つは、英語ハイクの原点は日本の俳句であるが、ハイク教育の目的は、あくまでも英語文化としての詩の創作と鑑賞にあり、日本語文化としての詩の創作や鑑賞ではないという点である。ハイクの創作が日本や日本文化の理解促進にすぐ結びつくという発想はあまりに短絡的である。この点で、全米高校生ハイク・コンテストの提案者・主催者は根本的な錯覚に陥っていたといえる。

Dalla mia manica
un felice affetto corre
verso mia madre

第2部
子どもによるハイク

1　ハイクとの出会い

　1983年8月、私は経営企画室から広報部に異動し、社外向けと社内向けの広報誌を編集することになった。しばらくして、前の仕事の縁で、余暇開発センターの松田義幸氏から、「奥の細道」プロジェクトに参画しないかという誘いが来た。真意を測りかねていると、この人に聞けばわかるといって、早稲田大学の佐藤和夫教授を派遣してきた。デマンディングな松田氏とは違って、とても気さくで優しい先生である。佐藤先生の話を聴いてびっくりした。
「日本航空はかつて全米に俳句を広めた会社なんですよ」といって、バッグから古ぼけた四角いパンフレットのような冊子を取り出した。
　縦横とも21cm、表紙・裏表紙を含めて28ページの和紙、表紙の中央にHAIKU'64と書かれ、その下に右三つ巴紋が描いてある。表1には武内龍二駐米大使から松尾静磨日本航空社長への祝辞、1ページ目には審査員・アランワッツ氏の序言、2ページから25ページに入選句が載っている。全部で92句あり、2ページ目は特選句のみ、3〜24ページは各4句、25ページのみ3句となっている。入選句見開きページの左端には右三つ巴紋、右端にはJALの鶴丸があしらわれている。
　日本航空は東京オリンピックを記念して、アメリカで初のNational Haiku Contestを行ない、4万1000句のHaikuを集めたのだという。1964年といえば、私が日本航空に入社する前の年のことだ。横文字のHaikuなんて、初めて聞く言葉だ。
　佐藤先生は2ページ目を開き、National WinnerのHaikuを説明してくれた。

　　　A bitter morning:　　　　　　　寒い朝
　　　　Sparrows sitting together　　　雀が並んでとまっている
　　　Without any necks.　　　　　　首なしで
　　　J. W. Hackett　　　　　　　　　J・W・ハケット
　　　San Francisco, Calif.　　　　　　サンフランシスコ、加州

　英語俳句は、だいたい3行で書かれている。ハケットの俳句は1行目5音節、2行目7音節3行目5音節でできており、日本の5・7・5の俳句形式に似ている。指を折りながら、声に出して数えてみると、確かに5・7・5のシラブルで構成されている。

優れた俳句には意外性や新鮮な驚きがある。カメラでその一瞬を捉えたような鮮明なイメージがある。1行目と2行目はよく見かける光景だ。屋根の上か電線に雀が群れをなして並んでいる。寒いので首を縮めている雀を、日本では膨雀という。しかし、3行目に読み及んで、みんな「うーん」となる、そして「これぞ俳句」と感嘆するのだそうだ。

1ページ目では、アランワッツが俳句の本質をこう述べている。

―― 俳句は17世紀に普及した日本の詩形である。俳句という言葉は「こっけいな言い回し」を意味する。

私にいわせれば、俳句は疑いもなく、世界の文学の中で最も単純にして最も洗練された形式である。偉大な芸術の不変のしるしは巧まないことである。俳句は易しそうに見える。俳句は芸術が働いたのではなく、自然が働いてできたように見える。

しかし、西洋の詩に馴染んできた人々は俳句に出会うと、一種のショックのようなものを受ける。それは詩のかけら以上のものではなく、決して満たされない期待を喚起するように見える。それは今しがた書き始められ、未完成のまま放置されている詩のようだ。しかし、もう少し親密になると、俳句という詩が、最も稀有な芸術的価値、すなわち、いつ止めるべきかを知っているという価値において、卓越していることに気づく。

俳句は、極東文学の長い伝統の中でも、禅仏教の影響を受け継いでいる極限まで洗練されたものを代表する。禅仏教とその感化によるあらゆる芸術のユニークな性質は、全きまでの驚くべき単純である。本質的でないものの完全な欠落と驚嘆すべき爽快な直截がある。――

2　俳句の国際化

文化の時代、俳句とハイク

　日本は 1970 年代前半、石油危機・変動相場制・経済不況などの大変動に直面し、1978 年に第 2 次石油危機に見舞われるが、省エネ学習効果などによって克服し、70 年代末にはようやく「トンネル不況」から抜け出しつつあった。しかし、円高は膨大な貿易黒字を生み、日米経済摩擦が深刻化し、成熟社会にふさわしい日本の在り方が模索されるようになった。大平首相は時代認識として「文化の時代」「地球社会の時代」を掲げた。

　社会の担い手として若者や女性が注目され、成熟社会における身の丈に合った生活の豊かさが追求されるようになった。1974 年に朝日カルチャーセンター、1979 年に NHK 文化センターが開校し、女性層を中心にカルチャーブームが起きてきた。

　子育てを終え、電化の進んだ家庭のなかで時間の余裕をもった女性たちは、そのゆとりの時間の内実化を求めていた。その手段の一つに、手軽な自己表現の場としての俳句があったのである。彼女らの取り組み方は真面目であり、その感性は豊かで、知性も良質であった。こうして、70 年代後半から 80 年代にかけて、俳句ブームが高まり、家元化した俳句結社には新たな対応が求められていた。

　他方、米国で初めて英語ハイクに出会った佐藤和夫氏（早稲田大学、比較文学）は 1975 年から新聞や雑誌・結社誌で、アメリカにおけるハイクを紹介し、一部の俳人、識者たちの関心を集め、これをきっかけに、英国・フランス・ドイツなどにおけるハイク事情についても、研究者たちから少しずつ紹介されるようになった。

余暇開発センターの構想

　余暇開発センター（財団法人、2003 年解散）は元通産事務次官・佐橋滋氏を初代理事長に迎え、1972 年に設立された通産省所管のシンクタンクである。高度成長期後の国民の余暇をテーマに、通産省や地方自治体の委託を受けて余暇活動に関する研究活動を行ない、日本における余暇活動促進を政府・産業界の面から支えることを目的としていた。

　1983 年、余暇開発センターは余暇活動の一つである俳句に注目し、山形県とタイアップし、「奥の細道紀行 300 年祭」（実行：1989）の準備に着手した。プ

ロデューサーは同センター研究主幹・松田義幸氏（現尚美学園理事長）で、多彩なブレーンが動員された。3月、外山滋比古氏（御茶の水女子大学、英文学）は山形県庁で、内外における俳句・ハイクの潮流を解説し、『奥の細道』の国際化の意義につき、次のような講演を行なった。

　西欧の詩は青年の芸術であるが、俳句は高齢者の芸術で、国際的に見てもユニークな可能性をもっている。現に欧米人が国際化の可能性ありと思っているものは、俳句・禅・お茶・お花など、日本の伝統的な芸能・芸術ばかりである。芭蕉はハイジンの間では俳聖と崇められている。その『奥の細道』は東北の歌枕をつないだ"文芸的巡礼"であり、東北地方の大事な文化的資源である。現代のイメージ先行社会で、『奥の細道』は幸いなことに、イメージがない。国際的に色のついていない『奥の細道』という作品を、東北のある土地と結んで、魅力的なイメージをもたせることができれば、ナショナルになり、やがてインターナショナルになる。国際社会における経済大国のイメージを修正し、日本人が芸術的な精神をもった民族であることの理解に役立つ。日本全体としても非常にいいことである。

日本航空への呼び掛け

　松田氏が佐藤先生を派遣してきた意図は、1989年に「奥の細道紀行300年祭」を山形で行なうので、日本航空はこれを世界にPRしてほしいということらしい。
　しかし、東京で行なうオリンピックと山形で行なう俳句イベントでは、スケールも知名度も全く違う。東京は日本一の国際空港だが、山形は小さな国内空港に過ぎず、日本航空の路線とは縁がない。1964年の国際線旅客は70％が訪日外国人で、その大半が米国人だったが、今では70％が出国日本人である。1ドル360円時代とは異なり、外国人にとって、日本は円安メリットを享受できる魅力的な旅行先ではなくなっている。日本に乗り入れている航空会社や旅行代理店は、収入単価の低い外国人よりも、高い日本人を優先的にセールスしている。
　営業面からみれば、外国人を山形に誘致するためのPRはナンセンスであるが、"俳句の国際化"運動は、外国語のハイク、日本航空の関わりなど、意外性や新鮮味がある。広報面からみると、マスコミや社会の注目を集めるかも知れない。漠とした手探りの段階から、係わってみることにした。

3 子ども俳句との出会い

国際俳壇構想

　余暇開発センターは山形県との共催で、1984年11月17日、奥の細道シンポジウムを開催した。ドナルド・キーンが基調講演を行ない、尾形仂・川崎展宏・佐藤和夫・外山慈比古などの俳人・識者が文化会議を行ない、松田義幸・福士昌寿・藤岡和賀夫などの専門家・識者が環境開発会議を行なった。

　その成果を踏まえ、翌年、"国際俳壇"を作りたいので、一緒に検討して欲しいという要請が松田氏からきた。先には「俳句の国際化」への協力要請を受け、苦慮していると、今度は「国際俳壇」への協力要請である。とても、社内に諮れるようなテーマではない。何か、日本航空にとって分かりやすい先行事例はないだろうかと考えているうちに、「囲碁の国際化」「国際囲碁連盟」に思い当たった。

国際囲碁連盟のケース

　日本棋院と日本航空は1979年から毎年、世界アマチュア囲碁選手権を開催してきた。囲碁の国際普及を図るとともに、世界アマチュア囲碁選手権を開催したいとする日本棋院の熱意と、人やモノを運ぶだけでなく文化を運び、各国との交流と親善を深め、世界平和に貢献したいという日本航空の願望が合致し実現した事業である。外務省・文化庁・国際交流基金が後援し、関西棋院も協力している。第1回大会は1979年2月、東京市谷の日本棋院会館で行なわれ、15カ国から30人の選手が参加した。この大会を契機として、国際囲碁連盟設立の機運が起こり、第4回大会の期間中に、参加28カ国の代表が集まり、国際囲碁連盟第1回総会が開かれた。有光次郎会長代行、坂田栄男事務総長が選出され、同連盟が翌年の第5回大会を主管することになった。1983年2月、第5回大会と並行して、第2回総会が開かれ、朝田静夫（日本航空取締相談役、日本棋院理事）が第2代会長に選出された。

　世界の囲碁人口は1985年現在、日本・中国が各1000万人、韓国300万人、台湾60万人、米国20万人、西独・英国・ブラジル・ソ連が各3万人、香港・オランダ・東独が各2万人などと推定される。日本には、アマ棋士に加え、日本棋院・関西棋院合わせて、500人のプロ棋士がいる。日本棋院は戦前からプロ棋士を海外に派遣し、囲碁の普及に取り組んできた。

　外国にはチェスがあるが、囲碁に類したゲームは例がないと坂田栄男九段はい

う。道具は白と黒の石だけでいい。しかも、すべての石が平等で、働きに差がない。石の性能は同じでも、使い方によって百にも千にも化ける。あの広い盤面のどこから打ち出してもいい。そういうゲームは囲碁だけである。

　囲碁はチェスより国際性があり奥が深い。単なるゲームではなく、芸術であり、一種の文化である。スポーツや音楽と同じく、言語障壁がないので、国際交流に適している。

俳人協会、現代俳句協会
　ところで、佐藤和夫氏から「俳句の国際化」について聞いていると、女性スタッフの川人が『俳』という小冊子を見つけてきた。日本語・英語・独逸語・仏蘭西語の俳句やハイクが載っている。彼女が連絡を取り、発行人の宮本由太加氏がやって来た。『俳』は 1970 年 11 月創刊、編集後記で「地球上に真の平和をもたらすためには、政治・経済の国境を超えて、国際的な文化交流を深めるほかありません。日本文化の一つの核を『俳文化』と捉え、ささやかな文化運動をおこすことにしました。差当り発行致します機関紙『俳』は結社誌でも同人誌でもありません」などと創刊の趣旨を述べている。

　佐藤氏は俳人協会の国際部長・俳句文学館長であるが、宮本氏は現代俳句協会の国際部長である。

　現代俳句協会は昭和 22 年 9 月、西東三鬼・石田波郷などによって設立された。そこから分離独立して、昭和 36 年 12 月、中村草田男を会長とする俳人協会が設立された。新宿百人町に俳句文学館という地下 1 階・地上 4 階のビルを持ち、内外の俳句・ハイクに関する文献を収集し、情報ネットワークを形成しつつあった。

　俳人協会は俳句の季語・季題という約束を肯定するが、現代俳句協会は肯定せず、17 音律最短定型詩形のみを俳句の伝統として継承する。路線・主義主張がかなり異なる。

　それにしても、俳句は囲碁に較べ、雲をつかむような世界である。

　日本の俳句人口は 200 ～ 300 万人、俳句雑誌は 500 ～ 600、俳句結社は 700 ～ 800 という。ほとんどの俳人は結社に所属し、結社ごとに俳句観が異なるそうだ。その最大公約数を束ねるのが俳人協会、現代俳句協会、ホトトギスであるが、その実体はといえば、囲碁の日本棋院、関西棋院に比すべくもない。

　米国には俳句雑誌が 10 ぐらいあり、熱心なハイジンが 3000 人ぐらいだという。その他の国のハイジンは米国よりずっと少ない。ハイクは英語・仏語・独語・

露語・伊語など、どの言語でもハイクというが、果たして相互に同じものなのかわからない。日本ではハイクの存在を知っている俳人は少なく、知っていても、俳句とは似て非なるものだと、ハイクを否定する俳人が多いという。

子ども俳句との出会い

"国際俳壇"構想を受け止めかねていると、宮本氏から「水野君の事業を助けてやれないか」という相談を受けた。書道塾のかたわら、独力で15年間、全国学生俳句大会を推進してきたが、もはや個人の力では限界なのだという。外国語ハイクは初耳だったが、子ども俳句も初耳である。

興味を覚え、水野氏に電話すると、早速「昭和59学年度全国学生俳句大会入賞作品集」を携えてやって来た。表紙の総括表には、小学1年から大学4年まで、応募総数6万3358とある。頁を繰った私は、小学の部の大賞句に釘付けになった。

　　あかとんぼとまったとこがあかくなる

4　全国学生俳句大会への協賛

(1) 子ども俳句の不思議な魅力

　余暇開発センターの提唱する「俳句の国際化」「国際俳壇」は長期的な取り組みになりそうだ。そんな中、「あかとんぼ」の俳句の不思議な魅力に出会い、「ガキの頃から俳句でもあるまい、しかしあってもいいじゃないか」という総括選者のスタンスに安心し、全国学生俳句大会にささやかながら、協賛することにした。

昭和59学年度全国学生俳句大会

　水野あきら氏から昭和59学年度（1984）、全国学生俳句大会入賞作品集を受け取った。表紙に応募・選考状況の総括表が載っている。選者は金子兜太・予選選者14名、締め切りは1984年10月30日、発表は1985年1月15日、毎年夏休み前に各学校に募集要項を配り、翌年成人の日に表彰するのだという。

　昭和59年度の応募総数は6万3358句、小・中学校が9割を占め、学年別に応募数が載っている。小学5年〜中学3年の応募数が特に多い。入賞の内訳は大賞3句、特選20句、入選53句、佳作133句となっている。

　表紙の裏は事務局長・水野あきらの大会挨拶で、第2頁に大賞3句が載っている。

小学生部
　　　あかとんぼとまったとこがあかくなる　　山したまみ子、宝塚小1、富山
中学生部
　　　さそり座の心臓ねらう揚花火　　　　　　飯田了子、余市西中2、北海道
高校生部
　　　冬空の愛（いと）しさすこしあるいてみるか　　櫛田隆士、桜宮高3、大阪
大学生部
　　　該当作なし

　第3頁以降には、特選・入選・佳作がそれぞれ低学年から高学年へ順に並んでいる。ときどきびっくりしたり感心したりする俳句がある。頁を繰りながらも、最初の大賞、中でも「あかとんぼ」が気になった。第19頁に金子兜太の選後の感想があった。小学生の部では6句に注目し、「あかとんぼ」と「カーテン」の

句が最後まで残って、やっと「あかとんぼ」の句を大賞に選んだとあって、その選考理由が書いてあった。
——この句はなんでもないようだが、だんだん印象がふくらんでくる作品。赤が一点、鋭く温くいつまでも私のなかにいて、消えないのだ。ただの赤ではない。生きている赤。じーっとこちらを見ている赤。そしてなつかしい赤。——
　水野氏は15年前から「青少年の文芸振興と育成」を主眼に、小・中・高・大学の俳句指導者（先生）を通じて学生俳句を集めてきた。参加校は常連が約500校、ときどき参加を含めると約1000校であるという。何を手伝えばいいのかと聞くと、協賛してほしい。どのくらいと尋ねると、いくらでもありがたいという。

全国学生俳句大会への協賛
　広報部のパートナーは営業本部の宣伝販促である。同期の岡崎課長に「あかとんぼ」はどうかと打診すると、ウーンとうなった。翌日また行くと、これならウィスキーのコピーになってもおかしくないと答えた。
　第16回大会応募要項の印刷締め切りが迫ってきたので、6月末、広報部内に諮って、協賛することにした。
１、協賛対象（略）
２、協賛内容および対価（略）
３、本大会の特徴
（１）代表性、日本学生俳句協会は日本唯一の全国的学生俳句組織である。
（２）非拘束性　成人俳句と異なり、流派・結社によるタテ割の拘束が一切ない。
（３）自由奔放　青少年が主体なので、有季定型・切れ字などによる発想・表現の制限がゆるやかである。
（４）国際性　前記（２）（３）の理由により、諸外国におけるヨコ文字・漢字ハイクとの交流が容易であり、それに対する日本の既存流派・結社からの批判も少ない。
（５）マンネリ打破　日本の成人俳句のマンネリを打ち破る試みとなることが期待される。
（６）選者陣　金子兜太をはじめ、流派・年齢を超えて、代表的な俳人が列なっている。最終審査はすべて金子兜太が行なうので、そのよさが大会に生かされている。
　金子兜太のスタンス：(逆説的肯定)餓鬼の頃から俳句でもあるまい、しかしあってもいいじゃないか。（教育の個性・創造尊重）現場には、その場その場の指導

方法がある、それを尊重しよう。（表現の良し悪しは二の次）純朴・質朴なものを選んでやりたい。
（7）話題性　マスコミが関心をもっており、メディアコストなしに伝播させることができる。とくに地方紙はこぞって取り上げており、将来、地方大会・全国大会のピラミッド型運営により、俳句団体に発展させることも可能である。
（8）低コスト　大会運営のための人手はすべてボランティアで行なわれるため、従来どおりの運営方法によれば、発生費用はきわめてわずかである（今回日本航空が肩代わりする50万円程度）。
（9）継続性　すでに今年で16回目と、毎年絶えることなく、着実に発展してきている。
（10）発展性　運営方法の改善およびそれに伴う費用増を負担する団体（今回の日本航空のような）が現れれば、話題性の作り方、組織の作り方などに工夫を加えることと、両々相まって、将来、参加校・投句数などが飛躍的に拡大することが確実である。
4、将来構想（日米学生 HAIKU コンテスト）（略）
5、予算
・今回の全国学生俳句大会への協賛費用は、既令達の今年度広報部予算内で運用する（広報活動費 ― 広報出版費）。
・来年度以降の日米学生 HAIKU コンテストについては、別途、所定の手続きを踏んで、来年度以降、各年度予算に計上する。

（2）水野氏の活動

　水野あきら氏は昭和45年から、金子兜太氏を総括選者に戴き、毎年全国学生俳句大会を開催してきた。
　兜太は選句に当たって、できるだけ子どもらしさに重点を置いた。しみじみとした子どもらしい情感、1、2語用語上の失敗と思われる部分を残していても、そういう作品を大賞や特選に選んできた。

書道塾、一茶まつり

　水野は法華宗の高僧（教学部長）の家に生まれ、小学生のとき、兵庫県の妙典寺に小僧として預けられた。中学3年のとき、書道師範の免許を取り、大阪で書道塾を2カ所受け持った。高校3年のとき、師匠が死去し、住職を引き継いだ。妙典寺と隆栄寺を掛け持ちし、両寺の書道塾を受け持った。夜間大学を卒業し、

26歳のとき、住職を退き、すでに本寺を持っている従兄に引き継ぎ、自らは書道塾を営み外から遺族を支えた。遺児2人は成人に達すると、両寺の住職を従兄から引き継いだ。

水野はこうした段取りを終えると、昭和36年上京し、昭和37年に柴又、48年に松戸で書道教室を開いた。

17歳のとき、初めて俳句を作り、産経俳壇（兵庫版）への投句の縁で、岩谷孔雀主宰の「極光」に入会した。上京後は、書道教室のかたわら、俳句研究グループ「みゆき」を結成した。

書道教室では、朱筆でお手本を書き、子どもたちはこの決められた言葉を大筆で練習する。最後に清書して小筆で名前を書いて出す。書は大筆ばかりでなく、小筆を駆使させる術を身につけないと実用的ではない。水野は小筆の習熟術として、子どもたちに俳句を作らせ、それを半紙に書かせる方法を取り入れた。

ところで、竹ノ塚の炎天寺は、一茶が蛙合戦を見て「やせ蛙負けるな一茶これにあり」を作った寺として有名である。住職の吉野賢聖和尚は一茶ゆかりの寺にしようと、昭和35年（1960）、"一茶まつり"を始め、翌年から「全国小中学校俳句大会」を開催するようになった。

仏教の流布活動は子どもから入るのが常道であろうと思われる。まだ関心の薄い幼児の頃から、寺子屋や日曜学校に集め、ありがたい、礼儀作法などを、仏の教えに従って導いていく。それを縁として、お寺の布教活動というものは一般に大人にも及んでいくのである。

水野は子どもたちに俳句を詠ませ、それを自ら筆で書き、"一茶まつり"に応募させた。すると、吉野和尚が特異の例だと興味を持ち、柴又の教室に不意にやってきた。

水野は答礼のために初めて炎天寺を訪ね、腹案を打診した。「指導下には高校・大学生もいるので、小中学生に限定するのは勿体ない。青少年の創作・創造に勤しむ心の軌跡を構築してみたい」と言うと、和尚は「願ってもないこと。私の方からもお願いしたい」と言った。

全国学生俳句大会

炎天寺の賛同を得たので、具体的に学生俳句大会の構想に移った。「みゆき」が大会の予備選事務局を担当した。本選の総括選者は複数候補者のうち一番若い金子兜太にお願いした。先行例の"一茶まつり"は選者の石田波郷がすぐ病没し楠本憲吉に代わった。学俳大会の選者選びは継続性の観点から"お年"が決め手

になった。兜太はまだ50歳代前半であるだけでなく、前衛の旗手ながら、人情家で肌理の細かさがある。

　昭和45年（1970）、第1回学俳大会を行なった。広報の手立てとして、結社、総合俳句誌、現代俳句協会や俳人協会に期待したが、見向きもされなかった。俳句界の無言には恐れ・あきれて、縁を切り、学校と直結することにした。『学校総覧』から都道府県別に無差別に抽出した学校に案内し応募要綱を送付すると、その1割ぐらいが参加してくれた。また、全国の新聞協会所属150社に、募集と発表のとき、広報した。

　最初の7年間は批判に終始した。作品集を見て、批判的な手紙がたくさんきた。多くは俳人だった。「子どもが作ったものとは思えない」「子どもには無理だ」「俳句という散文にすぎない」「鋳型教育は許しがたい」……。

　一切自費で大会を開催してきたが、応募数が増え始めると、金も時間も負担になってきた。第13回ぐらいから継続が難しくなり、第15回で終わりにして、総決算として『小中学生の俳句』を出版するつもりで、兜太に序文を書いてもらった。

　第15回の作品集原稿を印刷所に送り、終結を決意していると、現代俳句協会の千葉県会長・宮本由太加氏から「県役員になって、機関紙の編集長を引受けてほしい」という相談を受けた。「時間的余裕がない。実は全国学生俳句大会も第15回をもって……」と、実情を打ち明けると、「そりゃ残念だ。援助のため少し歩いてみるから」と、頭を下げて継続を懇請された。だいぶ経って、日本航空から「宮本氏から……」という電話を受けたのである。

創作教育、創造教育とは

　日本の学校教育では小学6年と中学2、3年で俳句鑑賞を取り上げる。有名な俳句ばかりで、中学生自身の作品が一つ載っている教科書が一つあるが、作者・学校名は記されていない。教室で俳句創作の授業は行なわない。

　学俳大会では、水野が予選を総括し、20分の1から30分の1を本選に上げる。初めのうちは予選の鑑賞眼が低かったので、大人の手の入った俳句が本選に上がった。本選選者の中では、総括選者の兜太だけがそれを指摘、むくれて、"おとなコドモ"はだめだといってきた。

　子どもの息遣いではない、子どもには無理な季語が入っているなど、先生や親が子ども心を持ち、無理に子どもになって作った俳句は、慣れてくるとすぐわかる。

"おとなコドモ"は予選で厳しく排除し、兜太が作品集で毎回指摘したので、7～10年すると、少なくなった。子どもらしい俳句が大勢を占めるにつれ、認知を受け始め、新聞社が物語してくれるようになってきた。
　子ども俳句を「感性」という耳障りのいい言葉で、「情操教育」「道徳教育」の一環と捉える向きがある。とくに、先生方や老俳人はこのような捉え方をするが、「創作教育」「創造教育」と捉えるべきであると、水野は言う。

5　カナダ子どもハイク・コンテスト

（1）国際交通博覧会

　1985年8月12日夕方、広報部に戻ると、テレビの前に人だかりができている。日本航空の123便が行方不明だという。次第に記者たちも集まってきたが、部長や他のグループ長2人は出払っている。やがて、未曾有の大航空事故と判明、急遽戻った業務グループの市ノ澤が机の上に立って、詰め掛けた記者たちに状況や対応を説明し始めた。すぐ御巣鷹山に現地対策本部、羽田に事故対策本部が設置され、業務グループと報道グループは全員各対策本部に移動、部長も羽田にいる日が多くなった。私の出版グループは留守居役になったが、スタッフ数人を応援に出し、編集作業をしばらく中断した。

　10月末、広報部はほぼ平常の態勢に戻り、私は事故を踏まえて広報誌の刷新に取り組んでいた。そんな中、営業本部から国際交通博覧会への俳句出展が持ち込まれたのである。

出展テーマ、子ども俳句に

　国際交通博覧会は1987年5月2日から10月31日まで165日間、カナダのバンクーバーで開催される特別博で、テーマは"動く世界、ふれ合う世界"、全世界から42カ国、24社、カナダ・米から12州が参加し、入場者1500万人が見込まれていた。日本政府は1985年1月11日、当博覧会に公式参加する旨の閣議了解を行ない、カナダ政府に通知した。そして、参加事業の準備と運営にあたる機関として、財団法人国際交通博覧会協会（会長：朝田静夫、日本航空相談役）が設立されたのである。

　10月下旬、同協会事務局から日本航空営業本部国際営業部に出展協力の打診がきた。出展テーマが俳句だったので、私が起案し、同部宣伝販促室と広報部の共同プロジェクトとして推進することになった。

　広告代理店として、余暇開発センターの「奥の細道の国際化」には電通、国際交通博覧会の日本館設営には博報堂が関わっている。私は前者をテーマとする出展企画を電通に、事故後のCIをテーマとする出展企画を博報堂に検討してもらうことにした。電通は有名なフランスの映像作家を監督に起用し、芭蕉の俳句とともに外国人が奥の細道を旅するハイブローな映像を交通博で上映する案を提案してきた。博報堂はSP局PR部長の柴田昌明氏が自らヒヤリングに来た。

日本航空は航空事故により決定的なダメージを受けていた。こころや安全を大切にしていない。権力志向・官僚的である。暗い。社内がバラバラで統一がない。これらの社会的な負のイメージを克服し、こころ・子ども・自然を大切にする明るい企業にならなければならない。また、他社と比較すると、国際性・一流性はあるが、信頼性・先取性に欠ける。さらに、地域・顧客などとの接点が少なく、社会との共生が不十分である。こうした指弾に対応する広報・宣伝の新たなCI戦略の一つとして、俳句プロジェクトを位置づけられないか。柴田氏はこの趣旨をよく理解し、構想案づくりに協力してくれた。

　子ども俳句に出会ったのは航空事故の前であったが、事故を経て、ますます貴重に思うようになった。御巣鷹山の現場で、奇跡的に生存が確認され、空中に吊り上げられていく川上慶子ちゃんをふと思い出す。子どもたちが捉えた世界、その心こそ、事故後の日本航空が一番大切にすべきものではないか。彼らの作品は俳句研究者の佐藤和夫氏、コピー文化の柴田氏のみならず、初めて接する日本航空・国際交通博覧会協会・マスメディアの人たちにも驚きと感動を与えた。

　12月、広報部の構想案に基づき、博報堂からJAL催事企画案が提出され、博報堂へ発注することになった。12月末、同社から具体的な企画案が出てきたが、見積もると1億円規模になり、期間と場所の限られた交通博では、協賛企業を募りがたいイベントもある。そこで、1月末、大規模イベントは米本土での実施を検討することとし、交通博では子ども俳句の展示・紹介に絞り込むことにした。日本学生俳句協会の過去16回分の作品35万句の中から、小中学生の優れた俳句を選んで、交通博の日本会場で展示するのである。

俳句イベントの大要

　2月初め、私は準備打ち合わせのために、佐藤氏とバンクーバーに飛んだ。交通博の日本会場、ブリティッシュ・コロンビア大学などを視察し、支店の広報宣伝マネジャー、大学準教授のレオン・ゾルブロッド氏などに会った。3月中に俳句イベントの大要が決まった。

1、日本政府館の中にハイク・シアターを設置し、6月15日から30日までマルチ・スクリーンを使った俳句作品を上映し、壁面に作品やメッセージを展示する。
2、金子兜太氏を団長とする俳句ツアーを組織し、カナダを吟行するとともに、ブリティッシュ・コロンビア大学で、カナダ・米のハイジンとシンポジウムや句会を行なう。

3、9月から翌年3月まで、ブリティッシュ・コロンビア州の小学生（1～7学年）を対象に、ハイク・コンテストを行なう。ハイクのビデオ教材を各学校に配布し、入賞作品を7月に発表・表彰する。

（2）子ども俳句展の準備

　日本の出展会場は日本館、ジャパン・プラザ、HSST の3つで構成される。日本館は約 2000㎡、その半分は巨大な交通模型、日本の交通の"現在"の全貌を俯瞰する。HSST は日本の交通の"未来"の一端を紹介する。カナダ政府の要請で出展され、チャールズ皇太子とダイアナ皇太子妃の試乗が予定されている。ジャパン・プラザは日本館と HSST 駅に挟まれた広い空間で、民間集合館、リニアモーター館、ジャパン・シアター、日本庭園などが配置され、未来交通技術との出会い、心のふれあいとくつろぎの場を提供する。

　ハイク・シアターは、日本館エントランスホールに設ける仮設シアターである。矩形 40㎡ の半分はリア・スクリーンにとられ、上映期間は 16 日間しかない。ハイク・シアターにおける訴求効果は自ずから限られている。従って、交通博における子ども俳句展の狙いは、集客数ではなく、9月以降ブリティッシュ・コロンビア州で展開する子どもハイク・コンテストへの連動、先触れにあった。

出展俳句の選定、英訳

　全国学生俳句大会における過去 16 年分の入選作品 35 万句の中から、水野氏が 126 句を選び、佐藤氏がさらに 72 句に絞り、ゾルブロッド氏がこれを英訳した。

　ハイク・シアターで上映する映像プログラム、ならびにシアター壁面に展示するパネルの構成が決まり、それぞれ 26 句、30 句を使用することになった。水野氏のアイデアで、写真や書とともに、関口コオ氏の切り絵を使うことになった。映像構成が決まり、春夏秋冬別に切り絵や書と組み合わせて制作していくと、冬の部の俳句が足りないなど、手元の 72 句では対応できなくなった。

　子ども俳句を英訳するには、まず水野氏に作者の本当の気持ちを確かめ、子どもらしい表現を工夫しなければならない。もう、いちいち、ゾルブロッド氏に英訳を頼んでいる時間はない。私は博報堂の広報誌『広告』（1985 年 1 & 2 月号）に載っていた日本在住のコピーライター、ジャック・スタム氏を思いついた。ジャック・スタムは俳句を作り、詩、コメディー、子どものための本を3冊出版。このうちの1つはアメリカの小学校の教科書に採用されているそうだ。

柴田氏に懇請すると、ある日当人がオフィスに現れた。電通や博報堂の依頼を受けて "Suntory Old, My old friend" などの英文コピーを作っているという。こうして、ゾルブロッド訳、スタム訳のハイクが揃った。

  あかとんぼとまったとこがあかくなる　　　　山下まみ子、小 1、パネル
  A red dragonfly― / Where it has stopped / turns red.

  ひまわりやまっきっきいのフライパン　　　　三角綾子、小 2、ビデオ
  Sunflowers! / Yellow, yellow, yellow / frying-pans.

  ポケットの中にまだある夏休み　　　　　　　池田真二、小 4、ビデオ
  Inside my pocket / there is still a piece of / summer vacation.

  草はらにねころび地球をおんぶする　　　　　新沢晃義、小 5、ビデオ
  On a grassy field / I lie down and carry / the world piggyback.

  ボール一つサッカーゴールに残る秋　　　　　山口幸典、小 6、ビデオ
  One soccer ball, / left between the goal post― / last of autumn.

  足先が刃物となりし冬の夜　　　　　　　　　玉井大介、中 3、ビデオ
  My toes have turned / as cold as the blades of knives / this winter night.

中曽根総理のメッセージ

　15 分の映像だけでは、来場者に印象しか残らないかもしれない。そこで、ハイク・シアターの壁面にパネルを 7 枚展示し、もっとコミットしてもらう工夫をした。
　1 枚目は中曽根総理の〈俳句展に寄せて〉、柴田氏はメッセージの最後に総理自身の俳句を載せ、サインをもらえないかという。中曽根句集を渡すと、総理がアフガンの難民キャンプを訪れたときに作った俳句を選んできた。ジャック・スタムがこれを見事なハイクに翻訳した。

  望郷の彫り深き眼や夏の雲
  His deep-set eyes / look homeward, far away. / Summer clouds, drifting…

第 2 部　子どもによるハイク

　現代俳句協会の幹事長、「富士ばら」主宰の久保田月鈴子氏の仲介で、総理の了承を取り、6月初め、柴田氏とパネルを携えて砂防会館の事務所を訪ね、サインをもらった。
　2枚目は〈ハイク・コミュニケーション〉、今後、世界の子どもたちのハイクによる交流を拡げていきたい。
　3～5枚目は〈日本の子どもたちの俳句〉
　6枚目は〈ハイク・コンテスト '86〉、EXPOの開催地、カナダのブリティッシュ・コロンビア州で、全小学校の子どもたちを対象に、1986年9月から87年3月まで、ハイク・コンテストを行ない、87年7月に発表・表彰する。
　7枚目は〈あなたもハイクを作りませんか〉、パネルの下方にポストを付け、「EXPO'86の印象を3行のShort Poem "HAIKU" にしてみませんか！」と投函を呼びかけた。作品例として、1964年全米ハイク・コンテストの特賞、ジェイムズ・ハケットのハイクを添えた。

A bitter morning: / sparrows sitting together / without any necks.
　　── 寒き朝首なき如く雀群れ（俳訳：岡田史乃）

（3）俳句イベント

　金子兜太氏を団長とする俳句ツアーは6月11日夕刻、成田を出発、同日朝、バンクーバー到着、市内をバス観光後、空路カルガリへ飛び、バンフ、カルガリを観光、13日夕刻、バンクーバーに戻ってくる予定であった。
　一方、俳句イベントの準備のため、6月11日、博報堂チームと私、12日、佐藤和夫氏と関口コオ氏、13日、日本航空の加藤・藤松がバンクーバー入りし、現地側と共同作業を開始した。

俳句パフォーマンスの準備
　俳句イベントは6月14日の国際俳句親善大会、15～30日の子ども俳句展である。前者の設営は日本航空バンクーバー支店のピーター・ウェイトとブリティッシュ・コロンビア大学のレオン・ゾルブロッド准教授によって、参加者の到来を待つばかりになっていた。他方、後者の設営は慌ただしかった。日本館の俳句シアターは14日に仮設、午後から機材・展示物の搬入・取り付けを行ない、翌日9時の上映開始に間に合わせなければならない。作業は深夜・翌朝に及ぶが、作業手順や作業態勢がはっきりしているので、進行上の不安は少ない。問題は子ど

も俳句展の皮切りに行なう俳句パフォーマンスであった。

　水野氏のアイデアに従って、あらかじめ筋書きを作っていた。6月15日、12時より1時間、ジャパン・プラザのステージで行なう。MC（進行）は日本館付きの女性とニューヨークから来る藤松が担当する。プロローグ、水野が舞台前の床面に3.5×15mの紙を広げ、箒サイズの筆で、バケツ1杯の墨汁を助手に持たせて、走り回って交通博のテーマ "World in Motion, World in Touch" を書く。舞台では金子が俳句を書き、佐藤が英訳し、関口が色紙に切り絵を描き始める。再び、水野が舞台前で、今度は日本の出展テーマ、"Pulse of Change" を大書する。次に、MCが俳人たちのカナダで作った俳句4句の英訳を紹介し、水野が関口の切り絵の色紙に英訳の書を書き加える。最後に、4枚の色紙の英訳ハイクから1つを選んで、水野が舞台前で、3回目のデモンストレーションを行なう。会場の観衆に抽選で4枚の色紙をプレゼントする。俳句パフォーマンスに合わせて、テレビや観衆を集める。出演者や関係者には日本航空の法被を着せる。

　法被や色紙、バケツは現地調達、ペーパー・ロールや墨汁は博報堂チームが持参、箒大の筆は水野が持参することになった。6月11日、水野氏の一行とともにバンクーバーに着いた私は、筆のパッケージを受け取った。

　13日、空港へ俳句ツアー一行を出迎えに行くと、筆はできたかと水野氏が聞く。首を傾げていると、水野氏が激怒した。ただちに水野氏、加藤とともに作業現場に向かった。かくして、パフォーマンスの舞台化に加えて、筆作りが必要になった。助っ人として来てもらった広報部次長の加藤が俳句パフォーマンスの準備を指揮し、私は14日の国際俳句親善大会に専念することになった。以下は水野氏の話である。

　箒サイズの大きな筆は馬の毛を使い、一本50万円する。使い捨てには高価過ぎるので、群馬・栃木を探しまわって、やっと箒草を何本か入手した。これを内弟子たちが湯がき、木槌で打って柔らかくして、束ねた。パフォーマンスでは、箒大の黒筆とともに、小さめの朱筆も使う。筆のパッケージには大小2本分の箒草の束、竹棒、針金を入れておいたのに、筆ができあがっていないとは！

　お陰で、深夜までかかって、筆作りの現場監督をすることになった。「……そんな針金の回し方ではダメだ！　大筆を使うときには私の全体重がかかるんだ。もっと強く締めろ！……舞台で失敗したら、書家としての職人生を失う。冗談じゃない！……」

第 2 部　子どもによるハイク

国際俳句親善大会、6 月 14 日（土）

　ブリティッシュ・コロンビア州立大学は 1908 年に創立された。バンクーバー市の西端に位置し、市中心部より車で約 20 分である。402ha の広大なキャンパスで、5 万人の学生が学ぶ。キャンパス内のバラ園からは太平洋や山々を一望することができる。

　同大学のアジアセンターは静かなジョージア海峡を望む高台にあり、戦時中は日本軍の襲来に備えて砲台のあった一角である。アジアセンターは 1970 年の大阪万博のサンヨー館を移築し、1981 年に開設された。同センターは「新渡戸庭園」に接している。この日本庭園は 1983 年、近くのビクトリアの病院で客死した新渡戸稲造博士を記念して作られた。博士は 1920〜26 年、国際連盟の事務局次長を務め、日本最初の国際人として活躍した。1923 年、カナダのバンフで開催された「太平洋問題調査会」に委員長として出席した後、病に倒れ、不帰の人となったのである。庭園には博士の夢＝目標であった「我、太平洋の架け橋とならん」を刻した石碑が立っている。

　国際俳句親善大会は 4 部に分かれる。第 1 部は 13 時からアジアセンターで講演会。リフレッシュメントの後、第 2 部は 15 時から隣接する新渡戸庭園で吟行。第 3 部はファカルティ・クラブで作った俳句・ハイクの選評。第 4 部は 18 時から同クラブで親善ディナー・パーティである。14 日朝は雷を伴う豪雨で、大会の成否が危ぶまれたが、日・カナダ合わせて 100 人余りの聴衆が集まり、第 2 部の始まる頃には晴れ間が出てきた。

　第 1 部の進行役、ゾルブロッド氏は「日本からの飛行機には 23 人の俳人の外、余計な方が 1 人乗っていたようです。ワケイカズチの神です。しかし、この雨は新渡戸ガーデンの苔を元気にするでしょう」と挨拶した。最後に、金子兜太氏が『一茶と現代俳句』と題し、一茶から受ける 3 つの示唆について講演した。

　第 3 部は日本航空の米州地区広報部長、藤松が進行役（日本語、英語）になり、金子氏・町田氏が俳句の選評、ゾルブロッド氏・佐藤氏がハイクの選評を行ない、次の吟行句が特選になった。

　　　どこかで鴉バンクーバーの走り梅雨　　　　　　笛木あき子

even the water fountain / and the fire hydrant /
are dripping wet　　　　　　　　　　　アンノ・ネイカー
　─ 噴水さえも / 消火栓も / ずぶ濡れになっている

子ども俳句展、6月15日(土)〜30日(月)

　6月15日(土)9時、ジャパン・パビリオン内に設けられた俳句シアター前で、テープカットのオープニング・セレモニーが行なわれ、子ども俳句展が開幕された。同パビリオン前のジャパン・プラザでは、博報堂・加藤・水野が俳句パフォーマンスの舞台づくり、リハーサルを重ねていたが、12時、いよいよ開始である。藤松・MC（司会）、金子・関口・佐藤が舞台に上がり、和装の水野は助手に墨のバケツを持たせ、大筆を持って、舞台の前に立った。巻紙がするするとフロアーを走った。出演者・関係者は揃いの法被、道行く人々は足を止め、俳句展は一気にお祭り気分となった。

　小さな俳句シアターは閉館の6月30日(月)まで、終日人波で溢れ返り、壁面パネルに設けた俳句ポストには426句のハイクが投函された。10月11日、ジャパン・パビリオンで、地元入賞者7人の表彰式を行ない、その他入賞者13人には賞状と副賞 "A Day in the Life of Japan" が郵送された。

　　　　　Sunny EXPO day / grand children run to rides /
　　　　　grandma writes haiku　　　　　　　W・L・ベイカー
　　　　　──晴天のエクスポ / 孫たちは乗り物へ走り / 婆はハイクを書く

　　　　　4 eyes watch… / Two legs walk… /
　　　　　Baby on Daddy's back! :　　　　　　J・ホーカー
　　　　　──4つの眼が見つめる / 2つの脚が歩く / ダディの背中のベイビー

　　　　　Merry-go-round / horse has a tear in his eye /
　　　　　left by the spring rain　　　　　　ジュリー・チャン
　　　　　──メリーゴーラウンド / 馬は片目に涙を浮べている / 春雨の残した

（4）子どもハイク・コンテストの準備

　交通博での俳句イベントは成功裏に終わったが、これから始まるカナダ・子どもハイク・コンテストの先触れであった。日本航空は今まで、米国でハイク・コンテスト（1963）と高校生ハイク・コンテストを実施したが、カナダは初めて、しかも、子ども（小学生）が対象で、学校を通じて募集する。本社はこのカナダ方式を踏まえて、今後毎年、いずれかの国・地域でも、子どもハイク・コンテストを実施する方針だった。

バンクーバー支店の広報宣伝マネジャー、ピーター・ウェイトは次のように回顧する。
——1986年春先、本社の広報課長が訪れ、ジャパン・パビリオンの子ども俳句展に連動し、ハイク・コンテストを計画していると告げたとき、私は少なからず当惑した。続いて、このコンテストは1986～87年の冬期に小学生を対象に行なわれ、カナダが実験台に立たされていると知って、さらに心配になってきた。
　芭蕉の有名な古池に蛙が飛び込む俳句は知っていたが、この神秘的な日本の定型詩形は私の受けた初等教育の中にはなかった（戦時中の、婦人が私宅を開放して運営するスクールで、読み・書き・算術の3科目の中にハイクはなかった）。しかし、私の娘ルチンダは、小学4年からカナダの公立教育を受けていたが、即座にぺらぺらと、英語の有名なハイクをいくつか詠みあげた。雀が音符のように電話線に止まっているとか。ハイクは何年も前から、公立小学校の英語創作カリキュラムの一部になっているようだった。——

プロモーショナル・ビデオの制作
　現地では、バンクーバー支店の広報宣伝マネジャー、ピーター・ウェイトが一人で通常業務のかたわら、EXPO出展やハイク・コンテストの一切に対応している。カナダの旧年度は6月に終わり、9月から新年度が始まる。カナダの公用語は英仏2カ国語だが、ブリティッシュ・コロンビア州だけは英語のみなので、今回は同州に絞ることにした。さらに、ピーターは同州の私立・公立の小学校をリスト・アップし、教育機関と調整して、全小学校でハイク・コンテストが実施できるように、合意を取り付けた。視聴覚教材として、15分程度のプロモーショナル・ビデオを作り、先生方が教室でハイクを紹介し、ビデオを上映後、ハイクを作らせる。生徒たちに共感や意欲を持たせるには、日本の学校で日本の生徒たちが俳句を作っている情景を見せるのがいいという。
　水野氏に相談すると、千葉県川間小学校を推薦した。早速、博報堂は学校と打ち合わせに入り、5月中旬、撮影クルーが上林陽子先生の教室に入って授業や吟行の様子を撮影し、また、休み時間や体操時間の校庭や廊下など、日本の小学校の情景を撮影した。

ハイクの募集方法
　1986年8月初め、ピーター・ウェイトは、BC州の教育省を訪ね、同州小学生を対象とするハイク・プロジェクトについて、暗黙の祝福を得た。参加不参加

の最終決定権は各管区の学校管轄者と学校委員会にあるが、学校管轄者たちはあなた方の努力を歓迎するだろう。新学期のスタートにあたって、学校委員会に何かいいニュースを伝えたいと思っているからと、教育省次長は述べた。

　教育省から全93管区の学校管轄者の名簿と、私立・独立・教会学校の全リストが届いた。ウェイトは各学校管轄者と各学校宛の手紙を書き、ハイク・コンテスト、そのルール、賞などを紹介した。本社から、ハイク・プロモーショナル・ビデオ、VHS90部と3/4インチ・フォーマット12部とを取り寄せ、主要な学校管轄者宛の手紙には、このVHSテープを同封した。また、私立・独立の111校宛ての手紙には、コンテストに参加する場合、プロモーショナル・ビデオを送るので、希望タイプ（VHS・BETA・3/4インチ）を知らせてほしいという回答用紙を同封した。

　9月10日、ピーターは全公立学校の管轄者、全私立小学校の先任英語教師宛、ハイク・コンテストへの協力・支援を要請する手紙を、次のとおり郵送した。

1、開催の趣旨：日本航空はここ数十年の間に、西欧で高まってきたハイクへの関心を涵養し、また去る6月、カナダ交通博で開催したハイク展をフォローアップするために、21世紀に向けて、毎年世界のいずれかの地で、ハイク・コンテストを開催する計画です。その初回コンテストをカナダのブリティッシュ・コロンビア州で開催いたします。つきましては、同封通知の管下小学校への配布につき、貴殿のご協力とご支援をお願い申し上げます。

2、同封のビデオ・テープ "Let's Make a Haiku"（上映15分）：先生方にハイクとは何かを説明し、生徒たちにハイクを理解してもらうために作成した非営利の教材です。必要なだけ自由にコピーして、管下小学校に配布してください。

3、実施要領：

（1）ハイクは英語で17音節または5・7・5音節で書いてください。

（2）投句用紙には作者の姓名、年齢、所属学校の住所を書き入れてください。

（3）応募有資格者は1986/87学年度にBC州で学んでいる第1～第7学年のすべての生徒です。

（4）応募締め切りは1987年3月31日（火）午後5時、宛先は日本航空のバンクーバー支店、ハイク・コンテスト係です。

（5）日本航空は投稿ハイクを、作者と所属校の承認を得て、自由に引用または使用することができます。

（6）日本航空本社はコンテストの審査のために、日本及びカナダの審査員を組

織します。
（7）応募ハイクの中から最優秀20句を選び、表彰します。入賞生徒には賞状と "A Day of the Life in Japan" が贈呈されます。所属学校には奨学金200カナダドルが贈呈されます。
（8）各入賞者には所属学校気付で、1987年6月初めに通知されます。また、入賞者名、所属校、入賞ハイクはメディアにニュース・リリースされます。

（5）ハイク・コンテストの実施

　ピーター・ウェイトは9月初め、92学校管区の管轄者にコンテストの実施要領を送っていたが、12月になっても管区内小学校に届いていないケースが多々発生した。そこで、全公立小学校の住所と名前をワープロに入力し、英語の担任教師宛、直接手紙を書いた。
　結局この方法がもっとも有効であった。学区管轄者やマスコミの大人たちは、かつてのピーター同様、ハイクに疎いが、子どもたちは学校で習っており、大好きなので、コンテストのニュースはぱっと広まっていった。

ハイクの応募〜審査

　1月、3学期が始まる頃から、ハイクがJAL YVR支店に届き始めた。支店スタッフもどんな作品が来たかと覗きに来るので、ピーターはよさそうなものを選んで、通りに面したロビーの窓に貼り出した。
　初めは秋の葉や雪のハイクが多かった。カナダは秋が短く冬が長い。2月には屋内に閉ざされ、みんな春を待ち焦がれるようになる。熊、鹿、狼、狐、アライグマ、ビーバーなどは身近な存在だ。北部ではオーロラがいつでも見られる。アシカ、鮭、釣り……。隣国アメリカとの摩擦、学校生活もハイクになった。
　1月半ばまでに2200句が集まったが、本社は先行きを少し心配し始めた。しかし、3月に入ると、郵便配達が毎日ハイクで一杯になった郵便袋を運んでくるようになり、遂に応募数は1万4882句に達した。
　予選は佐藤和夫（早稲田大学教授、俳句文学館館長）とデヴィッド・バーレイ（早稲田大学講師）、本選はレオン・ゾルブロッド（ブリティッシュ・コロンビア大学准教授）、ジャン・ウォールズ（アジア太平洋財団副会長）、ジョージ・スウィード（心理学者）、ジャック・スタム（コピーライター）、最終調整は佐藤和夫が担当した。予選で600句が選ばれ、本選では、各審査員がベスト10句、次点10句を選び、最終調整を経て、特選20句が決定した。

入賞発表はテレビで
　2月初め、ハイク・コンテストの入賞発表の草案が本社から送られてきた。6月初めにバンクーバーの公共ホールで入賞発表と表彰式、審査員4人のシンポジウムを行なう。併設ルームで入賞作品を展示し、プロポーショナル・ビデオを上映するという案だった。
　ピーターは応募者の大半が9〜12歳の小学生であり、彼らとのコミュニケーションを第一に考えるべきだと、全く異なる発表方式を提案した。「彼らがコンテストの対象であり、応募者であり、その結果に一番関心を持っている。経費の効率性も考えるべきだ。バンクーバーで開催すれば、入賞者・担任教師の90％は、費用や距離が障害となって参加できない」。こうして、発表・表彰はテレビで行なうことになった。
（1）テレビ放送：CBC または BCTV を使い、料金の最も安い平日の午前10〜12時の時間帯に30分放送する。すべての小学校の教室にはテレビがあり、授業で使われている。
（2）番組構成：入賞句の発表は東京の学校から同年齢の生徒たちが行なう。これを聴きながら、バンクーバーのスタジオで、審査員数人がハイクの現状、子どもハイクの特性や意義などについて語り合う。

番組制作から放送まで
　東京渋谷に日本航空グループの帰国子女スクールがあり、バイリンガルな帰国子女たちが現地語のリフレッシュ訓練を受けている。5月26日、同スクールの生徒10人が番組作成に動員された。一人一人、自分を名乗り、おめでとうと言って、入賞者の名前、学校名、入賞ハイクを朗読し、ビデオに収録された。
　6月3日、BCTV スタジオで、アナウンサーが審査員の佐藤、ウォールズ、スウィード、スポンサーのピーターをインタビューし、ビデオに収録した。
　6月9日、日本航空は BC テレビを通じて入賞20句を発表するとともに、BC 州の全小学校・マスメディア・教育機関などに詳細をニュース・リリースした。
　BCTV は9日10〜10時半、30分の特別番組を放送し、各教室、各家庭で視聴された。

特別番組"ハイクを作ろう"— 入賞発表
　放送はアナウンサーの「BC 州の全小学生と英語教師の皆さん、こんにちは」という挨拶で始まった。まず、佐藤が日本の俳句事情を説明した。スウィードは

第 2 部　子どもによるハイク

カナダ中の学校や図書館でワークショップや朗読会を開いてきた。子どもたちの素晴らしい才能やセンスが、今回のコンテストで証明されて、とてもうれしいと答えた。ウォールズはアジア太平洋財団の文化関連プログラムの一つとして、日本の中曽根首相が世界各地で詠んだ俳句集の英訳版と仏訳版の出版を助成したと述べた。

　そして、特選 20 句のうち、まず次の句が、日本の小学生 4 人によって発表された。

Softly comes the snow　　　　　　静かに雪が降ってくる
　You can't hear it when it falls　　　落ちるとき音がしない
　First stop is my nose　　　　　　最初に止まる所は私の鼻
　　　　　　　　　　　　　　　　　　　　ドリス・ニムツ、小 5

The naked tree was　　　　　　　裸木が
Shivering as it stood in　　　　　　震えながら
The winter's garden　　　　　　　冬の庭に立っている
　　　　　　　　　　　　　　　　　　　　クリス・ブラウン、小 4

A bird is eating　　　　　　　　　小鳥が餌をもらっている
From a friendly man sitting　　　　冷たい公園のベンチに座っている
On a cold park bench　　　　　　優しい男から
　　　　　　　　　　　　　　　　　　　　ウィリー・ブレナン、小 6

　アナウンサーに応募作品に接したときの感想を聞かれ、予選審査を担当した佐藤は「日本では俳句が書いてあるだけだが、カナダのハイクには絵やイラストが付いていた。日本の先生方にとって参考になるメソッドだ」と答えた。そして、次の入賞俳句が発表された。

Sea lion's red eyes　　　　　　　アシカの赤い眼が
Staring wildly at rocks　　　　　　岩をじっとにらんでいる
Not really knowing　　　　　　　それが何だかわからないのに
　　　　　　　　　　　　　　　　　　　　アリア・アイランド、小 6

My mom makes sweakers
For our groceries and for money,
And for my new bike.

かあさんはセーターを編んでいる
家族の食料とお金のために
そしてぼくの自転車のために
　　　　　チャールズ・ルイ、学年不明

　佐藤は「応募3000〜4000と想定し、100句を選び始めたら、約1万5000句も来たので、600句になってしまった」。スウィードは「自分の選んだ20句以外にも素晴らしい作品がたくさんあった」。ウォールは「600という数には驚かなかったが、その質に感銘を受けた。一つは自然な英語のリズムで5・7・5のハイクを作っているという技術的感性、もう一つはそのハイク形式で表現した情緒的感性、子どもたちの感性に感銘」。最後に、残り6句が発表された。

Face from the water
Looking back at me, wrinkled
By touch of my hand

私を見返している
水中の顔、手を触れたら
しわくちゃになった
　　　　　メイベル・スアレス、小6

I have no ideas
Of Haiku this afternoon
Maybe tomorrow

今日の午後は
わたし、ハイクができないの
たぶんあしたね
　　　　　ジェニファ・マリノスキー、小6

（6）入選作品集 "Out of the mouths…" の出版

　ピーターは、6月9日、入賞者の所属学校宛、賞状と副賞、寄付金を送ったが、しばらくして、数校から盗作だったので受賞を辞退するという詫び状とともに、賞状・寄付金などが返送されてきた。同じハイクが学校で使用する副読本などに載っており、そのいくつかは芭蕉や嵐雪の作品の英訳であった。
　また類似のハイクも見つかった。
　原典は Broken and broken / Again on the sea / The moon so easily mends、（聴秋作「砕けても砕けてもあり水の月」の英訳）。
　類似句は Broken and broken / Crushed by the sea waves / The moon mends itself again.
　ピーターは辞退のあった盗作4句と、この類似1句を入賞から外した。審査員

と相談し、新たに5句を選んで、学校に問い合わせ、本人の創作であることを確認した。

  The friendly snowman   人のいい雪だるまが
  Enjoying the sun's heat   太陽の温かさを楽しんでいる
  Feeling the mistake   しまったと思いながら
              スザンヌ・ヒュン、小6

　佳作候補もすべて学校の確認をとることにし、先の類似句も移し入れて、214句を佳作として編集した。
　同年12月、入賞20句・佳作214句を収録した40頁の小冊子、"Out of the mouths…"（口もとから……）1万冊が入選者・学校・教育機関・マスコミなどに配布された。このハイク集には、予選・本選に携わった各審査員、並びに募集から編集まで教育現場と関わってきたピーター・ウェイト（日本航空ヴァンクーヴァー支店）のコメントも掲載されている。

審査員・編集者のコメント
■レオン・ゾルブロッド
　日本では教材として有名な詩人の作品が使われるが、北米の小学校では子どもたちの作品も使われる。
　どこの国でも、子どもたちの学び合いがもっとも貴重である。ハイクは北米における言語芸術プログラムに普及し、教師や生徒たちが読み書きの基本を認識するのに役立っている。日本の俳句の性質と日本社会における俳句の機能に関する認識が深められれば、学校でハイクを教えることの目的はさらに促進される。
　詩人・生徒・教師たちはどうやって、また何ゆえに17シラブルが優れた詩に連なる感情や感応を表現するに十分であるかを問うべきだ。日本の俳句の特徴として、3つの基本を挙げることができる。
（1）非対称だがリズミカルな5・7・5音の音節形式（3歳児でも指で数えられるほど単純である）。
（2）構文・文法または着想における切れ（詩的想像力が働けるようにする）。
（3）季節的要素。
　日本の俳句における季語の役割をもっと重視すれば、生徒でも大人でも、英語ハイク詩人の技量や喜びを増加させるだろう。

■ジャン・ウォールズ
　"ハイク精神"で作られる英語ハイクと5・7・5シラブルの3行で作られる英詩との違いは審査員にとっても学生にとっても明確化すべき点である。"純粋"ハイクだけを優れていると見なそうと主張したいのではなく、両者の違いを若い学生たちも知り認識すべきであると示唆したいのである。彼らに両者を試させれば、ハイク的瞬間の真髄をもっとよく理解するであろう。

■ジョージ・スウィード
　17シラブルの日本語の俳句は英語に翻訳すれば10シラブル程度である。17シラブルより短いハイクにすることが日本の伝統に即し、上達する道である。

■ピーター・ウェイト
　俳句・ハイク"学派たち"には5・7・5シラブルにこだわるべきではないと主張する向きがあるが、日本航空はこの出発点に立ち帰ってコンテストを行なった。その方が膨大な応募作品を審査しやすいし、初めて作ろうとする子どもたちにとって単純な"学習法"だと思ったからである。

■佐藤和夫
　作品を開いて、まず子どもたちの描いた美しい絵に圧倒された。それらの数枚は日本のテレビ、新聞、雑誌によって視聴者や読者に届けられた。
　次に圧倒されたのは、カナダの子どもたちは何と豊かな自然──山々、森林、樹林、花々、海、動物、魚、そして虫──の中で生きているのか、ということである。ハイクのテーマは主に自然である。カナダの子どもたちは日本よりずっと豊かな環境の中にいる。
　このちっぽけな詩が20世紀において、日本の子どもたちとカナダの子どもたちとの親善と友情の運び手になるのか、とても興味がある。

■ジャック・スタム
　こんなに沢山の5・7・5のハイクに出会うとは思わなかった。この詩形の圧倒的な山にはちょっぴり春の熱情が伴ってきた。まさしく

I have no idea / Of haiku this afternoon / maybe tomorrow.
わたし / 今日の午後ハイクできない / たぶんあしたは
　　　　　　　　　　　　　　　　　　ジェニファー・マリノスキー、小6

もう一つの詩は、こんな調子で挑んでくる。

第2部　子どもによるハイク

A heroin rises / In the middle of a swamp / Under the full moon.
白サギが立ち上がる / 沼のまんなかで / 満月に照らされて
　　　　　　　　　　　　　　　　ナニハ・スティーヴンスン、小6

このハイクは、私が俳句で「満月や沼から出でし鷺の影— full moon … up / from the swamp … / heron's shadow」と詠みたくなった情景である。実にうまい。
　ときにハイクは、ディラン・トーマスの言葉でいえば、"crueler than truth"— 真実より残酷 — になり得る。

Face from the water / looking back at me, wrinkled / By touch of my hand.
私を見ていた / 水面の顔にしわがよる / わたしの手がふれて
　　　　　　　　　　　　　　　　　メイベル・スアレス、小6

これは多分春であろう。人生の秋にいる人間だったら、あえてハイクにしないだろう。
　すぐれたハイクは読み手の脳裏に一つの瞬間を氷結し、解氷する。

The colour of sun / It brightens up the whole room / My yellow bedspread
太陽の光が / 部屋のすみずみまで明るくする / ぼくの黄色いベッドカバー
　　　　　　　　　　　　　　　　　ニコウル・オーガー、小6

なぜJALはハイク・コンテストをスポンサーすべきなの？

　海外現地スタッフ向けの「英文おおぞら」(1987年7月号)で、ピーター・ウェイトはこの経験について次のように書いている。
――なぜJALはハイク・コンテストをスポンサーすべきなの？　空席を埋めるとかコストを下げることに、どう役立つの？　今まで、広報部門でこういう問いを百遍も聞いてきた人間として、私は自分自身に問いかけなければならなかった。
　しかし、一考して、JALの近年の歴史（向きあえば、あまり幸せではなかった）の中で、これは一つの小さな転換点を画したと私は思う。コンテストの明言された目的は、JALは異なる地域の人々のための物理的な空の橋としてだけでなく、アイデアの交信や文化の受粉媒介者としても、認識されなければならない。
　いささか高揚しすぎているのではないか。そうかもしれない。しかし、我々の会社の誰かが直接的利益以外の何かのために少しの金を使うと決めて、10年に

数度の出来事を画したのだ。我々は諸国民の世界の中の一つの主要な会社である、そして、— 少なくともカナダに関する限り —、我々が20年間サービスして（そして、収益を得て）きた国に、初めて何かをお返ししたのだ。

　多分、我々は何か別のプロモーションを採択して、それによって、我々の会社名を身近な言葉にすることもできただろう。しかし、他に誰もアイデアや資金を持ってこなかった。

　マクドナルドのようなファースト・フード商品計画者は30年越しで、もし子どもたちに好意的な製品イメージを押し出せれば、最後には多数の忠実な大人の顧客になるのである。そこで、学童の潜在意識に働きかけるプロモーションは、多分それほど的外れではない。早い時期に種を蒔いて悪いことは何もない。

　すでに子どもたちは日本に旅行するJALのカナダ成長マーケットの一つである。日本との姉妹都市言語・教育交換プログラムで日本に行く者たちのグループが増えつつある。JALのバンクーバーと札幌支店はバンクーバー・サンと共同で、太平洋の両側から子どもを"鮭を救おう"というプログラムに巻き込み、それがまた若者たちの交換に巻き込むことへ発展する。カナダの教師たちは長い休暇の取れる主要顧客で、バンクーバーの営業部門はBC州を通じて英語教師たちに1300のセールス・リードができる。我々はメーリング・リストすら手にしているのだ。——

（7）ジャック・スタムの経歴と英訳

　1986〜87年、日本航空のハイク・イベントは新聞・雑誌などで、頻繁に取り上げられ、海外におけるハイクや日本における子ども俳句への関心が高まった。そんな中で、あすか書房（＝教育書籍）から、カナダで紹介した日本の子どもたちの俳句を英訳付きで出版したいという企画が持ち込まれた。

　過去18年間の全国学生俳句大会における小中学生の入賞作品から、水野あきら氏が394句を選び、そのうち90句にジャック・スタム氏が英訳を付した。英訳付きの俳句は田沼武能氏の写真、関口コオ氏の切り絵と組み合わせて、ビジュアルに構成された。

　この『俳句の国の天使たち』は1988年1月に出版され、前年12月発行の小冊子『口もとから』（前述P．115）とともに、2月25日の朝日新聞の天声人語で紹介された。同コラムは最後に「日航では、毎年、世界のどこかの国で俳句コンテストを行なう計画だという。いずれは地球規模の歳時記ができるかもしれない」と結んだ。

こうして、日本の国際俳壇に初めてジャック・スタム氏が登場した。同氏は1991年に急逝するまで、日本語・各国語の英訳を通じて、"子どもたちの地球歳時記"編纂にかけがえのない役割を担った。

ジャック・スタム ─ 占領軍兵士、帰国、自称ビート詩人

ジャックは1928年11月、ドイツ生まれ、両親はユダヤ系ドイツ人、呉服商を営む中流家庭に育った。一人息子で、4歳から家庭教師について英語を習った。9歳のとき、ナチスを逃れて、ニューヨークに移り住み、そこで小・中・高校を卒業した。

18歳のとき、日本占領軍の衛生兵として、来日。日常会話ができるくらいの日本語を覚えて、1949年に帰国し、9月、コロンビア大学に入学した。

東洋学科にはHaikuのパイオニアといわれるハロルド・G・ヘンダーソン教授がいた。よく先生の家に集まって、ジンを飲みながら、日本の俳句や浮世絵や文法の話を聞き、俳句の美学を修めていった。日本語ができたので、ブライスの『Haiku 4巻』などを見て、英訳と原語とを比べた。だから、Haikuと俳句を学んだことになる。

「僕は26歳（1955）のとき、グリニッチ・ヴィレッジにおける我慢ならない尊大なビート詩人の一人だった。尊大で我慢できないだけの理由のある偉大なビート詩人たちと比較すれば、無名だった」と、ジャックは回顧する。

1950年代後半から、ビート運動が高まり、禅やハイクがブームとなって、サンフランシスコのベイ・エリアやニューヨークのグリニッチ・ヴィレッジは、ビートたち、先端アーチストたちのメッカになった。

ビート詩人たちは、ケルアックもギンズバーグもみんな大卒だが、定職に就かず、ボヘミアン暮らしをしながら、自由な生き方を探っていた。ジャックは1954年、大学を卒業すると、ビート詩人の端くれを自認し、新聞社・出版社・広告会社などのアルバイトをしながら、夜や土日にグリニッチ・ヴィレッジのカフェやバーなどで、ギターを手に自分の作った詩を朗読していた。あなたの仕事はと訊かれると「詩人です」と答えた。仕事は自分の作詩生活を支えるためのものと見なしたのであろう。

ジャックは3歳からハモニカを吹いているが、26歳のとき、黒人に出逢って、ブルースのテクニックを教わった。ビートのメッカ、カリフォルニアでバンドに入ったら、朝鮮戦争の前に東京にいたからというわけで、"東京ジャック"と呼ばれることになった。

童話の出版、再来日、コピーライター

「大学で東洋史を専攻し、ニューヨークで日本人と結婚したジャックは日本を外国とは思っていないといって、一冊の童話の本を持ち出してきた」と、「バイキング誌」(NY、1964) は書く。「日本の昔噺をもとにして、彼が新しい話を書き、別れた奥さんが絵を描いたそうで、アメリカで小学校の教科書にもなりましたと、うれしそうに笑った。……」

ジャックはニューヨークで、水村カズエ（初代東京府知事の孫娘、一筆画家）と知り合い、『特別な狸たち』(The very special badgers、1960) を出版した。さらに日本の童話を研究するために、カズエの伝手で、1961年、再び日本に単身でやってきた。1年のうち2カ月ニューヨークに帰るという東京暮らしを続けながら、『三人の力持ちの女たち』(Three Strong Women、1962)、『団子と鬼たち』(The Dumplings and the Demons、1964) を出版した。

ジャックは米国永住希望のカズエと別れ、日本に住み続ける道を選んだ。英語教師をやったが、半年足らずで嫌になってやめた。

新宿の酒場で周囲の人たちが、ガイジンには俳句や川柳は無理だという。「これはどや」と、「わが国のトイレなつかししびれ足」を示したら、大笑いになった。あるとき、日本人に呼び止められて、「コピーライターか？」と聞かれた。「どうしてわかった？」というと、「そういう面をしている」。それで、コピーの仕事があって、金があって、やらないかと言われた。それで、ニューヨークでやっていた元の鞘に戻った。

「今、アメリカでは、大学でアドバタイジングの勉強をしてコピーライターになるが、あの頃はまず見習いみたいなことから入っていかなければならなかった。あの頃のコピーライターは、成功しなかった詩人か小説家の仕事だったね」と、ジャックは言う。コピーライターになる前、詩を書いて出版したことがあった。ちゃんと韻を踏んでいて、きれいに作ってはあるけれど、魂が全然ないと思って、あきらめた。

コピーライターとは、文学の女郎だという言い方をされるが、詩人に近い見方ができなければならない。逆立ちしてアイデアをつかんで、それを大きくして人に売らなくちゃならない。そうした詩的な才能がなければ、いいコピーライター、まあまあのコピーライターにはなれないと、ジャックは言う。

ジャックの作るのは日本企業の外国向け製品の宣伝コピーである。例えば、元旦の新聞に出たサントリー・オールドのコマーシャル、"Some Old Friends Talk About Suntory Old" というヘッドラインは、ジャックが博報堂の依頼で作ったコ

ピーである。
　俳句を英語に訳してみて、おもしろいことに気がつきましたと、ジャック・スタムは語る。「いい俳句はとても訳しやすいんです。日本の子どもが作った俳句をたくさん訳したことがあります。みんな率直で、子どもの本当に純粋な気持ちが表われています。だから訳しやすかったのだと思います。小林一茶とか松尾芭蕉とか、いい句を作った人はきっと、子どもの目でまわりをみることができた人だと思います。俳句を作るには、率直な心で自分のまわりをよくみることが大切です。」(公文「こだま」、1989)

「すぐれた俳句は必ず外国語になる。小林一茶がいい例でしょ。"やれ打つな蠅が手をすり足をする"なんて何を言おうとしているかすぐわかる。」(SEED、1989)

六本木、ハモニカ、コラムニスト
　ジャックは来日以来、ずっと東京の麻布十番から半径1㎞の円内に住み続けてきた。そして、深夜の六本木のライブハウス"Chaps C&W"、"Maggie's Revenge"などでは、"東京ジャック"で知られるスター・ミュージシャンだった。週に1〜2度、腰のベルトにケースに入った6本のハモニカを下げて現れる。ステージに続く椅子に掛けて、音楽とつながる。ソロの番が来ると、立ち上がり、肩が盛り上がり、頬と眼が膨らみ、銀髪が揺れる。いつも、無意識の挙作で、片手が右のポケットに滑り込む。演奏がどう見えるかには無関心、そこには没入しかない。しっとりとした切ないブルースが流れ始める。
　ハープ（ハモニカ）では飯が食えないと言っていたが、一度、松田優作（俳優、ブルース歌手）やオキツ"ディッキー"ヒサツネと日本ツアーをしたことがある。ジャックは週刊紙"Weekender"のコラムニストで、そのペンネーム"ブブリュー"で通っていた。よくライブハウスや居酒屋の片隅で原稿を書いたり、常連客と意見を交し、ディラン・トーマスを論じたりしていた。
　1978〜79年頃、馴染みの居酒屋、"ベーレン"で、店主・クニオに江国滋氏を紹介された。「知り合ってからというもの、1句が成ると、夜の夜中でも電話をかけてきて、どうだ、というので、だめな句は、だめだ、とはっきり答えると、手直しをして5分後にまたかけてくる。一杯やっているときにも、俳句の話しかしない」（江国）。その熱心さを買われて、1983〜84年、ジャックは江国の弟子に取り立てられ、"雀酔"を頂戴した。

スタムの俳句好きを最初に紹介したのは博報堂の広報誌だった。『広告』（1985年1＆2月号）で、ジャック・スタムはコピーと俳句との関連をこう語っている。
　俳句の絶対条件はリピートなし、「夜」といえば「暗い」は要らない、「雪」といえば「寒い」は要らない。ところが日本の広告はリピートが多すぎる。
　コピーライターになるには私みたいに日本語を猛烈にヘタにつかっても「わが国のトイレなつかしししびれ足」のような面白いことが言えなければならない。草野心平は使える英単語はおそらく2000語かあるいは1000語だが、そのわずかな英語で面白いことが言えて、面白い詩が書ける。これが詩人だし、コピーライターもそういうことができなければならない。

カナダ交通博、出展俳句の英訳
　ジャック・スタムは1986年4月末、前述の経緯で、カナダ交通博に出展する子ども俳句の翻訳者にピンチヒッターとして起用された。出展56句のうち、53句はすでにゾルブロッド訳があり、残る3句がジャックの担当だった。
　レオン・ゾルブロッドはブリティッシュ・コロンビア大学教授。戦後占領軍兵士として来日、東京大学の大学院卒、コロンビア大学博士号、「雨月物語」などの英訳者、滝沢馬琴など近世文学の研究家、謡曲の研究・謡い手、喜多六平太の直弟子である。俳句に対する造詣も深い。
　ゾルブロッド訳（●）、スタム訳（○）の順に並べ、スタムの力量を見てみたい。ゾルブロッド訳をリライトした英訳は相当なものだが、単独の英訳は未だしの感が否めない。

　　　ひまわりやまっきっきいのフライパン　　　三角綾子、小2
● That's a sunflower! / Yellow as yellow can be / And like frying pan.
○ Sunflowers! / Yellow, yellow, yellow / Fryingpans.

　　　しかられてなみだの味のイチゴミルク　　　中村ゆかり、小6
● After a scolding / It has the flavour of tears — / Strawberries and cream.
○ After bailing out, / It tastes of tears — / Strawberries and cream

　　　雪おろし屋根から白鳥舞いおりる　　　津田まり子　中1
● Removing the snow / from the roof, from which / swans are flying down.

足先が刃物となりし冬の夜　　　　　　玉井大介　中3
　　○ My toes have turned / as cold as the blade of knives /
　　　on this cold winter night.

『俳句の国の天使たち』の英訳

　ジャック・スタムは初めて、子ども俳句を単独で自由に英訳する機会を得た。英訳90句のうち、先のカナダ交通博への出展句56句と重複するものは6句だけである。

　　　しかられてなみだの味のイチゴミルク　　　中村ゆかり、小6
　　　Got yelled at, / Now my strawberry milk / Is tear-flavored

〈J・スタム〉「しかられてなみだの味のイチゴミルク」、かわいいですねえ、涙がでそうになります。この句を読むと涙の塩からい味もわかるし、しかられた悲しい気持ちを思いだします。この句をおとながよむと「自分にもこんなときがあったなあ」と率直な気持ちになれます。（前出「こだま」）

全国学生俳句大会、日本航空賞の英訳

　日本航空は1986年から全国学生俳句大会に協賛し、日本航空賞を提供し始めたが、1987年から入賞俳句、関口コオ氏の切絵、スタムの英訳をデザインしたテレフォンカードを副賞として提供することにした。

　　　ガラスどにかえるぺったりにんじゃになる　　内田望美、小2
　　　Flattering himself / against the glass door / a ninja frog.

〈J・スタム〉子どもの俳句を英語になおすのは一番楽しい。子どもはまだ洗練されていない率直な見方をするから、中には、大人が言えないようなものを書く。つまり、ガラスにペチャンと張り付いているカエルを忍者に例えるのは、大人にはできない。（前出 SEED）

6　北米ハイク・コンテスト

　日本航空はカナダ交通博でのハイク出展を契機に、21世紀に向けて、毎年、世界いずれかの地域で、子どもハイク・コンテストを実施すると宣言した。86/87年のカナダ・ブリティッシュ・コロンビア州における第1回コンテストに続いて、87/88年の第2回コンテストは当初、米国カリフォルニア州で行なう予定だった。
　しかし、米州地区は日本航空の完全民営化を控え、新たなイメージ戦略を模索中だった。このため、第2回コンテストは完全民営化記念として、全米およびカナダBC州を合わせた北米規模で、子どもから大人までのあらゆる世代を対象に実施することになった。

日米俳句大会

　1987年11月8日、サンフランシスコで日米俳句大会（日本航空・俳人協会共催）が開催され、日本からの参加者40人余を含め、日米200人余のハイク詩人などが出席した。大会は午後2時からホテル・ニッコー・サンフランシスコで俳句シンポジウム、午後6時からホテル筋向かいの料亭いちりんで懇親会が催された。
　俳句シンポジウムでは、スタンフォード大学教授上田真氏が「太平洋を渡った蛙」と題し、比較文学の立場から、米国人のハイク観について基調講演を行なった。続いて、俳人協会会長沢木欣一氏が「俳句の心と特徴」、「星」主宰吉野義子氏が「芭蕉俳句の宇宙性」と題し、それぞれ、俳句の特性と芭蕉の哲学について講演した。最後に、地元のハイク詩人を代表して、ジェリー・ボール氏、ゲリー・ゲイ氏がハイクについて所見を述べた。
　休憩を挟んで、顕彰俳句の入選発表・講評・表彰が行なわれた。大会に先立って、主催者は11月5日締め切りで、"霧"をテーマに、Haikuと俳句を募集しており、それぞれ97句、62句の応募があった。上田氏がHaiku、沢木氏が俳句を選考し、それぞれ1等、2等、3等が選ばれた。（直訳＆俳訳：佐藤和夫）

　　fog… / just the tree and I / at the bus stop　　　　ジェリー・キルブライド
　　霧… / 木と私だけが / バス停に
　　　　―霧の中バス停に我と木一つ

　　　　かにせせりをり対岸に霧動く　　　　　　　　田上さき子

基調講演「太平洋を渡った蛙」（要約）― 上田眞

　サリンジャーの『九つの物語』という短編集の中に、俳句の好きなテディという10歳の少年が出てくる。テディは詩の理想として、芭蕉の作品を2句暗誦してみせる。

　　　　やがて死ぬけしきは見えず蝉の声

「この句には情緒がない、だから好きなんだ」、テディは西洋の詩が嫌いである。「詩人はいつでも天気をひどく個人的に考えすぎる。常に情緒のないものに情緒をおしこめようとするんだよ」。しかし、近代日本ではこの句はあまり評判がよくなく、内藤鳴雪は「詩趣はほとんど零に帰した」と手きびしいことを言っている。西洋では情緒がないから好きだといい、日本では情緒がないから嫌いだという。この評価の違いは、その背景となった文化の違いからくる。20世紀の英米詩人たちは、ヴィクトリア朝時代の情緒過剰に飽き飽きしており、そのため情緒の少ない日本の俳句が新鮮に見えた。それと対照的に明治時代の文人たちは、情緒のない月並俳句に飽き飽きして、ワーズワースやバイロンなど西洋の浪漫詩にあこがれていたのである。

　もう一つ、芭蕉が『笈の小文』の旅の途中、伊勢神宮に参拝したときの俳句を例にあげてみよう。

　　　　神垣やおもひもかけず涅槃像

　芭蕉は神道の本家本元である伊勢神宮で、仏教のものであるお釈迦様の像を見た。その軽いおどろきを句にしたものであろう。日本人には神仏混交に違和感を覚えることなく生活しているので、それほど目立つ句ではないが、ポルトガルの学者で外交官のアルマンド・マルチンス・ジャネイラは「芭蕉は二つの宗教を包含するよろこびに浸っている、今日われわれがもっている最高の現代詩に近い」と誉めあげる。

　日本ではものを理解しそれを伝えるには分析でなく直観が一番いい方法だと思われているが、単一民族だからこそできるのであり、多くの民族と文化が入り混

じる西洋ではとても通用しない。だから、西洋の詩は一般に理性的で、いわば理屈っぽい。俳句を鑑賞するときにも、理性や分析に頼ろうとする。

たとえば、アメリカの批評家マックス・イーストマンは『詩の鑑賞』という入門書の中で、俳句の構造を分析し、俳句は「全体プラス部分」という構造をもっている、「古池や蛙飛びこむ水の音」の「古池」が全体であり、「蛙……」が部分であると捉える。

しかし、20世紀の文学評論の立場からいうと、詩を読む場合、大切なのは作品と読者との関係であって、作者の意志は解明のしようがないし、また解明する必要もない。もともと俳句は17文字だから、読者によって埋められるべきブランク・スペースの量が多い。だから、俳句の注釈も、多ければ多いほど鑑賞の幅が広くなり、意味の重層性も増えてくる。

これから俳句の国際化がますます進むにつれ、外国人による俳句鑑賞が量的にも増してくると思われるが、今いったような意味で、これは歓迎すべきことであろう。

北米ハイク・コンテスト

日米俳句大会に先立ち11月4日、日本航空はマスメディアを通じ、北米ハイク・コンテストの開催を告知した。

応募締め切りは翌年3月31日、特選受賞者には日本へのファーストクラス往復航空券と1000米ドルが贈られる。特選1句および佳作200句は小冊子に収録するとともに、1988年オーストラリアのブリスベーンで開催されるレジャー博覧会（日本館）に展示する予定である。

コンテストの詳細ならびにハイクの作り方などを書いた応募要領を用意し、マスメディアや応募者の問い合わせに対応した。

対象者は米国全州およびカナダBC州の全在住者。子どもから大人まで、誰でも1人1句応募できる。アメリカ・ハイク協会とカナダ・ハイク協会が後援し、総括選者にハイク詩人、評論家、ニューズウィーク編集委員のコー・ヴァン・デン・フーヴェル氏が起用された。

応募数は7万句に達したが、1人で80句も応募した人もいた。米国では不公平な競争で賞金を出すと訴訟の対象になるので、いったん本人に送り返し1句を選んでもらった結果、応募数は4万句に減った。これをアメリカ・ハイク協会が500〜600句に絞り、フーヴェル氏を含む5人の選考を経て、5月末、特選・佳作が発表された。（直訳＆俳訳：佐藤和夫）

第2部　子どもによるハイク

（特選）
　frog pond… / a leaf falls in / wthout a sound　バーナード・L・アインボンド
　蛙の池 / 葉が一枚落ちる / 音もなく
　　　　　　　　　　　― ひと葉散る蛙の池に音もなく

（佳作）
　Minutes after dawn / The sun goes behind the moor… /
　Clay beneath my nails.　　　　　　　　　　クリストファー・D・ゲリン
　夜が明けはじめ / 月のあとから太陽 / 私の爪の土
　　　　　　　　　　　― 旭光を翳して見れば爪に土

　Contributing / to the Women's Conference / Ladybug…
　　　　　　　　　　　　　　　　　　　　アントゥワネット・リブロ
　婦人会議に / 貢献している / 天道虫…
　　　　　　　　　　　― 婦人会みな天道虫を胸につけ

　A summer road: / the empty locust shell / rolling and rolling
　　　　　　　　　　　　　　　　　　　　リー・L・クロッツ
　夏の道路 / 蝉の抜け殻が / ころころ転がる
　　　　　　　　　　　― 空蝉の殻ころころと夏の道

　dawn… / in my room the fly and I / awake together
　　　　　　　　　　　　　　　　　　　　リートリス・リフシッツ
　夜明け… / 私の部屋で蝿と私が / 一緒に目覚める
　　　　　　　　　　　― 夜が明けてともに目覚める蠅とわれ

　Twilight, / the edge of a bird song is caught / before closing the door.
　　　　　　　　　　　　　　　　　　　　ジェニファー・ジェファソン
　夕暮れ / 鳥の鋭い声が届く / ドアを閉める前に
　　　　　　　　　　　― 戸締りの夕暮れ鳥の鋭き一声

　No river, no riverbank / this snowy morning　ロバート・クロール
　川もない、土手もない / 雪の降りしきる朝
　　　　　　　　　　　― 雪しきり川も堤も見えぬ朝

佐藤和夫：論評

　特選に選ばれたバーナード・L・アインボンド氏はニューヨークのレーマン・カレッジの英文学教授で、アメリカ・ハイク協会の会長を務めたこともある。

　芭蕉の「古池や……」は"蛙の池"としてハイジンの間ではきわめて尊敬され、神聖視されており、当然作者はこのことを頭においた上で、季節の移り変わりを表現したものである。夏の間蛙の鳴き声で喧しかった池は、秋になって何の音もない世界になった。そこに１枚の葉が散り、音もなく池の表面に落ちるさまが、一層静かさを感じさせたのである。

　俳句もハイクもエッセンスは同じ、深い感動と強い季節感を伴う俳句的モーメント（永遠の時間の流れが凍った審美的瞬間）がなければならない。特選句にはこの２要素があり、さらにユーモアのタッチ、芭蕉に対する賛辞と厚かましさとがあると、フーヴェル氏は選考理由を説明する。

　しかし平均的な日本人はこれが特選かと首を傾げるだろう。日米の俳人の間には認識ギャップがある。アメリカ人にとって池といえば芭蕉のあの蛙の池であるが、日本人にとっては色んな池がある。日本でこの句が印刷物に載ることはないだろう。

第 2 部　子どもによるハイク

7　全伊ハイク・コンテスト

　日本航空は 1986 〜 87 年、イタリアで全伊ハイク・コンテスト、88 年、日本で全国英語ハイク・コンテストを行なった。いずれも全国規模で初めての試みであった。
　全伊ハイク・コンテストは在バチカン市国日本大使・内田園生氏の勧めにより、日本航空イタリア支店が主催し、4550 句の応募があった。
全国英語ハイク・コンテストは北米ハイク・コンテストに連動し、1 カ月余りのトライアルながら、850 句の応募があった。

全伊ハイク・コンテスト
　イタリアは古来、輝かしい詩の伝統を持っており、13 〜 14 世紀のダンテ、12 〜 13 世紀のアッシジの自然詩人、サン・フランチェスコ、さらに遡れば、紀元前 1 世紀のラテン語詩人たちもいる。現在も俳句を作る人は少ないが、知っている人や研究している人は少なくない。
　内田園生氏は在セネガル大使の 1979 年から仏語ハイク・コンクールを、在モロッコ大使の 1982 年からアラビア語ハイク・コンクールを、いずれも日本大使館主催で創始し、その後毎年開催するようになった。1985 年在バチカン大使になると、早速イタリアでも実施しようと思い立ち、日本航空に持ちかけたのである。日本航空イタリア支店が主催し、在伊日本大使館、在バチカン市国日本大使館、在伊日本文化会館、伊日協会が後援した。
　全伊ハイク・コンテストは 1987 年 12 月から 88 年 3 月にかけて、イタリア語およびラテン語により、14 歳以上のイタリア在住者を対象に行なわれた。応募ハイクには「三節で構成され、季語が入っていること」というルールを設け、応募者 1 人 3 句以内を、記名と無記名の 2 枚の紙に書いて、日本航空ローマ支店に送付してもらった。
　ハイクの審査は当代イタリア第一の詩人サングィネティ、有名な近代詩学者のアヴァッレ、ローマの女流詩人ヴァジオ、内田園生の 4 氏が担当し、1 〜 5 等の入選 5 句ならびに佳作 5 句を決定した。入選発表および表彰式が 1987 年 4 月 13 日、日本文化会館で行なわれた。ニコラ・チオーラが 1 等賞を受賞し、日航機で日本に招待された。

審査・選考の尺度

　審査にあたって、内田は外国語ハイクのアイデンティティを守るために、「季語」、「短い3行」、「自然詩」という3大条件を固守したが、内容については、なるべく現地の人の詩的感情と好みを生かすという方針で臨んだ。他の3審査員は、皆詩の専門家であるため、イメージの美しさのほかに、伝統的な詩の形式上のルールのよく守られている句を評価する傾向があった。また、応募作の中には、絶対条件とはしなかったにもかかわらず、5・7・5を守った句が多数あり、入選作の過半数もそうであった。（直訳、英訳、俳訳は内田園生）

（1等）

　　A farsi vento.　　　　　　　自から風となり
　　— ventaglio ad ala immota —　扇の如く広げた（不動の）翼で
　　il falco ruota.　　　　　　　鷹は舞う

　　　　　　　　　　　　　　　　　　　　ニコラ・チオーラ

— Becoming the wind, / — like a fan the wings spread still — / circles a falcon.
— 風起し扇子のごとく鷹舞へる

（2等）

　　La vecchia serpe　　　　　古い蛇（抜け殻）
　　il vino dei tini　　　　　酒槽の葡萄酒は
　　tinge di luna　　　　　　月に染まる

　　　　　　　　　　　　　　　　　　　　アルゴ・スグリア

— An angel serpent. / the wine in the brewing cask / coloured by the moon.
— 老蛇や槽(ふね)の葡萄酒月に染み)

（3等）

　　e non vediamo　　　　　　　はてさて
　　come invecchia un sasso　　岩はいかに旧びゆくのか
　　da un'estate all'altra　　　夏から次の夏へ

　　　　　　　　　　　　　　　　　　　　ヨランダ・クインティ

— Yet we don't observe / how a rock is growing old / summer to summer.

L'oscuro talento dei bracchi　　猟犬の計り知れぬ才能が
inventa il salto lepre　　　　　兎の跳躍を考え出す
nel fuoco dell'autunno.　　　　秋の火の中に

　　　　　　　　　　　　　　　　　　　フェリーチェ・バレッロ

— Hidden wit of hound / invents the jump of rabbit / in autumn's fire.

内田園生：論評

　1等賞の句、作者はナポリの教員。扇子が風を起こすことと、鷹が両翼を張って旋回する姿が広げた扇に似ていることとを描写しながら、鷹が超然と舞う姿に託して、自らの境地を詠ったものであろう。

　2等賞の句、蛇を詠むのが得意の人の作。老蛇と月光によって、イタリア人の愛して止まぬ葡萄酒（おそらくは白ワイン）に対する賛美の気持ちを表したものである。酒槽の葡萄酒のデリケートな色を、「月に染まった」と描写してロマンティックに表現し、さらに、老蛇と対置することで神秘的にすら表現している。

　猟犬の句は現代イタリア詩壇の一傾向を示している。意外性ということが、現代の一種の世紀末的倦怠感に対する反抗の形で尊重されるのであろう。沢山の応募作を読んで感じたのは、技巧的にひねった句への指向が強い一方で、自然を賛美し、楽しむ気持ちも深いということであった。1等入選句などには、荘子の東洋的哲学性をすら感じさせるものがある。

　ラテン語とイタリア語は母音が多いので、一語のシラブルが多い。従って「外国語ハイクは、日本語より多くの内容を盛り込めるため、省略が不十分になる」という欠点から免れ、日本語の俳句に近いものが自然に作れることに気がついた。

　思いつくままに例をひいて、日・英・伊語を比較してみよう。

　HA・RU ── spring ── pri・ma・ve・ra
　KA・ZE ── wind ── ven・to
　FU・RU・I・KE ── an・cient pond ── vec・chio stag・no

　概して、イタリア語のシラブルが日本語並に多いことがお分かりいただけたかと思う。

全日本英語ハイク・コンテスト

　北米ハイク・コンテストの最中に、日本で同種のコンテストができないかという要望を受けた。そこで、トライアルとして、1988年3〜4月、国内でも英語ハイク・コンテストを実施した。

新聞へのニュース・リリースと平行して、全国の20余りのインターナショナル・スクール、ならびに JAL グローバル・クラブ会員に DM で参加を呼びかけた。応募対象は日本在住の全外国人・日本人（年齢・国籍不問）、応募句は17シラブル以内の英語ハイク、1人1句、オリジナル作品に限った。特選1句、入選10句。特選には東京―ブリスベーン往復航空券が2枚提供される。結果は機内誌「ウィンズ」で発表される。審査は佐藤和夫、外山滋比古、ジャック・スタム、ジェームス・カーカップの4氏が担当する。
　3月24日に告知、4月末に締め切り、応募850句と極めて小規模であったが、応募水準は北米より日本の方が高いというのが、審査員の感想であった。日本人もかなり応募しており、予選通過57句の12句を占めている。所謂「俳句センス」があれば、日本人の HAIKU もかなりいけるようだ。学校の先生、学生が最も多く、次いで、記者、外交官、主婦などが多かった。

（特選）
　In the parched, dry bush / Stands alone a sheet of rock / Waterfall no more.
　乾涸びて / 茂みに聳える岩一つ / 滝はもうない
　　　　　　　　　　　　　　　　キャロライン・ミラー、16歳、学生

■3行目の"no more"が単純ではあるが力強い。イマジアリーを用いないで、明確なイメージを作り出し、感情に訴えないで、感情を伝えている。（J・スタム）
■今は乾涸びている大きな岩、雨が来ればそこをごうごうと水が流れるだろう。作者は見えないものを見、聞こえないものを聴いている。芭蕉の「霧しぐれ富士を見ぬ日ぞおもしろき」の境地。（佐藤和夫）

（入選）
　I stare at midnight / Flowers falling in the wind / Kissing April good-bye.
　私は真夜中を見つめている / 風に散る花は / 4月のさよならの口づけ
　　　　　　　　　　　　　　　　太田聡子、19歳、学生

■この句の手柄は最後の一行にある。英語の表現をうまく使っており、Flowers、falling、kissing、good-bye の結びつきによって、April の感じを浮かびあがらせた。季語もあり、行春の句としておもしろい。（外山滋比古）

（入選）

Plum trees still blooming / against an old wooden house /
when the builders come
新しい家を作る人がやってくるとき / 古い木造の家を背景にして /
梅はまだ咲いている

デイヴィッド・バーレイ、大学講師

■この句は構成も巧みで、日本の古典俳句の面影がある。近頃の日本では、地価の高騰その他で、古い伝統的な家が壊され、姿を消しつつある。私はこのハイクにこめられた諦心と悲しみの感情に感動した。（J・カーカップ）

8　ハイク・コンテストの対象 ― 世界の子どもたち

　1986年のカナダ・ハイク・コンテストを契機に、毎年いずれかの国で、子どもたちを対象にハイク・コンテストを行ない、21世紀に向けて、地球歳時記の編纂を進めることにした。

　そして、1987年の北米ハイク・コンテスト、全伊ハイク・コンテストの経験を経て、ハイクの未来性(大人、子ども)を縦軸、国際性(日本、世界)を横軸に、ターゲットの優先順位を定め、世界の子どもたちによるハイクを最優先に取り上げることにした。

大人のハイク、子どものハイク

　1987～88年の北米ハイク・コンテストは当初、サンフランシスコをベースに、小学生たちを対象に行なうはずだった。しかし、完全民営化を記念し、カナダBC州を含む北米規模で、あらゆる世代を対象に行なうことになった。応募者には英語ハイク1句を3"×5"(7.5cm×12.5cm)のファイルカードに記入し、NYCのP.O.BOX, JAL Haiku Contestに郵送してもらった。ハイクは5・7・5シラブル、3行の伝統形式から、21シラブル以内、1行でも何行でもよい自由形式まで、選択の幅が広かった。

　ローマ支店では、内田園生在バチカン大使から、ハイク・コンテストを持ち掛けられ、14歳以上(中学生以上)のすべての世代を対象とする87年の全伊ハイク・コンテストが実施された。応募者には1人3句以内のイタリア語またはラテン語ハイクを記名と無記名の2枚の紙に書いて、JALローマ支店に郵送してもらった。

　北米ハイク・コンテストと全伊ハイク・コンテストはハイク関係者の間では高い評価を得たが、一般社会の関心を引くには至らず、現地や日本のマスメディアでもあまり話題にならなかった。子どもたちも応募したが、その作品は大人たちの作品の中に埋没し、取り分けるのは難しかった。日本やカナダの子どもたちの生き生きした表情や活動はどこに消えてしまったのか？　画用紙に書かれた子どもらしい字や絵は見られず、子どもたちの元気な声は聞こえて来なかった。

　1986年以来、3つのハイク・コンテストを実施した結果、大人対象と子ども対象では、コンテストの進め方がかなり異なることが分かってきた。大人の場合、呼び掛ける相手はごく一部のハイク愛好家である。米国でもカナダでも、主義主張の異なるハイク協会、多くの結社が存在し、それらに属さないハイジンも多い。協会や結社主催のコンテストに応募する場合には、例えば1句に付き1ドル(会

員）または2ドル（非会員）を添える。作品には著作権が伴い、引用するには作者の同意、著作権使用料の交渉が必要となる。コンテストの開催通知や入選発表は協会や結社の会員誌やホームページを通じて行なわれる。特選、1等、2等などの等級付けが行なわれ、報奨金が支払われる。

　子どもの場合、呼び掛ける相手は全員である。米・カナダでは小学4〜5年生の英語授業でハイクを創作する。中学生になるとハイク授業はなく、ハイクへの関心も一般に薄れる。したがって、ハイク募集の対象は主に小学4〜7年の全生徒で、教育委員会などの後援を得て、学校組織を通じて、校長や英語教師に呼び掛けることになる。受け入れてもらうには、教育的な意義や効果を確認する必要があり、射幸心を煽るような募集は厳に慎まねばならない。往々にして、応募作品の中に、教科書に載っているハイクや教師や両親の手の入ったハイクが紛れ込んでくる。こういうハイクを選んで後日判明すると、本人や学校の名誉を傷つけるので、主催者としては選考・表彰に際し、細心の注意が必要である。安易な等級付けや報奨金は教育上、望ましくない。

　ハイジンのハイクには、主語や冠詞を省く、すべて小文字にする、1語でも1行でもハイクである、組み合わせや切れ字が大切であるなど、子どもには理解できず、教師を戸惑わせるような傾向がある。"tundra"（ツンドラ、コー・ヴァン・デン・フーヴェル作）"や"pig and i spring rain"（豚と私、春雨、マリーン・マウンテン作）もれっきとした有名なハイクである。大人の目線、ハイジンの常識を、軽々に持ち込むと、子どもらしさ、子どもの創作意欲や潜在能力を削ぐ結果になりかねない。

最優先、世界＆子ども

　そこで、世界の子どもたちによるハイク（第1象限）は○、日本の子どもたちによる俳句（第2象限）ならびに外国の大人によるハイク（第3象限）は△、日本の大人による俳句（第4象限）は×と、日本航空の取り組むハイクの優先順位を定めた。そして、○は主催または共催、△は協賛または協力にした。

9　オーストラリア子どもハイク・コンテスト

レジャー博への出展検討

　クイーンズランド州はオーストラリアの東北部に位置する5州の一つ、面積は日本の5倍、人口は4500万人である。この州都、ブリスベンで1988年4月30日～9月30日、国際レジャー博覧会が開催されることになった。ブリスベンは世界一の大珊瑚礁、グレート・バリア・リーフ、美しい海岸美を誇るゴールド・コーストなど、世界的な景勝地の一つであり、日本航空は1988年4月から乗り入れを予定していた。

　レジャー博のテーマは"技術時代のレジャー"、日本出展のテーマは"先端技術と伝統文化"である。日本人の"遊び心"をさまざまな角度から取り上げ、これらを支える日本の伝統文化や先端技術を紹介して、相互理解と交流を促進し、友好を深めようというわけである。87年9月、国際レジャー博覧会協会から、日本航空に対して、機材の輸送や関係者の移動への便宜供与、広報宣伝への協力が依頼され、それらの対価として、公式記録やパンフレットへの無償広告、JAL主催の俳句展に対する実施協力が用意された。

　全日空はシドニーに乗り入れ、ゴールド・コーストにホテルを作り、レジャー博のオフィシャル・スポンサーになって、ANA仕様のモノレールを会場内に走らせるらしい。オーストラリアは建国200周年を迎え、レジャー博もその一環である。日本航空としても、ブリスベン乗り入れを来年に控え、何らかの対応が必要である。営業本部と広報部で協議した結果、国際レジャー博覧会協会の依頼に応じ、俳句出展を検討することになった。

　余暇開発センターの松田義幸氏に相談し、早速、NHKの浦達也氏、早大の佐藤和夫氏、学俳の水野あきら氏などに集まってもらった。ヒヤリングの結果、"子どもは遊びの天才"というテーマで、俳句を切り口に、日本政府館のマルチ・スクリーンを使って、子ども参加型のプレゼンテーションを検討することにした。そして、この方面のプロデュースにはうってつけの人物がいると、浦氏はNHKエンタプライズの河村雄次氏を推薦した。

子どもたちを招いてステージ・ショー

　日本政府館のコミュニケーション・プラザは5.1m×21mのマルチ・スクリーンと前面のステージで構成される。マルチ・スクリーンは1.7m×3mのスクリーン21枚を縦に3枚、横に7列、繋いだものである。21枚にはリア・スクリー

ンでスライド上映できるが、中央の3枚にはハイビジョン・カメラで前面のステージ・ショーを生中継できる。

　河村雄次氏はNHKで「ちろりん村とくるみの木」「ひょっこりひょうたん島」などを手掛けてきた子ども番組の名プロデューサーである。同氏のアイデアは日・米・カナダの子どもたちのハイクを21面マルチ・スクリーンで紹介するとともに、オーストラリアの子どもたちを招待して、ステージ・ショーを行ない、作ったハイクをスクリーンに映し出そうというものだった。NHKエンタプライズは小林平八郎氏をディレクターに、マルチ・スクリーンのスライド制作チームを作った。

　一方、日本航空の現地にはブリスベーン線の開設を4月に控え、クイーンズランド州の小学校を対象にハイクを募集する態勢はまったくない。そこで、広報部は（財）日本総合研究所（野田一夫理事長）と業務委託契約を結び、同研究所シドニー事務所長・清水祐子氏を3月15日より6カ月間、ブリスベーン支店長付としてハイク募集などハイク・イベントに関わる広報を担当してもらうことにした。

ハイク・コンテスト、教育組織との折衝

　清水に与えられた任務はクイーンズランド州の小学校に呼び掛け、ハイクを作った生徒5人を引率して、担任の先生にイベント会場に来てもらうことだった。そして、イベント終了後、ハイク・コンテストを行なうので、同作品により参加してもらうことだった。しかし、同州の教育省や小学校などと折衝を始めてみると、この態様は実行性に欠けることがわかった。本社と協議した結果、ハイク・コンテストおよびハイク・イベントは次の態様で実施することになった。

　日本航空はクイーンズランド州の小学生を対象にハイク・コンテストを行なう。応募校は学校単位または学級単位で、応募ハイクの1次予選を行ない、ベスト5句を7月17日までにレジャー博ハイク事務局へ送付する。7月20日から8月19日までレジャー博コミュニケーション・プラザで、ハイク・イベントが行なわれる。応募校は次のどれかを選択する。

(a) 学校の遠足行事の一環としてイベントに出演する。
(b) 予選通過の生徒5人が先生とともにイベントに出演する。
(c) 1次予選通過5句をハイク事務局に郵送する。

　応募作品は1人1枚、A4の紙に本人が肉筆で絵またはスケッチを描き、ハイクを書き込む。応募校には、日本航空からハイク・プロモーショナル・ビデオ、カナダ子どもハイク集などを送付する。日本航空は審査チームを組織し、1次予

選通過作品の中から特選20句および佳作を選び、これらを収録したオーストラリア子どもハイク集を出版する。10月中に特選20句を決定し、各学校に手紙により通知する。特選には表彰状、『俳句の国の天使たち』(あすか書房刊)、ならびにオーストラリア子どもハイク集が贈られる。特選所属校には同2冊、応募校には子どもハイク集が贈られる。

コミュニケーション・プラザ、7月20日〜8月19日
　日本政府館コミュニケーション・プラザは10時から22時まで1時間毎に同じものを12回上演する。その構成はスライド「日本の余暇」2回、クロマキー劇場1回、ステージ・ショーまたはファミコンゲーム1回である。日本航空は7月19日から8月20日まで、11時、13時、15時のステージ・ショーの枠を取って、18分間のハイク・イベントを上演した。
　スライド上映は13分間、タイトルは "Haiku, Whispers of Angels around the world"(俳句、天使の囁き世界を巡る)、関口コオ氏の切り絵とともに一茶と芭蕉のハイク、日本列島が映し出され、春・夏・秋・冬の変化につれて、日本のハイクが9句紹介される。ついで映像や切り絵とともに、米国のハイクが3句、カナダのハイクが6句紹介される。最後に世界中の子どもの顔が21枚のスライドに現れ、日本のハイクが2句紹介される。

　　シャボン玉私の顔も飛んでいく　　　Soap bubbles! / My face is flying / too!
　　　　　　　　　　　　　　　　　　　　鈴木和代、小4、日本

　hiding hunter / Curious fly passes by / Champ, champ...gone is fly.
　ハンターの潜んでいる叢 / 好奇心の強い蠅が通る /
　ぴょんぴょん……蠅が消えた
　　　　　　　　　　　　　　　　　　ジェニファー・イバラ、小3、米国

　As the waterfall / Gushes down the rocks, small deer / Look up in wonder
　滝がごうごうと / 岩をほとばしり落ち、子鹿が / 不思議そうに見上げている
　　　　　　　　　　　　　　　　　　カーラ・グンダーソン、小6、カナダ

　スライド上映が終わるとプラザは真っ暗になる。次にハイビジョン・カメラがステージ上の子どもたちと先生を中央スクリーン3面にクローズアップする。

司会が作句要領を説明し、子どもたちに持参のハイクを朗読させる。アシスタントがハイクをどうやって作ったか聞く。

この５分間のステージ・ショーにはハイクを作った５人が上がる場合と、遠足で訪れた全生徒が上がる場合があるが、みんなに先ほど上映したスライドを８枚の蛇腹にまとめた俳句カードが記念品として贈呈された。

このプログラムは開催中に70回実施され、延べ900人の子どもたちが出演した。また、一般参加のプログラムは20回実施され、居合わせた観客が出演し、俳句カードを贈呈された。

ハイク・コンテスト、特選と佳作

オーストラリアは北米と異なり、ハイクの歴史が浅く、小学校の授業にも普及していなかった。しかし、クイーンズランド州の全小学校を対象とする初のハイク・コンテストには300校が参加し、1800句が寄せられた。人口60人の離島、ステファン島や、ベトナム難民対象の特別校からもハイクが来た。まず、２次審査がジャック・スタム、アシスタントのジャッキー・マレーにより行なわれた。盗作・類句を除き、153句が２次予選を通過した。最終審査はクイーンズランド大学のジョイス・アクロイド名誉教授、ジョン・ナイト教授、詩人のロス・クラーク氏、早大の佐藤和夫教授、詩人・コピーライターのジャック・スタム氏が行ない、特選20句、佳作133句が決定した。

ジョイス・アクロイドは豪州を代表するハイジン（俳人）だが、審査の後、子どもハイクの意義について、「地球への関心が高まる時代にあって、子どもたちの環境を見つめる心を育てるために、ハイクほど適切な実習があるだろうか。現実を切り離す愚かな追求に対して、ハイクに勝る予防策があるだろうか」と書き記している。

10月25日、クイーンズランド州議会の会議室で、ハイク・コンテストの入選発表と表彰式が行なわれ、主催の日本航空・天野威之支店長、後援の教育省・ブライアン・リトルプラウド大臣などが出席した。同大臣は「オーストラリアにはいろんな日本企業が進出してきたが、こんな素晴らしい成果をもたらした企業はなかった」と、ハイク・コンテストの意義を高く評価した。

12月末、入選作品を収録したハイク作品集 "The way kids see it" が出版された。日本では、89年８月、レジャー博関連のハイクなどを収録した日・米・カナダ・オーストラリアの子どもハイク作品集『世界のこども俳句館、ハイク・ブック』（平凡社刊）が出版された。

審査員の講評

■ジョイス・アクロイド

　応募作品を読んでうれしいのは、子どもたちが的確な表現に努力していることだ。すなわち、ハイクの印象派的な描出、照らし出し、新しいやり方で展示し、詩人独特の方法で感情や対象を呈示しようと努力している。この努力が想像力を活気づける。葉のない木が"bare（裸の）"ではなく"empty（空っぽの）"と書き、猫のミャオという鳴き声が太陽を起すと書くのはよい。

　　Autumn leaves falling / Trees looking very empty / More raking for me
　　秋の葉が落ちる / 木々はからっぽになり /
　　ぼくの庭そうじの仕事がふえたぞ
　　　　　　　　　　　　　　　　マイケル・マッケオン、小7

　　The sun is sleeping / The cat woke up the sun, miaow /
　　The sun wakes up the world
　　太陽は眠っている / ネコがミャオと鳴いて太陽を起こし /
　　太陽が世界を起こす
　　　　　　　　　　　　　　　　タニア・ラム、小2

　ハイクは日本の伝統詩形にならい3言辞で構成されるため、いかに自由に書こうと、最もよく機能する。3という数字には、日常のスピーチでも認識されるように、一種のマジック、雄弁で劇的で旋律的な構造がある。それは統合感、完全感をもたらし、ハイクでは詩的な展開を可能にする。たとえば、情景 ― 行為 ― 認識の3言辞で構成すると、次の雪の中で猫が鳥に忍び寄るハイクでは、思考方向の思いがけない変化を可能にし、ハイクは切迫感に揺れ動く。また、1つ目のハイクでは落ち葉からそれらを全部かき集めるという退屈な仕事への展開、4つ目のハイクでは霧から隠れた足への展開を可能にするのである。

　　Cat stalks silently / Frozen ground cold under paw / Bird scarlet in snow
　　猫が忍び足で歩く / その鉤爪の下は凍った大地 / 雪の中の赤い鳥
　　　　　　　　　　　　　　　　クリスチャン・ペントン・フォード、小6

A mist on the ground / Reaching out with ghost like arms /
Where have my feet gone?
地面を這う霧が / 幽霊のような腕をのばす / 僕の足はどっかへ行っちゃった
トロイ・アントネリ、小 7

■ジョン・ナイト

　ハイクでは宇宙との合一を悟る（直覚する）瞬間がある。このハイク集の秀作の中にはそんなハイクがある。例えば、

Hermit crbs hiding / Under a sand-filled bottle / Timid little eyes
ヤドカリが / 砂のつまったびんの下に隠れている / 臆病そうな小さな目
スティーヴン・スクーガル、小 7

As the winter wind / blows wildly through the gum trees /
Wombats dig deeper.
冬の風が / ゴムの木を激しく吹き抜けると / フクロウグマは地面を深く掘る
レイチェル・スミス、小 4

　これらは本物の季節感をオーストラリアの環境と結びつけている。嬉しいことに、多くの子どもたちは北半球から派生したテーマ（雪、竹、ナイチンゲール）ではなく、自分たちの環境の様相をハイクにしている。また、自然と人間との繋がり、はかない存在における永遠性を認識していることを知って、満足している。

■佐藤和夫

　日本の俳人は普通、俳句に直喩や暗喩を用いない。めったに成功しないからだ。しかし、次のハイクはその例外だ。私は花火を逆さに吊るされている竹籠に例えた日本の俳句を読んだことがない。多分この作者は竹籠を編む仕事を見慣れているのだろう。"黒い""未完成の""逆さ"はみんな優れた表現である。

Fireworks in black sky / Unfinished bamboo basket / Hanging upside down
黒い夜空の花火 / まだ編み終わらない竹かごが /
さかさまにぶらさがっているみたい
ダイアナ・チュー、小学生

次のハイクは「注意深く翅を乾かす」という表現が素晴らしい。作者の想像力の所産だ。蛹が割れ、庭の隅の静かな世界のイメージが喚起される。その微かな音を想ってみる。

The chrysalis burst open / The butterfly spreads his wings /
And dries them carefully.
蛹がパッと割れて / 蝶が翅をひろげ / 注意深くその翅を乾かしている
エイミー・マグラス、小7

■ジャック・スタム
優雅な詩だ。ハイクの小さなルールを破ることにより、かえって成果を挙げている。だれでもカタツムリがゆっくり進むことを知っている。だから、こんな事実はふつうハイクに書かない。君は "thin silvery trails / creeping over lettuce leaves / in silent gardens." ―細い銀の跡 / レタスの葉を這う / 静かな庭の―と書くこともできたはずだ。しかし、なぜかわからないが、私は君のハイクの方がいいと思うよ。なぜかわからないとは、なぜか君のが好きだということさ。

Slow the garden snail / Creeps over the lettuce leaves / in silent gardens
ゆっくりとカタツムリが / レタスの葉の上をはってゆく / 静かな庭
ソーニャ・スティーヴンス、小7

このハイクを読んで、私はオーストラリアのバーベキューの剽軽な唄を思い出し、げらげら笑ってしまった。ハイクでは、自分がどう感じるかを書かないで、読者に感じさせるというトリックを用いるほうがいい。もし君が "nasty（むかつく）" でなく、"buzzing（ぶんぶんいう）" とか "bouncing（跳びはねる）" とか "many（たくさんの）" を使うとしたら、私の腕を叩くことになるよ。

Mozzies and spiders / Sandflies, bugs and nasty things / With luminous wings
蚊や蜘蛛 / チョウバエ、ダニ、そして、むかつく奴 / 光る翅の
セス・リモート、小6

第 2 部　子どもによるハイク

10　世界子どもハイク・コンテスト

（1）国際花と緑の博覧会
　1990 年 4 月 1 日より 9 月 30 日まで大阪で"国際花と緑の博覧会"（通称"花博"）が開かれることになった。テーマが自然であり、開催地が日本なので、日本航空は世界規模で子どもハイク・コンテストを行ない、成果を花博で発表することにした。
　多言語による子どもたちを対象とするハイク・コンテストは世界でも前例がないだけに、こうした文化活動に JAL のグローバル・ネットワークが活かせるかの試金石となった。

花博、JAL ワールド・レストラン
　花博の英語の正式名称は "The International Garden and Greenery Exposition" であり、国際園芸家協会により大国際園芸博としての認定を受け、国際博覧会条約に基づいて実施されることになったものである。日本では日本万国博、沖縄国際海洋博、国際科学技術博に次いで 4 番目の国際博覧会である。
　大阪市東部の鶴見緑地に設けられた会場 140ha は山、野原、街の 3 エリアに分かれ、山のエリアには世界各国の庭園、野原のエリアには大池、大花壇、鉢植え植物の屋内展示、街のエリアには大温室、32 の民間パビリオン、遊食楽のアミューズメント施設などが配された。
　日本航空は街のエリアに JAL ワールド・レストランを出展準備中だった。子どもハイク・イベントはできることなら、この自前の施設で行ないたいが、すでに建物の構造設計や内部仕様がほぼ決まり、大きな仕様変更は不可能だった。博報堂がレストラン館の実施運営を引き受けていたので、89 年 7 月、ここを拠点にどんなイベントを展開できるか、企画案をまとめてもらった。
　応募作品の中から優秀作品を選んで、90 年 4 月初めから 9 月末まで、月替わりで JAL ワールド・レストラン館東壁面に展示する。この展示に連動して、花博会場内ホールで、優秀作品を決める選考審査会を兼ねたトーク・ショー形式のイベントを月 1 回行なう。全応募作品の中から最優秀作品を選び、花博終了後に日本に招待・表彰し、新聞紙上で発表する、というものだった。

世界規模のハイク・コンテスト

　1989年8〜9月、米州、アジア・オセアニア、欧州・アフリカの各地区支配人室と事前協議を行ない、一部支店の感触を得た上で、10月初旬、海外各支店に世界子どもハイク・コンテストを実施したいという社内通信を送った。

　ハイクは自然と人間の心の交流詩であり、自然と人間の共生をテーマにする「国際花と緑の博覧会」の精神と合致する。花博の日本開催を記念し、世界規模で子どもハイク・コンテストを行なう。国内は日本学生俳句協会との共催で、海外はJALの支店・事務所を通じて、所在都市の小学校を対象に現地語のハイクを募集する。

　テーマは「花と緑」（green growing things）とし、優秀作品を花博で発表し、最優秀作品は後日ビデオや本にして出版する。ハイク・イベントはエアロビデオに収録し機内で上映する。

　募集期間は1990年1月初め〜4月末、各支店・事務所は複数の審査員を選任し、応募句が500以上の場合は50句、500未満の場合は30句を選んで、5月末までに本社に送るとともに、優秀作品をそれぞれ表彰する。応募作品は1人1句とし、絵またはイラストを副える、というものだった。

現地支店への支援・協力態勢

　日本航空はカナダBC州、オーストラリア、クイーンズランド州で小学生を対象に英語ハイク・コンテストを実施した。米国とカナダでは小学校の教育課程に英語ハイクの創作が取り入れられていたが、オーストラリアはまだで、教育省や小学校にはハイク教育の経験がなかった。開設されたばかりのJALブリスベーン支店は小規模で広報スタッフがいないので、本社側で全面的にサポートしなければコンテストを推進できなかった。

　そこで、日本総合研究所ブリスベーン事務所長の清水佑子氏を起用し、現地での教育省・小学校・専門識者などへの説明・折衝、シドニー支店・レジャー博事務局・JAL広報部などとの協議・調整などに取り組んでもらった。また、早大教授の佐藤和夫氏、コピーライターのジャック・スタム氏にハイク指導をお願いし、現地で識者との理解・交流を深めてもらった。

　今回初めて対象となる世界各地の小学校の生徒たち、先生たちはほとんどハイクを知らないだろう。一部の大支店は別として、ほとんどの支店には広報専任はいないし、ハイク・コンテストのノーハウもない。さらに、今回は英語に限らず、多数の言語での募集になるので、JALのみならず、世界のハイク界でも、前例が

ない。

　欧州地区の広報・宣伝会議で打診し、各地区支配室の広報部門と打ち合わせると、強い反対はなく、やってみようという反応が返ってきたが、それだけに、彼らへの個別の対応と協力支援を惜しむわけにはいかない。

　そこで、日本総合研究所（野田一夫理事長）と交渉し、9月で切れる清水氏との委託契約を延伸し、引き続き、世界各地におけるハイク募集に取り組んでもらうことにした。支店や清水氏の負担を少しでも軽減するために、佐藤氏、スタム氏の協力を得て、支店ハイク担当宛、小学校担任宛に、日本航空のハイク普及活動の経緯と成果、ハイクの作り方や教え方などの配布資料（英語）を整えた。

海外支店での打ち合わせ
　清水は11月からアジア地区支配人室の増田とともに、各支店を回って、ハイク募集の態勢づくりを進めた。

　クアラルンプール支店（マレーシア）はアザー・アジズという最適な社外協力者を見つけ、打ち合わせに参加してもらった。彼女はジャーナリストでパントゥーンの詩人、子どものためのパントゥーン詩集を多数著作し、英語ハイクをマレー語に翻訳して紹介するコラムを新聞紙上に持っていた。マレーシアでは役所の積極的な協力を得ることは不可能だが、学校児童を対象とする計画はまず役所に話を通しておかなければならない。役所に出向き、リストを入手次第、JAL支店の方から周辺の小学校に案内書を発送する。子どもたちの作ったハイクのうち、先生がいいと思う作品には推薦マークを付けて、全作品をJAL支店に送ってもらう。審査員として、詩人で国立マレー大学文学部教授のハジ・サレ氏にもあたってみよう。審査員には全作品に目を通し、審査および英訳をお願いする。

　バンコク支店（タイ）では、外注先のPR会社の担当者が打ち合わせに同席した。JALは全国向テレビの子ども番組をスポンサーしているので、この中にハイク・コンテストを組み入れる。募集対象は首都圏400校に限定し、PR会社が教育省を訪ね、協力をお願いする。また、本社から送られてきたハイク・ガイドのタイ語訳版を作成する。審査員はタイの有名な詩人にお願いする。

　香港支店（香港）では、日本に詳しいイーサー・ライ氏の話を聞きながら、取り組み方を検討した。同氏は香港大学の日本語コースの責任者、文学と哲学の学位を持ち、日本のICUで学んだ。審査員は同氏が大学時代の文学部教授に相談する。小学生にはまだ英語が十分浸透していないので、広東語のハイク募集になるだろう。

ソウル支店（韓国）では、支店長が日本人会の教育運営委員長をしているので、その伝手で日本人学校ならびに隣接の大峙小学校を訪問した。韓国には伝統的な詩があり、7・5・7・5を基本にしており、小学校でも教えている。5歳から12歳までの6年制だが、校長は5〜6年生を対象に考えている。佳作20句を選んだら、隣接する日本人学校の方で日本語訳を手配する。

　ジャカルタ支店（インドネシア）では、文部省へ協力依頼を出したら、4小学校を紹介された。過去に神戸の小学校と交流したことがあるからハイクに興味をもつだろうと言う。審査員候補のディニ女史はインドネシアでよく知られた小説家で、子ども図書館の仕事に従事、日本の国際交流基金のフェローとして日本に滞在した経験がある。午後、ジャカルタ日本文化センターの小宮山所長を訪ねると、その場でディニ女史に連絡してくれた。同所長によると、インドネシアでは詩の朗読が盛んなので、ハイクを受け入れる土壌はある。アジプ・ロシディ氏は詩人、小説家、大阪語彙国語大学インドネシア語科に勤務している。ハイクに興味を持ち、ハイク・ガイドのインドネシア語訳を引き受け、インドネシア語のハイクをいくつか作ってくれるだろう、と助言してくれた。

　清水は11月末〜12月初め、佐藤氏とともに、ロンドン地区支配人室およびフランクフルト支店を訪れた。

　ロンドンには欧州地区の5支店の広報・宣伝スタッフが集まった。ロンドン支店（英国）では、ロンドン市内教育省が好意的に受入れ、直接各学校長宛に案内を出してくれた。市内の公立小学校753校が募集対象になる。

　パリ支店（フランス）は3カ所の教育関係組織にあたったが、私企業が主催する催しには協力できないとの返事だった。個々の学校にアプローチする方法もあるが、フランスの教育制度は融通が利かず、カリキュラムも厳しい。児童雑誌の出版社に相談すると、雑誌上でハイク・コンテストを実施してくれるとのこと。10〜13歳対象と 7〜10歳対象の雑誌があり、1誌に付き、特等賞として親同伴の日本往復航空券を出してほしいと言われた。審査員の選考やハイク・ガイドのフランス語版はプロヴァンス大学のアンドレ・デルテイユ教授に相談する。

　その他の3支店はまだ何も始めていない。人員に余裕がなく、一人で多くの業務をこなしているので、このような大きな仕事が突然来ると、時間的に苦しい。

　フランクフルト支店（ドイツ）では、在フランクフルト総領事の荒木忠男氏が熱心な俳句愛好家で、全独俳句協会の会員だった。同氏の勧めにより、同協会長のブアシャーパー女史同席のもとで、打ち合わせを行なった。全独の小学生を対象に募集し、最低300句を集め、優秀作品30句を選出し、英訳する。審査員

は同女史ともう1人、できるだけ有名な詩人を同女史に選んでもらう。

（2）ハイクイベントの再検討

　ハイク・コンテストの応募作品は、海外では各支店、国内では日本学生俳句協会が予選を行ない、優秀作品が、広報部に集められる。当初計画では、これらをJALワールド・レストラン東壁面に順次展示するとともに、内外の審査員からなる公開の選考会やシンポジウムを開催し、優秀作品を催事ホールで上映する予定だった。

　しかし、実際に花博の事務局と折衝し、プロジェクトの費用対効果などを検討してみると、現実性・実行性に欠ける点が多々判明してきた。例えば、JALレストラン壁面をアトラクティブな集客空間に変えるには、アーティストを動員し、特殊な造作を施さねばならず、3000万円もかかる。また、入賞作品を映像化し、催事ホールで上映するには制作費がかかるが、上映は各月末の1週間の昼休みの15分に限られる、などである。

　そこで、前々から付き合いのあるNHKの猪俣寛彦氏に相談し、催事ホールでの上映を文字放送に切り換え、全国放送する検討に入った。学研の八鍬良雄氏にも知恵を絞ってもらった。NHKなどに特番を組んで、全国放送をしてもらうにはもっとダイナミックでインパクトがなければならない。

　同氏は先年手掛けた「日本宇宙少年団ジャンボリー」（つくば科学博のあと事業の一つ）を思い出した。1988年8月、東海大キャンパスに小中学生70人を集めて3泊4日のキャンプを催し、水深5mプールでの「無重力体験」、ペットボトルを使った「ロケット打ち上げ実験」、宇宙食の試作と試食などを行なったのだ。

　優秀な作品を作った子どもたちの代表を集めて、どこかの無人島でハイク・アドベンチャーをしたらどうか。途端にスタッフの池松が生口島はどうかと発言した。

　生口島は瀬戸内海に浮かぶ風光明媚な芸予諸島の一つで、大阪から比較的近い。蜜柑や檸檬に溢れ、平山郁夫画伯の生地である。東のバッハホール（宮城県中新田町）、西のベルカントホール（広島県瀬戸田町）と並称される音楽ホールを持ち、町長の和気成祥氏は「島ごとアート」の島づくりを進めている。私は羽田―広島の路線開設のため広報活動をする中で、町長と親しくなった。

　12月2日（土）、広報部で和気氏・八鍬氏との三者協議が行なわれ、生口島でハイク・アドベンチャー・キャンプをすることになった。和気氏は役場に電話し、

灯籠流しはいつだと聞いた。かくして、生口島キャンプはお盆の灯籠流しに合わせて8月25〜28日、花博イベントは8月29日と、成果発表のスケジュールが即決した。

ハイク・イベントの確定、海外との連動
　1990年2月半ば、ようやくハイク・イベントが固まり、本社および海外各地は最終目標に向けて動き出した。
■ハイク・イベントの仕上げ
〈ハイクの花博展示〉内外各地の入賞作品を8月1〜29日、花博国際陳列館展示ホールに展示する。
〈ハイク・キャンプ〉内外各地の入賞者代表が8月25〜28日、生口島で3泊4日のハイク・キャンプを行なう。
〈ハイク・フォーラム〉内外各地の審査員代表および入賞者代表が8月29日、花博国際陳列館でフォーラムを行なう。
〈広報及び成果の発表〉4月より1年間、NHK全国文字放送で優秀作品を週替りに紹介する。9月、NHKでハイク・コンテストの特別番組を放映する。日本航空で機内ビデオを上映する。12月、『地球歳時記』を出版する。
■海外各支店・各地区支配人の役割
〈優秀作品の選考〉各支店は審査員選考会を組織し、応募500句以下なら30句、501句以上なら50句の入賞作品を選考してもらい、英訳を付け、5月末までに広報部に送る。入賞者に対しては賞状、記念品、『地球歳時記』を贈る。所属校に対しては『地球歳時記』などを贈る。
〈審査員代表の日本招待〉各地区支配人は地区の審査員代表3人を日本に招待し、『地球歳時記』の編纂、ならびにハイク・フォーラムに参加してもらう。
〈入賞者代表の日本招待〉各地区支配人は地区の入賞者代表5人を付添人付きで日本に招待し、ハイク・キャンプ、ならびにハイク・フォーラムに参加してもらう。

（3）日航財団の設立
　1990年の"花博"出展をターゲットに、1989年秋から第1回世界子どもハイク・コンテストの準備に入った。この出展計画とコンテスト推進に追われる中、もう一つの懸案（日航財団の設立申請）がようやく大詰めを迎えようとしていた。
　日本航空は1987年秋の完全民営化を契機に、企業財団を作り、今までの社会貢献的事業を継承しようと考え、運輸省と設立交渉を進めていた。この事業の中

にハイクも含まれていたのである。

田中首相のアセアン訪問

　1974年1月7日、東南アジア5カ国歴訪に出発した田中角栄首相は1月9日、タイのバンコク空港で「経済侵略反対」「田中カエレ」と叫ぶ学生らの激しい反日デモに迎えられた。日本商品が総輸入量の半分を占め、対日赤字は毎年2億ドルに達していた。首相一行は各国で同様の反日デモに遭い、インドネシアのジャカルタでは、1万人のデモ隊が暴徒化し、日本大使館の国旗が焼かれ、日本車が200台以上焼かれる騒ぎになった。

　ナショナル・フラッグ・キャリアとして、首相特別便に随行した朝田静夫社長は「日本のあるべき姿、あるがままの姿を見てもらうことが大事ではないか。アジアの学生諸君を東京に呼んで、実際の姿を見てもらおう」と思った。さらに「ASEAN以外の国を含めてアジアを若い人たちがどう考えていくのか、いまだかつて青年学生諸君が一堂に会してアジアを考える機会が一度もない。日本の正しい理解もさることながら、日本の学生も含めてアジア共通の問題を考える機会を設けるのが一番いい」と考えた。

　しかし、1973年の第1次石油危機、74年の日台国交断絶などにより、日本航空は74年度欠損266億円という創業以来の大赤字を計上するに至った。朝田は経営再建3カ年計画を推進する一方、半ば国際公約済みの"スカラシップ構想"の実現を図った。かくして、1975年、役員報酬・管理職給与削減、人員削減、採用中止などの進む中、アセアン5カ国から30人の大学生が来日、第1回JALスカラシップが発足した。スカラーたちは社員寮に泊まり、上智大学のサマー・スクールに通い、最高裁判所・証券取引所・歌舞伎などを見学、日本人家庭でのホームステイ、地方への小旅行などを経験した。

　日本は1960年代に驚異的な高度成長を遂げたが、1970年代にはその歪みとして、公害問題、石油危機、通貨危機、貿易摩擦など、内外のさまざまな課題に対応することになった。民間部門では、先見的な国際企業が国際貢献活動に着手した。例えば、トヨタは1974年、トヨタ財団を創設し、「時代の要請に対応する諸課題の研究および事業」への助成、1978年には「アジアの隣人を知ろう」という文献翻訳事業を開始した。ホンダは1977年、本田財団を創立し、「地球環境と人間活動の調和を図る」ための叡智を集める国際シンポジウムに着手した。

完全民営化

1979年、英国でサッチャー首相、1980年、米国でレーガン大統領が就任し、資本主義経済の活力を取り戻すために、規制撤廃、公営事業の民営化などを強力に推進した。世界的に市場の相互開放、自由競争が標榜されるようになった。

日本の航空事業分野では、1970年・1972年の閣議了解により、日本航空は国際線および国内幹線、全日空および東亜国内航空は国内幹線およびローカル線と、それぞれの事業分野を限定していたが、国内ローカル線の発展、国際線の自由競争化などにより、閣議了解の見直しが必至となった。1985年12月、運輸省は今までの事業分野の限定を撤廃し、日本航空の完全民営化の方針を打ち出した。日本航空は1985年8月の御巣鷹山航空事故、その後の経営混乱をようやく克服し、1987年11月、完全民営化を実施した。

今後は自動車、家電などのように、純民間企業としてライバルと競い合って、良いサービスを提供し、成果を株主に還元しなければならない。ナショナル・フラッグ・キャリアとしての責務と保護から解放され、経営の自由と倒産の自由を得たのである。

1951年の創業以来、日本航空は欧米先進国に乗り入れ、日本を売り込み、顧客の期待に応えるために、さまざまな文化活動や支援活動を工夫してきた。JALスカラシップや世界子どもハイク・コンテストは、国際航空企業ならではの活動で、国・地方、公益団体、他産業では、JALほど安上がりに自由闊達に展開できない。

しかし、完全民営化すれば、航空会社であるから安全第一は無論だが、今後はライバルとの競争、収益の動向により敏感になる。社員や支店から今までの国益的意識が薄れ、純民営的意識が強まるだろう。競争・収支に直結しない活動は、不況時には真っ先にカットされるだろう。

一方1980年代後半には、企業に対するフィランソロピー（慈善）やメセナ（文芸学術擁護）への期待が高まり、コーポレート・シティズンシップ（企業市民としての義務）の立場から社会貢献活動に取り組む潮流が高まってきた。しかし、このような潮流は不況期には果たして存続するであろうか。やはり、真に価値ある活動は好況期に公益法人を作って、不況期にも継続できるようにすべきである。

財団の設立申請～認可

日本では、公益法人の設立は厳しく規制されている。一つには行政の補完組織として、税金や天下りの増大を招くという懸念、もう一つには企業の所得隠し、

税金逃れに利用されるという懸念があるからである。また、企業や個人が公益法人を設立する場合には、いずれかの官庁を選んで、申請しなければならない。官庁は自らの所管に則して、申請の受理・審査を行なうので、公益法人は縦割り官庁の弊害を免れず、総合的長期的な視野に立った活動を企図しにくい。

　日本航空は1988年、JALスカラシップや世界子どもハイク・コンテストなどの社会貢献活動を行なうために、企業財団の設立を運輸省に申請した。これらの活動は一般には文部省か外務省の方が馴染むのであるが、ナショナル・フラッグ・キャリアの伝統を継承し、航空事業の特性を生かすために、あえて運輸省を選んだのであった。

　申請から半年経ち、やっと運輸省から連絡が来た。89年6月末、航空局総務課長に着任した梅﨑壽氏（後の運輸事務次官）は所管事項の説明を受ける中で、「日航財団の設立というのがあるが、これは必ず進めなければならないという案件ではありません」との説明を担当者から受けた。理由を聞いてみると、幹部があまり乗り気ではないということだった。「基本的にそれはおかしい。当時の運輸省の公益法人対策は幽霊法人のようなものは整理していくが、本当に必要なものは認めていこうという姿勢のはずだ。しかも日航財団の場合は趣旨が立派だし、財政基盤もしっかりしている。企業の社会貢献活動は大いに推進すべきだ」と思い、同氏は幹部に進言し了承を得たのである。

　主要な事業ならびにその裏づけとなる資金や予算はすでに申請書類に計画されていたが、実際に審査が始まってみると、運輸省初の企業冠財団の設立は思いのほか難しかった。89年9月、設立理念に始まり、根本から新たに創り上げるような作業が始まった。日頃運輸省航空局総務を総括すべき園田良一総括補佐官が申請者対認可者の立場を超え、ときには終日時間を割いて、財団創設に知恵を尽くしてくれた。

　年が明け、立春を迎える頃、ようやくすべてが整い、取締役会付議、申請書の提出・受理、設立発起人会を経て、1990年3月15日、山地進設立発起人代表が大野明運輸大臣に設立許可申請書を提出、申請どおり許可するという許可書を受領することができた。

設立趣意書及び事業、その後

　日航財団の設立趣意書の一部（抜粋）ならびに寄附行為の事業は次の通りである。

■〈趣意書〉人類社会は今まさに工業化社会から情報化社会に移行する過程にあ

り、航空・通信の技術革新により、地球的規模の文明を共有する段階を迎えようとしている。このような航空によってもたらされつつある新たな地球的規模の文明社会、すなわち「航空文明社会」の発展を図るとともに、この新たな社会において地球的規模で考え行動できる人材、すなわち「地球人」の育成と交流などの事業をつうじて、人類の発展と文明との調和を図り、もって豊かで平和な社会の実現に貢献するとともに航空の発展に寄与するために、日航財団を設立したい。

■〈事業〉（1）航空文明社会の発展を推進するための調査・研究ならびにその成果を実現するための事業、（2）航空文明社会における地球人の育成と交流を推進する事業、（3）航空に係る国際理解および国際交流を推進する事業、（4）その他この法人の目的を達成するために必要な事業。

国際俳句交流協会の発足

　日本航空は 1964 年以来、ハイクの海外普及を推進してきたが、今、その大きな節目を迎えようとしていた。

　俳人宮本由太加氏等の執念が実り、1989 年 12 月、国際俳句交流協会が発足した。現代俳句協会・俳人協会・日本伝統俳句協会の 3 つの異なる流派が、合同で国際交流を推進しようという趣旨で設立されたものである。

　他方、日本航空は 1990 年 3 月、日航財団の設立認可を申請し、地球人の育成と交流という視点から、子どもハイクの普及・交流を進めようとしていた。今後、大人のハイクは国際俳句交流協会、子どものハイクは日本航空と、役割を分担し、協力する関係になるだろう。

（4）世界各地のコンテスト、選考・表彰

　世界子どもハイク・コンテストはすでに 1989 年 9 月から始まっていたが、90 年 3 月、日航財団が発足し、この企画・運営の中心は日本航空広報部から日航財団に移管された。「地球歳時記 '90」の準備運営に関する総合プロデューサーに八鍬良雄氏（学研）が起用され、6 月には世界各地・日本国内から入賞作品が出揃うはずである。

　かくして、広島県瀬戸田町と共同で推進する「生口島ハイク・アドベンチャー」、「国際花と緑の博覧会におけるハイク・フォーラム」、「地球歳時記の編纂（ハイク・ブックの発行）」を並行して総合的に進行させる態勢が整った。

　コンテストの進め方は、各地の状況に応じ、さまざまであった。応募数が多い場合は、応募校に第 1 次予選を頼んだ。入賞 30 句または 50 句の中から、特選

1句またはベスト5を選んだ上で、表彰式を行なう場合もあった。

■アジア太平洋地区
　ほとんどの支店は教育当局の認可や支援を得てコンテストを進めたが、ソウルは事情が異なった。強い反日本文化の中で、辛うじて一校から110句の応募を得た。
　北京では、教育当局が北京師範大学附属小学校を指定した。審査員の李芒氏が同校の教師25人に漢俳を指導し、1100人から6500句が集った。校長によると「生徒の積極性が増し、日本への理解が深まり、有意義だった」。6月、表彰式があり、テレビで放映された。
　上海では課外授業を行なう少年宮で、審査員の朱実氏が教師たちに漢俳を指導し、1000人から3000句以上のハイクが集った。
　返還前の香港では、日本文化に関心を持ってくれそうな10校に絞って実施した。最初の4校で1000句以上の応募があったので、残り6校には1校あたり30句を選抜してもらい、後で入賞に偏りが出ないように調整した。応募の半分は英語、半分は広東語だった。教師たちによると「漢字による作詩教育は今まで難しすぎるので小学校では今まで行なわれてこなかったが、ハイクはシンプルで詩の第一ステップとして最適である」。子どもたちの反応は大変よくパズル感覚で楽しんだ。
　マニラでは、コンテストの告知式が私立公立の校長、教育当局、主催者など130人を集めて行なわれ、マスコミで大きく報道された。公私32校が参加し、533句が集まった。50句が入賞し、7月初め表彰式を行なった。
　ジャカルタでは7校から531句、シンガポールでは10校から558句の応募があった。
　バンコクでは、首都圏934校を対象に大々的に行われた。3つの教育組織を通じて、ハイクの作り方などの教材が配られ、JAL提供のテレビ番組で告知され、マスコミの注目を集めた。1校あたり5句の第1次選考を経て、169校から864句の応募があった。7月初め、入選者50人の表彰式が行なわれたが、その中にタイ王女がいた。
　クアラルンプールでは、隣接2都市を含め、215校（11万人）を対象に実施された。審査員が事前に150人の教師を対象にワーク・ショップを開いた。1校あたり6句の第1次選考を経て、311句の応募があり、6月初め、入賞者の表彰式が行なわれた。教育当局には来年全国規模でやりたいという機運ができ、

新たな課題になりそうだ。
　オーストラリアでは、ブリスベーン、シドニーの2拠点を中心に実施された。前者は1988年のレジャー博連動コンテストに続くもので、その時の1万句を超える1万2000句の応募があった。後者は今回初めてで4000句の応募があった。

■欧州中近東地区
　ローマでは、イタリア俳句友の会主催・JAL協賛により大人を含めたコンテストが行なわれた。応募2399句には、42の小学校から472句が含まれていた。この中から入賞30句、うちベスト5句が選定された。
　フランクフルトでは、全独ハイク協会の協力を得て、全独から300句以上のハイクを集め、入賞30句、うちベスト5句を選定した。
　パリでは、児童雑誌「オカピ」でハイクを募集し、フランス、スイス、ルクセンブルグ、ルーマニアなどから8000以上のハイク（仏語）が集まった。そして、特選1句を含む入賞30句が選ばれた。
　モスクワでは、初めてのハイク・コンテストになった。市内2校が受け入れ、実施してくれた。応募64人、306句、子どもたちはハイクを楽しみ、もっと日本について知りたがった。5月末、入賞30句の表彰式を行なった。そのうち、特選5句は本人にロシア語で朗読してもらった。「ロシア語はわからないが、詠み上げるのを聞くと全く俳句そのものの気がした」と、支店長は感動を語った。
　アムステルダムでは、教育省の助力で20校に呼びかけ、2校から120句の応募があった。
　ストックホルムでは協力1校を見つけ、1人2句、120人の応募があった。
　コペンハーゲンでは、首都圏133校に呼びかけ、6校8クラスから123句の応募があった。
　マドリッドでは、生け花を教えている先生のいる4校に的を絞り、その先生を指導者にして、120句を集めた。
　アテネでは入賞4句、ナイロビでは応募36句の成果を得た。
　ロンドンでは、当初教育当局の協力を得て、市内の公立753校を対象としていたが、募集の不手際が重なり、応募は1校、5句のみという惨めな結果に終わった。

■米州地区

米国では、米州地区広報部がJALの支店や訓練所の所在する10都市の全1900校に参加を呼びかけ、500級から2649句（各級5句選抜）を集めた。コー・ヴァン・デン・フーヴェル氏とウィリアム・ヒギンスン氏が審査し、入賞150句を本社広報部に送った。

カナダでも、米州地区広報部がブリティッシュ・コロンビア州の全1200校に参加を呼び掛け、260級から1314句（各級5句選抜）を集めた。ジョージ・スウィード氏とジャン・ウォールズ氏が審査し、入賞91句を本社広報部に送った。グアムでは、公私15校から344句を集め、4月"地球の日"にグアム最大のショッピング・モールで展示した。教育省役人や大学教授が審査し、入賞30句を決定した。

サンパウロ（ブラジル）では、1校のみ参加し、52人58句のうち、38人38句を本社広報部に送った。

メキシコでは、前年9月1日、第1回スペイン語ハイク・コンテストがスタートした。2月末日に締切ると、応募1436句の中に小学生のハイクが22句あった。ノーベル賞作家のオクタビオ・パス氏などが審査し、素晴らしい作品が多かった。

■日本地区

日本全国の小学生を対象とするハイク・コンテストが、日本航空と日本学生俳句協会との共催により、1990年4月10日〜6月10日、実施された。金子兜太氏など6人の審査員により、入賞201句（特選61、入選140）が決定した。

世界各地から入賞作品1444句

第1回世界子どもハイク・コンテストは、如上のとおり、各国各地で入賞・表彰を済ませた上で、入賞作品が主催者のもとに集められた。全部で、世界26の国・地域から、19言語のハイク1444句が集まったのである。

4月早々、これら作品を花博や生口島でのイベント、地球歳時記の出版などにつなげるために、佐藤和夫氏、ジャック・スタム氏を核とする地球歳時記編纂チームが活動を始めた。スタッフの清水が現地と原語の照合をするかたわら、佐藤氏とスタム氏が英訳・和訳の修正やリライトをする。アート・ディレクターの河北秀也氏が絵やイラストを評定し、優れた作品は順次NHKの猪俣氏に送られ、4月から文字放送の電波に乗った。

審査員11人の選んだ「私の1句」

 8月、特選280句が決定し、25日、ハイク・フォーラムに集った審査員代表11人に渡された。以下は彼等の選んだ「私の1句」である。

　　　落葉降る下に / 大きな黄色い目をした黒ネコ / 秋の午後
　　　Under falling leaves / black cat with big yellow eyes / autumn afternoon
　　　　　　　　　　　　　シャノン・ベンゲリー、10歳、オーストラリア

 ハイクの「動き」は普通2行目か3行目に現われるが、この句では1行目の「降る落葉」に始まる。2行目の「大きな黄色い目をした黒ネコ」、ネコの黒色と目の黄色の間には、暗と明の対照があり、緊張が感じられる。3行目の「秋の午後」は1行目と2行目のそれぞれのイメージを強める。あたりは暗くなりつつあり、ネコもますます黒くなり、目は一段と輝きを増す。（カイ・ファークマン、日本文学研究者、スウェーデン）

　　　芝の真上で / カラフルな蝶々がひらひら舞う / きれいだと思うママ
　　　Vlak boven het gras / Fladderen bonte vlinders / Moeder vindt ze mooi
　　　　　　　　　　　　　サラ・ノウトサイト、10歳、オランダ

 2つの違った状況からなっている。1行目、2行目は率直な感想。3行目でその観察の仕方が変化している。この子どもが「ママはいう」とせずに「ママは思う」としたところがすばらしい。「思う」という言葉は子ども自身が母親の気持ちの中に入っていこうとしていることを表す。（ワンダ・ローマー、詩・ハイク研究者、オランダ）

　　　パンジーに / まほうをかけて / ちょうにする
　　　Cast a magic spell / on a pansy and it becomes / a butterfly
　　　　　　　　　　　　　渡部聡、9歳、小3、日本

 パンジーと蝶々のコントラストには美しい色彩が感じられる。パンジーが魔法により蝶々にかわることを想像するところにイマジネーションの素晴らしさがある。魔法による変身が強調されることがこの句にダイナミズムを与えている。そして蝶々と花の関わりがすべての生き物の関わりを暗示している。最終行には、

第2部　子どもによるハイク

飛翔という驚きの要素があり、このハイクを完璧なものにしている。（ムハマッド・ハジ・サレ、大学教授・詩人、マレーシア）

  緑色の小さなカボチャは / 葉っぱの下にかくれて / 雨をよける
  Green little pumpkins / using their leaves as shelter / whenever it rains
      ジェニー・ホドソン、11歳、小5、カナダ

　子どものハイクは、子どもの率直でフレッシュで誠実な頭と心によって生み出されたものでなければならない。ユーモアのセンスも年相応でいい。率直でぶっきらぼうな子どもたちの世界のイメージを活用すべきなのだ。見たまま、思ったままのことを瞬間的に、ときには穏やかな言葉のなかに強烈な言葉を混ぜ、ときにはひそひそ声で記録すればいい。このような事柄に留意して、この句を選んだ。（ソエカリノ・ハディアン、歴史学者、インドネシア）

  砂がマットレス / 暑い太陽を浴びてとても平和だ / 波が足をあらっていく
  Sand for a mattress / so peaceful in the hot sun / waves swallow my feet
      タリア・ヴェラーフ、12歳、小7、オーストラリア

　私も海が大好き、とくにオーストラリアのビーチは最高だ。私にも同じ体験があり、よくその感じが出ている。こんな平和でのんびりした自然をいつまでも守りたいね。（河北秀也、アートディレクター、日本）

  緑色の毛虫が / 口から火を吐いて / 明日は美しくなる
  The caterpillar / green skinned and spitting fire / tomorrow's beauty
      アモス・ブリッジ、12歳、小6、オーストラリア

　子どものハイクは散文的、叙述的なものが多いように思う。ことに英文によるハイクにはそれが顕著であるかに見える。説明や報告に終始している句の多い中でとくに屈折のきいた句を選んだ。"tomorrow's beauty"の意外性を高く評価する。（水野あきら、書道家・俳人、日本）

初ボタル / 母が一人で / はしゃいでる
　First fireflies / mom is jumping around / all by herself
　　　　　　　　　新名政仁、12歳、小6、日本

「母」と「ホタル」という全く異なる2つのものを調和させて見ている面白さ。「初ボタル」の季節感、「母が一人ではしゃいでる」のユーモア。「踊っている」とせずに「はしゃいでる」としたところに子どもの目が感じられるし、さらにホタルを捕まえようとして、ついホタルと一緒になって飛び回ってしまった母親の姿も子どもならではの捉え方である。詩型の面からは1行目における頭韻が効果的で、この句全体を重くしていないところがよい。(ジョージ・スイード、俳人、カナダ)

　もみじの葉 / 泳げば魚 / 飛べば鳥
　Red maple leaves / when they float they are fish / when they fly, birds
　　　　　　　　　菅野憲正、11歳、小6、日本

　この句は単純でありながら、もみじの泳ぐことと飛ぶことを想像し、その有り様を魚と鳥につなげて例えている。豊かな童心の表現であり、詩情と俳味が味わえる。(李芒、中国社会科学院研究生院教授、中国)

　森の花はつむな / 森のにおいだけ / もって帰れ
　Don't pick a flower / in the woods. Take home only / the forest's smell
（ロシア語の英訳）
　　　　　　　　　アンドレイ・クロークナ、11歳、ソ連

　私たちは森の香りを森の中にいるとき楽しみ、さらに森から出た後、服や髪に残った匂いを楽しむことができる。破壊されずに残っている森は、その素晴らしい香りで私たちをいつまでも楽しませてくれる。売られている切り花しか知らない人たちには、その匂いは決して解らないだろう。(ウィリアム・ヒギンソン、俳人、米国)

　くさのとげ / 風がいたいと / いっている
　Wind blowing / among meadow thorns / saying, "that hurts"
　　　　　　　　　戸田暁子、10歳、小4、日本

第2部　子どもによるハイク

「くさのとげ」、刈り入れの済んだ晩秋だろう。日増しに寒くなり、風が強まっている。この句には驚きがある。強く吹く風を感じるだけでなく、その風の草のとげに吹きつけるピューピューという音まで聞こえてくる。その風の音に混じって風が「いたいいたい」と言っているように聞こえる。刈られた草や稲の上を裸足で踏んだ時の痛さ、子どもはその痛みを避けることのできない風に同情する。この詩の重要な部分は最初の2行にある。（ドリス・ゴッティング、短波放送・俳人、ドイツ）

たけのこよ / ぼくもギブスが / とれるんだ
Hey, bamboo shoots / they're going to take / my cast off too!
　　　　　　　　　　　　　　　　　畑上洋平、7歳、小2、日本

「たけのこ」と「ぼく」が、まったく同じに見える。たけのこの皮がはがれるように、ギブスがとれて、すっきりした気持ち。（金子兜太、俳人、日本）

（5）ハイク・アドベンチャー

　主催する瀬戸田町は人口1万2000人、役場・婦人会・女子高生・陶芸クラブ・俳句教室・ボランティアなど大勢の人たちが総手で、年初から準備に入った。全国発信イベントには慣れているが、多国語の子どもたちの受け入れは初めてである。7月、タイから王女が皇太子妃の付き添いで参加するという知らせが入り、激震が走った。

生口島でのプログラム

　1970年8月25日から瀬戸内海の生口島で、3泊4日のキャンプが開催され、海外から17人、国内から14人の子どもハイク代表が、地元代表の23人とともに、参加した。海外組17人は付き添い（親、教師など各1人）とともに成田空港に到着、東京高輪プリンスに1泊後、羽田空港から広島空港へ、宇品港から船で瀬戸田港に到着した。国内組14人は二手に分かれ、一手は海外組と同じ行程で瀬戸田港へ、他手はJR新幹線で三原駅へ、三原港から船で瀬戸田港へ、いずれも付き添いなしで到着した。

■8月25日（土）、1日目〈出会い〉
「ボートから降りる時、大勢の人たちが埠頭に群がっていた。何をしているのかしら。夕方何か大きな行事があるのかしら。上陸した時、瀬戸田の人たちがみん

な私達を迎えに来ていることに気がついた。その暖かい拍手と和やかな微笑みに感動した」（カロリーヌ・アウン）

　一行は18時50分瀬戸田港着、燕の飛び交う商店街を勤労者会館へ向かった。桟橋も沿道も歓迎一色。20時から、歓迎の夕食会。21時、子どもたちは向かい側の町民会館で合宿、付き添いたちは島内の旅館に分宿した。

■8月26日（日）、2日目〈冒険〉

　港から続く商店街は耕三寺へ向かう参道になっている。8時朝食、まず"西の日光"として人気の高い耕三寺に参拝、潮音山公園76mに登り、瀬戸内海を眺望した。

　バスでサンセットビーチへ移動。12時昼食、14時から波乗り遊び、西瓜割り、ビーチバレー、魚のつかみ取り、宝さがし。ハイク作り、陶芸土産作り。記念植樹。18時半よりビーチで交流会、双方挨拶、18時50分より会食。19時半、キャンプファイヤー点火、班毎のアトラクション、花火遊び。天体観測。かがり火点火、子どもの瀬戸内水軍太鼓。21時、交流会終了。子どもたちはビーチのキャンプ場でシャワー、就寝。

「私の班は、タイのパッチャラキッティヤーパー王女様がいた。明るく気を使ってくれる人で、私達はいつも"パーちゃん"と呼んでいた。話は身ぶり手ぶりで何とか通じるようにした」（瀬戸田町、小6、植原由美子）

■8月27日（月）、3日目〈幻想〉

　6時起床、7時朝食。8時半、観音山472mハイキングに出発、付き添い希望者も各旅館から合流。頂上から四国連峰・中国山地を遠望。バスで町民会館へ。12時昼食。

　13時半、瀬戸田港より瀬戸内海クルージングに出発。船内でハイク作り、陶芸土産物作り。

　18時半、町民会館で夕食。19時、貸切りバスで高根大橋を渡り、対岸の高根海岸へ移動。灯篭流し。

　19時40分、貸し切りバスで盆踊り会場へ移動。盆踊り参加。20時半、徒歩で町民会館へ、23時就寝。

「灯篭流しは忘れられない。海に漂う無数の小さな明かり。盆踊りも楽しかった。記念にもらった浴衣を家で着るのが好き」（カロリーヌ・アウン）

「夜の枕投げ。あまりの騒ぎに係の人が来ては注意し、みんな寝たふりをしては、また始める。障子が破れたり、桟が折れたり…。今とても悪い事をしたなと思うけど、日本の僕たちと、世界のみんなが、国は違っても心が通じるんだな、同じ

なんだなと感じることができたのがすごくうれしかった」(新名政仁)
■8月28日(火)、4日目〈実験〉
　8時勤労者会館で朝食、9時からベルカントホールでハイク発表会。海外・国内参加者31人、町内各学校代表6人が自作を朗読した。
　10時40分より閉会式。11時半昼食。荷物整理。
　13時半、貸し切りバス2台で生口島—因島—尾道とフェリーを繋いでJR新尾道駅へ出発。すべての窓の子どもたちと見送りの人々とが五色のテープで繋がれた。声が飛び交う中、バスはテープを引きずり、角を曲がって行った。

花博でのプログラム
　生口島イベントに参加した子どもたちは、JR新幹線で大阪へ。ホテル日航大阪に1泊後、バスで花博会場へ。
　8月29日(水)、花博内国際陳列館「イベントホール」で、12時半よりハイク・フォーラムが開催された。
　第1部は生口島ハイク・アドベンチャーで作ったハイクの発表。海外17人、国内代表4人が原語で朗読した。
　最後に、生口島イベントに参加した審査員を代表して、ドリス・ゴッティング氏と、ウィリアム・ヒギンスン氏が講評を述べた。

■俳句(日本語)
　セミたちが今年の夏を暑くする　　　　　　新名政仁、小6、宮崎

　打ち上げの花火の火のこながれ星　　　　　川戸智美、小4、山口

　海の顔夕日とともに赤くなる　　　　　　　山田由貴子、小6、埼玉

　にがさないでソーメン流しのはしかまえる　窪田宗弘、小5、富山

■ハイク(日本語訳)
　燃える火 / 光線で溶かされた金 / 太陽の熱さ
　burning fire / melted gold in your rays / hotoness of sun (英訳)
　　　　　　　　　　ウィリアム・アヴィラ・ペレス、13歳、メキシコ

大きな海が / 貝の真珠のかけらを / 運んできた
　　　　　　　　マリア・チビソワ、14歳、ソ連

白く輝く舟が / 雲の大きな海を行く / 月が漂い過ぎる
The shinning white boat / Sails on the vast sea of clouds /
The moon drifts on by
　　　　　　　　ジェイン・ウォン・リシェン、12歳、シンガポール

闇夜の中で / 日本の天空をきらめかせる / 千の火の花束
Dans la nuit obscure / Tu eclairs le ciel du Japon / Bouquet de mille feux
　　　　　　　　カロリーヌ・アウン、11歳、フランス

世界の子どもたちが / 瀬戸田町で / 友情を育てる
　　　　　　　　イズマエル・アルメナ・テハダ、10歳、スペイン

そよ風にふれる / 涼しい微風が耳を流れる / なんだ、友だちの囁きか
I'm touched by soft winds / the cool breeze flows through my ear/
just my friend's whispering
　　　　　　　　クリスティーヌ・デサミト、グアム

平和なれ / 母なる自然 / 生口島（俳訳）
Peaceful countryside / beautiful Mother Nature / is your Ikuchi !（英訳）
　　　　　　　　パッチャラキッティヤーパー・マヒドン、11歳、タイ

自分の影よりも / 木々や緑を / 大切にしよう
More than your shadow / should care about the trees / and other green
　　　　　　　　ロディシェンド・ロドリゲス、フィリピン

明るい銀色の月 / 湖水に反射し / 空を覆っている
The bright silver moon / reflecting the lake water / covering the sky
　　　　　　　　キー・ヴァン・タン、12歳、オーストラリア

星が出て / 空をぱっと明るくする / ああ、州北の夏（を思い出す）
As the stars come out / they light up the sky quickly / upstate in the summer
リャン・デコシモ、11歳、米国

審査員の講評
■ドリス・ゴッティング
　昨日（瀬戸田）今日（花博）と、同じハイクを聞き、同じ感動を覚えた。ほとんどのハイクが実際に素晴らしいのだ、そうでなければ、こんなことは起こりえないのだと、私は思う。
　そして、世界各地から子どもたちを集めて一緒にハイクを作らせるという実験に、私はとくに大きな感銘を受けた。
　私の国ドイツでは、子どもたちが学校で詩の創作を教えられることはない。有名なドイツ詩人の書いた詩を学ばなければならないが、それらは250年前に書かれたもので、今とは異なる言葉で、異なる経験を書いているので、子どもたちには退屈な時間でしかない。しかし、今回のハイク・アドベンチャーで、子どもたちの想像力がこんなに大きいことを見ることができた。私は先生ではないが、帰国したら、学校と接触し、学校の授業にハイクを取り入れるべきだと、伝えようと思う。
　この実験は何か実に素晴らしいことであり、子どもたちにとっては、とても大きな経験であったと思う。スペインの少年の書いた「世界の子どもたちが瀬戸田町で友情を発散する」は本人の実際の経験だと思う。
　ドイツは思想家あるいは哲学者の国、詩人の国であることを誇りにしてきた。しかし、私はこのコンテストによって、地球単位で一つの詩人の世界があることを認識した。私のみならず、多くの人たちが、このアイデアを与えられ、母国に持ち帰ることこそ、コンテスト組織者のとても大きな功績である。

■ウィリアム・ヒギンソン
　俳句は詩人たちが集まって作る長い詩の第一連に端を発し、その席に招いてくれた主人に対する挨拶であった。この感謝の心を子どもたちの作品にもいくつか見出せる。王女様の「母なる自然、生口島」はその代表例である。
　地球を大事にする必要があるという意識を表現した作品がいくつもあった。それは庭にある緑に対する意識ではなく、特別の優しさで地球の緑に対する意識である。「自分の影よりも影を作ってくれる森をもっと大切にすべきだ」というス

ピーチは、とても素敵で楽しく、しかも啓発的で、私はとくに心を打たれた。

（6）ハイク・フォーラム

1990年は日本にとっても日本航空にとっても記念すべき年になった。俳句発祥の地、日本で「花と緑」をテーマに国際博が開かれた。「地球人の育成と交流」を目的に日航財団が設立された。

自然と人間との共生が問われる時代にあって、世界の子どもたちを対象にハイクの普及を図っていくことは、子どもたちの豊かな情操と感性を養い、地球人としての認識を深めていくうえで、大いに意義のあることに違いない。

日航財団は世界各地区からハイク審査員代表を招き、東京および花博で、子どもたちを対象とするハイクの普及の理念、方法などについて、討議・提案を願った。

プレ・ハイク・フォーラム〈東京〉

8月25、26日各2時間、東京高輪プリンスで、海外代表審査員8人、日本代表審査員5人により、花博ハイク・フォーラムに向けて、プレ・フォーラムが開かれた。7人が自国のハイク事情や考えを述べた後、子どもたちを対象とするハイクのあり方、指導方法などを討議した。

■有馬朗人（日本地区代表）

西洋では自然と人間とを分ける傾向があるが、東洋では非常に近い関係にある。しかし、西欧でもキリスト教が来る前は、北欧の神話にあるように、もっと近い関係にあった。

俳句は乾燥したユーモア、滑稽さがあるが、短歌は情緒、感情をそのまま入れる。そのため、俳句は男の文学、和歌は女の文学と思われてきた。俳句はいま変わろうとしている。一つは女性と高齢者がたくさん書くようになってきた。もう一つは外国人との交流の結果、俳句の作り方が変わってきた。外国人がハイクを作る場合、シラブルをどれだけ使うか、季語をどうするかという問題がある。

■カイ・ファークマン（欧州地区代表）

キリスト教が入って来る前のスウェーデンは日本の神道に似た自然観を持ち、八百万の神を信じていた。また、スウェーデン語と日本語との類似点もいろいろある。

スウェーデンの詩はヨーロッパの長い詩の伝統に従い、多くの感情や抽象概念を

盛り込む。しかし、私のように滞日経験のある俳句好きには、饒舌すぎて、なかなか核心に至らず、退屈である。

　スウェーデンの子どもたちの作品を審査して、とてもよいハイクが驚くほどたくさんあった。彼らは自然に近く、大人になると見ることのできないものを見ることができる。俳句の才能とセンスを持っている。

　環境への関心が高まり、人々は多忙で忍耐力を失い、映像文化に漬かっている。ハイクは短い詩であり、映像詩であるから、これからの時代に適している。

■ワンダ・ローマー（欧州地区代表）
　オランダのハイク史は20年くらいである。
　初等教育では全然取り上げられていない。今度帰国したら、初等学校でもぜひハイクをやるよう推進したい。

■李芒（亜州オセアニア地区代表）
　およそ10年前から、和歌や俳句の漢訳研究に端を発し、5・7・5音の形式で漢俳を作るようになった。漢俳は1字1字が一つの意味を持つので、日本の俳句に比べ、意味内容が豊富になる。そのため、日本の俳句ではないとか、漢字数を3・4・3にしたらどうかという意見もある。

　実は宋の時代に5・7・5の宋詞があった。今のところ、レベルの高い漢俳は、全く宋詞の長短句になっており、きちんと韻を踏むし、平仄も厳しく講じている。もう一つは平仄も押韻もなくてもよいとしている。

　小中学生の作る漢俳はあとのほうで、割合に自由に作る。白話でもいい。古典語を使わなくてもいい。漢俳は漢詩の一つの新しいジャンルとして大いに発展していくのではないかと思う。

■ムハマッド・ハジ・サレ（亜州オセアニア地区代表）
　マレーシアにはパントゥーンという伝統的な四行詩がある。最初の2行で自然現象を詠み、あとの2行で、それに関連した人間的なことを詠む。1行目と3行目、2行目と4行目が押韻する。初めの2行を詠むと、あとの2行を別の人が唱和する場合もあり、連歌に似ている。

　短歌が連歌になり、ソネットがフリーヴァースになったように、どんな詩形も成長する。もし世代が詩形に貢献するとすれば、もしハイクの形式を大切にしたいなら、成長させよう。カナダ人には、もちろん俳句の精神で、彼らの望むもの

を作らせよう。マレーシア人もインドネシア人も俳句の精神で、彼らの内容を作る。色んな枝が伸びて行くが、木はそこにある。

■ソエカリノ・ハディアン（亜州オセアニア地区代表）
　インドネシアにはパントゥーンの他に、ワング・サラームという二行詩がある。たとえば「私は掌の中で消えたい。爪の先で死にたい」と詠む。インドネシアの土着文学では、抽象的なことは好まれない。詩人は1行目で何かを示唆し、2行目でその何かを述べる。
　インドネシアの子どもたちはハイクについて何も知らなかったが、参加にとても意欲的だった。インドネシアは人口1億8000万人で、360もの言語がある。今回参加した400校はそのうちの一つの言語にすぎない。
　あらゆる島の子どもたちがハイク・コンテストに参加したら、背景・歴史・環境・大気・時間を異にするがゆえに、どんなイメージが創り出されるか、大いに興味がある。そして、多くの言語で書かれることにより、インドネシア語のハイクはもっと豊かになるだろう。

■金子兜太（日本地区代表）
　俳句の始まりは連歌と呼ばれる形式で、人と人との会話が中心だった。そのため、さまざまな伝達の工夫が試みられ、滑稽・諧謔・即興・挨拶などの、俳諧といわれる世界が育ち、挨拶のための季語も約束された。
　その俳諧が生きた人間の息吹を失い始めたときに、芭蕉が現れ、自然との会話を深めることにより、自分の心を充実させて、「まことの俳諧」を回復しようとした。季語は自然と自分とを結ぶ役割を帯びるようになった。
　正岡子規亡き後、自然との会話というよりも、むしろ自然への随順をよしとする傾向が広がった。その証が季語であるかのように、俳句には季語がなければならないとするものが増えた。
　俳句は、昔も今も、日常の詩であって、日々の暮らしの中から作られてきた。そして、短く表現することに魅力を覚え、韻律を喜び、味わってきた。子どもたちも同じことで、俳句を作ることで、彼らの日常は豊かなものになっていくはずである。そのとき、彼らの俳句が自然と人間との積極的で生き生きとした会話から生まれてくる詩であってほしいと願っている。

■ジョージ・スイード（米州地区代表）

　カナダでは、ハイクをディレッタントが詩人気取りで書くものと見なす傾向がある。それに対し、ハイクが真正な芸術的形式であることを人々に納得させるために、ハイク・カナダを設立し、ゲリラ活動を展開してきた。

　毎年、60〜70の学校（小中高、大学）や成人サークルに出向き、ハイクのワークショップを開く。私は詩について語り、これこそ俳句だと思うものを紹介するが、ハイクとはいわず短い詩だという。議論が深まってきて、誰かがハイクみたいだと言い出したところで、初めてそのとおりだと答える。最初にハイクだとことわると、学校で習った定義を思い出し、耳を傾けなくなってしまう。

　彼等はハイクというと、シラブルを数え、各行をきれいに整え、それが詩であることを忘れてしまう。ハイクと断わらない方が、いいハイクを作り、結局、ハイクは一つの詩の形式であることを理解するのである。

■討議（抜粋要約）

〈翻訳〉ハイクの翻訳が悪いと、俳句の精神が失われる。
〈教材〉カミングの前衛詩やアイリーンの1行ハイクを子どもに教えるのか？
→ "pig and I spring rain" のような one liner は、いきなり高度な物理学を子どもに教えるのと同じ、適切ではない（スイード）。
〈俳句の精神、ハイクの形式〉ハイクの形式よりも詩の精神が大事だ（スイード）。
→形式を離れれば、完全に詩の自由が得られるのか？　学校教育では形式を与えて、そのあとで自由の世界が出て来るのではないか？　→しばらくは自由に創らせてはどうか。それを集約していろいろな線を出していけばいい（金子）。
〈俳句とハイク〉日航財団にお願いする。いつか両者の定義についてシンポジウムを開いてもらいたい（有馬）。

ハイク・フォーラム〈花博〉

　8月29日（水）12時半から16時まで、大阪花博国際陳列館ホールでハイク・フォーラム（第1部、第2部）が開催された。

　このフォーラムには、地元のハイクや子ども教育に関心のある人たちが聴衆として参加するはずだった。ところが、開場すると、関係者の設営ミス（財団、プロデューサー、NHK）により、聴衆がいなかった。やむをえず、第1部では子どもたちの付き添いや審査員たちが聴衆席で子どもたちの発表を聴いた。

　子どもたちと付き添いは、第1部が終わると退場し、花博会場（子どもハイク

作品展など）を見学するはずだったが、聴衆席で第2部を聴く羽目になった。
　ハイク・フォーラム（花博）は本来、プレ・ハイク・フォーラム（東京）を締めくくるもので、第1部に続いて、第2部では審査員代表12人が「私の選んだ1句」を紹介・講評し、聴衆と教育現場でのハイク受容などについて討議し、最後に、委員長の有馬朗人氏が「子どもハイクの将来」について講演する予定であった。
ところが、設営ミスにより、第2部の聴衆は子どもたちと付き添いになったので、有馬氏には急遽、子どもたち向けの講演に変更してもらった。
　第2部は14時15分に始まり、舞台では、佐藤氏とジャック・スタム氏の共同司会により、審査員たちが座談会形式で、子どもハイクの審査・感想・評価・課題などについて自由討議した。
　以下、審査員たちの自由討議は省き、有馬朗人氏の講演「子どもハイクの将来」（抜粋）のみ、掲載する。

■有馬朗人（日本地区代表、東大総長）
　人間はアルタミラの洞窟の壁画のように、昔から自然や人間の生活を描写することに興味を持ち、自分自身が感じた美を絵や詩で表現することを喜びとしている。
　自然や生活について詩、とくにハイクを書くことによって、物事を注意深く見、深く理解するようになる。とくに新しいことを発見する喜びは大きい。その喜びを記憶し、更に人々に伝えるためにハイクを書くのである。
　ハイクではとくに新鮮な驚きを自分の言葉で書くことが大切である。若い人々は大人たちが失ってしまった新鮮な目や感受性でどんどんハイクを作ることができる。
　新しいことを発見し表現していくことは、ハイクや芸術だけでなく、自然科学にとっても重要なことである。
　今や炭酸ガスによる地球の温暖化、車の排気ガスによる空気の汚染、樹木の伐採による環境破壊等の問題は人類にとって深刻である。若い人々には何ものにも汚されていない心で自然を愛し、その美しさを保存してほしい。
　ハイクを作り、外国の友達が作ったハイクを読むことは、異なった国、民族、習慣、文化を相互に理解し、世界の平和を保つうえでも大切なことである。

（7）『地球歳時記90』

　日航財団は1989〜90年、第1回世界子どもハイク・コンテストを行ない、91年3月、『地球歳時記90』を刊行した。

　詩人・文芸評論家の大岡信氏が『地球歳時記90』から20篇を選んで、朝日新聞「折々のうた」で論評した。

　ここでは、『地球歳時記90』刊行の趣旨および構成、ならびに、大岡氏の論評した『地球歳時記90』の20篇中の7篇を紹介したい。

『地球歳時記90』の編纂

　海外では、アジア・オセアニア地区から約2万句、欧州アフリカ地区から約1万句、米州地区から約5500句のハイクが、JAL各支店に送られてきた。各支店が国単位で第2次審査を行ない、入賞作品を決定した。こうして、海外25の国・地域から、19言語の入賞1243句が日航財団に送られてきた。

　国内では、全国の小中学校から2万3000句が送られてきた。日航財団と日本学生俳句協会は第2次審査を行ない、入賞201句を決定した。

　日航財団は入賞作品1444句を対象に地球歳時記編纂委員会を組織し、海外作品は佐藤和夫、ジャック・スタム、国内作品は金子兜太、河北秀也、水野あきら氏が選考し、海外225句、国内66句を特選にした。特選291句には、佐藤和夫、ジャック・スタムにより、すべて英訳・和訳が付された。

　日航財団は日本、アジア・オセアニア、欧州アフリカ、米国の各地区代表審査員11人を招き、8月25〜26日、東京高輪プリンスで、最終審査を行なった。11人は特選291句を評定し、それぞれ「私の一句」を選び、選考理由を記した。

『地球歳時記90』の刊行 ─ 1991年3月

　91年3月、地球歳時記90が刊行され、入賞者全員、各国の教育省、学校などの教育関係者や学識文化人に配布された。

　入賞作品1444句は、「私の一句」11句、その他特選280句、入選1153句に分け、特選291句は英訳・和訳付きで、入選句は国・地域別に原語のみで記載している。巻頭に発刊の趣旨（次述）を記し、本文中に東京高輪におけるプレハイク・フォーラム、広島県瀬戸田におけるハイク・アドベンチャー、大阪花博におけるハイク・フォーラム（前述）を収録している。

　また、付属資料として、各国審査員コメント、審査員リスト、応募されたハイクの言語リスト、コンテストの主催国・地域リストを記載している。

なお、入選句1153句以外は、付属資料を含め、すべて日本語、英語併記で記載している。

『地球歳時記90』発刊にあたって―日航財団

　　　― 偉大なる詩人たらんと願う者は、
　　　　まず小さなこどもにならなければならぬ。
　　　　　　　　　　　　　トーマス・バビントン・マコーレイ

　どの時代も詩人、音楽家、画家の眼を通して、理想の未来を見てきました。彼らは子どもの曇りのない眼で見るヴィジョナリ（夢想家）です。
　この本の目的はハイクを通して子どものヴィジョン（夢想）を育て伝えることです。ハイク、この世界一短い詩形はかつて日本独特でしたが、今では世界中で共有されています。
　国際花と緑の博覧会90（大阪花博90）は"花と緑"のテーマで26地域からハイクを集める機会を与えてくれました。これらの詩は子どもたちの自然に対するさまざまな感情、子どもたちの詩的な心や魂の交流が生み出したものです。
　この本におけるハイク集、すなわち世界子どもハイク・コンテストは一つの壮大な地球規模の事業でした。きっとその成果を楽しんでいただけると思います。
　日航財団は今日の子どもたちの文化交流がより良い明日への道を示すと信じます。

大岡信氏の論評―「折々のうた」
　詩人であり、短詩形表現研究分野の第一人者でもある大岡信氏が、朝日新聞の「折々のうた」で、1991年5～6月、『地球歳時記90』より20篇を選んで論評した。さらに、雑誌「へるめす」の91年9月号、11月号でも論及し、外国の子どもたちのハイクから、日本の詩歌の歴史をかえりみる上で、いくつものきわめて重要なヒントを与えられたと、次のように記している。
　何よりも、俳句のような定型短詩が日本独特の文芸形式であるという従来の常識に対して、外国の子どもたちが、作品そのものによってさまざまな反論、あるいは議論の糸口を提供してくれていることに、私自身は快いスリルを感じている。私は「俳句」の本質が端的に言ってその短さにあると考えているが、この「短さ」は、日本語という言語のもつ諸特性と切り離すことができない「短さ」だと付け

第2部　子どもによるハイク

加えたい。「俳句」と外国語で作られる「ハイク」との間に横たわるいくつかの重要な相違点を考えることは、日本の現代俳句にとって有益だと思っている。（大岡信『第十折々のうた』あとがき）

次に、同氏が論評した20篇中の7篇を引用する。

　　　　　縮みながら体をゆすりながら / 芋虫どもがやってくる /
　　　　　ぼくらは葉っぱだ、逃げられない
　　　　　Cowering, shaking / the caterpillars are coming /
　　　　　we leaves can't run
　　　　　　　　　　　ジェレミー・D・ベイン、11歳、カナダ

　5・7・5に近く、韻への配慮もある。調子が張っていて歌うに適しているうえ、葉っぱの恐怖という最終行のやるせなさの表現も、簡潔で充実している。子どもは踊るような調子でこわい物事を歌ってのける名人だ。この年代では、観察と観念とが、まだ親密さを保っているからだろう。

　　　　　夏が走ってきた / バラの花の間から / 私を見ていた
　　　　　L'ete courait / il me regardait / parmi les roses
　　　　　　　　　　　メラニー・マギエ、10歳、フランス

　音数律では俳句形式よりさらに短い。言うまでもないことだが、季節の推移を歌おうとする場合、暦をもち出すだけでは足りない。生物や人間界の、季節による変化を、事物を詠むことを通じて表現せねばならぬ。この少女はバラに見とれていた一刻の後、バラと化した「夏」が向こう側から自分を見ていたことに気づいたのだ。

　　　　　小さい小さい池の中 / 蛙さん　蛙さん　さわがないでね /
　　　　　睡蓮の花が眠っているのよ
　　　　　小小池塘裏　青蛙青蛙不要吵　荷花在睡覚
　　　　　　　　　　　ジョイス・イプ、8歳、香港

　「青蛙」は中国語で蛙をいう。日本でいうアオガエルではない。「吵」は騒ぐ。「荷花」はハスの花だが、作者の挿絵がついていて、睡蓮のようなので右のように訳

171

しておいた。「睡覚」は眠り。原文はきちんと5・7・5を守っている。8歳の子の作としては愛らしいばかりか、上手だと思う。だがこれは8歳の子だから作れた詩である。

   草が目をさます／きっと思っているよ／夜が泣いたんだなって
   L'herbe se reveille / surement convaincue que / la nuit a pleure
        セルバン・J・パトリシウ、14歳、ルーマニア

 さわやかな夜明けの光景。夜露にしっとりと濡れた草が目を覚まし、自分の体が濡れているのを見て、「あ、夜がぼくの上で泣いていたんだ」と感じているに違いない、というのである。草になりきることのできる想像力の敏活さは、なまじの大人を遥かに越えている。

   庭の壁のひび割れの中／小さな苔が育っている／
   あたしそっくり、誰にも知られず
   Tiny growing moss / in crack in the garden wall / like me, unnoticed
        J・J・ディヴィナグラシア、11歳、フィリピン

 本には作者が描いた煉瓦壁の絵が挿絵でついている。焦げ茶の煉瓦の隙間には小さな緑の苔がちょぼちょぼと。詩も絵の上部に書きこまれている。どんな子なんだろう。控えめで寂しい女の子かもしれぬ。ひっそりと忘れられているような子。だが、最終行にはしっかりした技術がある。この詩で彼女は人に知られる喜びを得た。

   夜が来た／星がきらきら光ってる／泥棒さんにはお気の毒
   The night comes / stars shining brightly / tough luck for Mr. Burglar
        エリザベス・ワイリム、9歳、ケニア

 原文スワヒリ語。この少女の描いた絵が挿絵になっている。満天の＊印（つまり星）の空の下、髪黒々の若者が右から左へ歩いてゆく。たくましい泥棒さんだ。少女の住むあたりには、泥棒が横行するのだろうか。ああ泥棒はいや。星空は嬉しい味方よ。

言葉ってものは / 傷つけもするし幸せにもする / 単純な文法です
　　　The words / hurt or make happy / simple grammer
　　　　　　　　ヴィニシウス・T・リベイロ、11歳、ブラジル

　原文はポルトガル語。11歳の少年がなんと切れ味のいい警句を吐くことか。言葉は実際、人を「傷つけもするし幸せにもする」。言葉は究極そういうものである。それを「単純な文法です」と一気にまとめて吐き出したのはみごと。日ごろは無邪気な少年だろうに。

（8）『地球歳時記92』

　日航財団は1991〜92年「飛ぶもの」をテーマに、第2回世界子どもハイク・コンテストを行ない、93年3月、『地球歳時記92』を刊行した。
　そして、この『地球歳時記92』をベースに、94年春、"Children's Haiku"（『子どもたちのハイク』、英語版、仏語版）を国際共同出版した。
　ここでは、第2回世界子どもハイク・コンテストおよび『地球歳時記92』の概要、大岡氏の子どもハイクに関する論評、ならびに同氏の"Children's Haiku"の巻頭言（日本語訳、日航財団『航空文明』No1掲載）を紹介する。

第2回世界子どもハイク・コンテスト

　1991年10月〜1992年3月、「飛ぶもの」をテーマに第2回世界子どもハイク・コンテストを行なった。24の国・地域で主催され、7万人の小学生から、19言語の作品が集まった。インド、アラブ首長国連邦、ニュージーランドで、初めてコンテストが行なわれた。
　24の主催地は、それぞれ選定委員会を組織し、入賞作品の選定および表彰を済ませてから、すべての入賞作品に英訳を付して、日航財団に送付した。
　日航財団は全入賞作品から特選180句を選抜し、新関西空港のオープニングを記念し、同ターミナル内に展示した。
　1992年8月20〜23日、芭蕉ゆかりの地、福島県須賀川市で、ハイク・キャンプを実施した。第2回世界子どもハイク・コンテストの入賞者から10人の子どもたちが保護者とともに招待された。
　10人は米国、カナダ、英国、ドイツ、デンマーク、オーストラリア、香港、フランス、フィリピン、マレーシア、インドネシアの10の国・地域の小学生たちは、地元の小学生たちと一緒に寝起きし、裏磐梯でのハイキングやキャンプ、

ホームステイなどを通して、街の人々と交流を深めた。

『地球歳時記92』の刊行──1993年3月

　第2回世界子どもハイク・コンテストの入選作品約1000句から、佐藤和夫氏とジャッキー・マレー氏が特選180句を選び、英訳と和訳を付した。
『地球歳時記92』は主催地別に、24種類、制作された。第1部は共通で特選180句（原語・英訳・和訳）を収録、第2部は当該主催地の入選句（原語）を収録した。
　主催地別に制作された作品集は1993年3月刊行され、その国・地域の全入賞者、全応募学校、教育関係者、学識文化人などに配布された。
　どの作品集にも、英語で（日本版のみ日本語で）、『ハイクの作り方』、審査員一覧、刊行の挨拶が載っている。『ハイクの作り方』はハイクの普及ガイダンスとして、佐藤和夫＆ジャック・スタムが執筆したもの。刊行の挨拶は『地球歳時記90』の巻頭言と同じである。

大岡信氏の論評──「折々のうた」

　大岡信氏は1993年5〜6月、朝日新聞の「折々のうた」で、『地球歳時記92』より27篇を選んで論評した。次に、同氏が論評した27篇中の5篇を引用する。

　　　ひばりはかわいい / ちいさなパンクヘアをして / おまけにヒゲまで生やして
　　　A lark is lovely / and has a tiny punk hairstyle / it has a beard too（英訳）
　　　　　　　　　レネ・ハンソン、小2、デンマーク

　ヒバリの頭頂部は羽毛が一段高く伸びていて、たしかにパンクスタイルの元祖のようだ。目の下から後ろにかけて濃い黒褐色のまだらがあり、こちらはひげのよう。こういう作品を読むと、一も二もなく感心してしまうのはなぜだろう。

　　　おじいちゃんのあごひげ / わたしのあのお筆のように / 歳月を書いている
　　　爺爺的鬍鬚 / 像我的那隻毛筆 / 書写着歳月
　　　　　　　　　呉爽（ウー・シュアン）、8歳、中国

　8歳の子にしては大人びた対象のとらえ方だ。おじいちゃんのあごひげが「歳

月を」書くというのは、かなり高度の抽象性をもった表現で、さすが伝統ある国の児童詩。

  ハエどもが / 牝牛の背中で / うわさばなし……ブーン　ブン
  As moscas / nas costas das vascas / fofocam: biz! biz!
フランス・デルゲリ、11 歳、ブラジル

 ポルトガル語を解さなくても、この詩が愉快な音の戯れによって書かれていることがわかる。この詩を聞くブラジルの子らは、嬉しくなって笑い出し、すぐに覚えてしまうだろう。言葉には音もリズムもあって、他愛ないと見える内容からも、立派な結晶体が出現する。

  死にかけている花 / ほんの少しの水を待ってる / 疑わしそうに首うなだれて
  A dying flower/ waiting to get some water / hanging its head in doubting
スコット・ドネリー、小 7、カナダ

 作者が大人であろうと子どもであろうと、詩の良し悪しは結局言葉の力の有無で決まるということを、この詩は教えてくれる。2 行目まではありふれた描写だが、3 行目にひらめくように現れる「疑わしそうに」は、非凡な観察・表現である。どんな子か、興味がある。

  わたり鳥 / 先頭をゆく / むつかしさ
手島有紀、小 2、日本

 言語の相違がいかに子どもたちの詩の表現を多様にするか、痛感させられる。厳密にいえば、俳句の 5・7・5 定型は日本語独特のものであろう。しかし、俳句形式にならった「短詩」を作るだけでも、各国の子が言葉の魅力にぐんぐん目覚めてゆくのがわかる。手島さんの作が日本語の含蓄を、子どもながらよく示しているように。

"Children's Haiku" の刊行 — 1994 年春

 『地球歳時記 92』の特選句の中から、メキシコ・仏・米・日の 4 詩人 ── オクタビオ・パス、アラン・ジュフロア、ジョン・アシュベリー、大岡信 ── が 108

句を選び、絵50点を添えて、『Children's Haiku（子どもたちのハイク）』として、大岡信監修のもとに1994年春、パリの出版社、ロンドンの出版社から、フランス語、英語で刊行された。

　同選集の巻頭言（次述、日本語訳）で、大岡信氏は「短い詩」を作るという行為の魅力が、世界の子どもたちの心をいかに強くとらえ、共通の関心で結びつけられるかを、ありありと感じることができると、地球歳時記の意義を讃えた。

大岡信氏の巻頭言―子どもハイクの意義

　ハイクという短い詩形があることは、今では国際的に知られている。ハイクが元来日本で発生したものであるという事実さえ知らずに、わずか3行で書かれるこの短い詩形を愛用する人々も徐々に増えてくるだろう。それはとりも直さず、ハイクが普遍的な詩系の一つとして世界文学の中に定着し、生きはじめることを意味している。なぜハイクが日本以外の国々でも関心をひき、実作者が増えつつあるのかといえば、言うまでもなく、これが極度に短いことをもって本質とする詩だからである。日本語ではこれはただ1行で書かれる。このような詩形が、数百年前から存在しているばかりか、現在でも数百万人にも及ぶ日本人が日々これを作り、また鑑賞しているという事実がある。それに対する驚きと好奇心が、日本以外の国々におけるハイクへの興味の中心であろう。

　もちろん、どの国、どの民族にも、長い詩があると同時に短い詩もある。しかし日本の俳句の驚くべき点は、それがある特別な才能の人による特殊な制作物であるのではなく、数百年にわたって作られ続けてきたものであり、「生きた伝統」として無数の市民に愛されてきたものである点である。

　俳句形式の本質が、1句を口ずさむのに5秒もかからないというその極端な短さにあるということは、必然的に2つの表現上の特質を日本の俳句にもたらした。「省略」と「暗示」がそれである。

　俳句においては、作者はいわば海上に浮かんでいる氷山の頭の部分だけを言葉にすることによって、海中に沈んでいる膨大な氷塊を暗示するのである。したがって、用いられる言葉は強い暗示力を発揮するように構成されねばならない。極小のものを示すことによって、それを包みこんでいる厖大な空気を一気に活性化し、磁力を帯びさせ、その合体を読者に手渡すことができるなら、それこそ最も力強い俳句ということになる。これを別の言い方で言うなら、日本の俳句の特質は、それが明確に語っていることを通じて、明示的に語ってはいないイメージや観念を直観的に読者に感得させるところにあるということである。

第2部　子どもによるハイク

　このような、いわば「沈黙の発酵装置」とでもいうべき詩形が成立する上で重要な要因をなしているのは、日本語という言語そのものの文法的諸特性だと私は考えている。今それを詳しく論じることはできないが、日本では古来雄弁術が全く発達しなかったという事実を、読者の参考のために書いておきたい。たとえば政治家にとってさえ、雄弁であるということは必ずしも第一級の尊敬を得る資格ではなかった。現代の国際政治・外交の舞台において、めざましい活躍をする日本人がほとんど現れないということも、このような言語観の伝統と密接に関係があることだろう。

　政治や外交の世界では、省略や暗示や沈黙への崇拝は、成功を約束してくれるにはあまりにも頼りない言語行使の態度である。しかし、その同じ特性が、俳句という、世界的に類例の少ない短詩形文学の伝統を日本人に生み出させ、強力に保たせてきた当のものなのである。

　それだけに、日本の多くの知識人たちは、長い間俳句は日本人にしか理解できないと思い込んでいた。「日本人である私にさえよくわからないものが、外国人にわかるはずがないではないか」。理解という行為を、論理的説得力の次元でのみ考える習性のある人々が陥る誤りがそこにあった。彼らは全世界どの民族の詩でも、根本的に「省略」と「暗示」の技術があり、日本の俳句はその度合がとくに強いとはいえ、本質的に他の諸民族、諸言語の詩と共通の要素を持っているということを忘れているのである。言い換えれば、自分の属する言語の詩がわかる人なら、俳句もわかるはずだということが、このような石頭の持ち主にはわからないというだけのことである。短い詩を作るということは、作者に対して大きな緊張と注意力を要求する。

　最大限に効果的な言葉を、ごくわずかな字数の中に配列しなければならないことを意味するからである。

　私は日航財団の「地球歳時記」なる本を読んだとき、「短い詩」を作ることが、どれほど子どもたちの想像力を刺激し、精神的緊張と注意力を目覚めさせうるものであるかを知って、じつに新鮮な驚きと感銘を受けた。私はその90年、92年版からそれぞれ約20篇をあらためて選び出し、朝日新聞の「折々のうた」でこれらを紹介、論評した。世界各地の子どもらが、日本原産の俳句という詩形にヒントを得て作った彼らそれぞれのハイクの面白さに、日本の読者は驚き、強い関心を寄せたのである。

　私たちは、「短い詩」を作るという行為の魅力が、世界の子どもたちの心をいかに強くとらえ、共通の関心で結びつけられるかを、ありありと感じることがで

きるのである。子どもたちは、自分が生きている世界を、これほどにも少ない言葉によって要約し、自分の心をそこにこめ、表現することができるという事実そのものに、驚異を感じながらこれらのハイクを作ったに違いない。

　人間の持つ最も美しいもの、それこそ言葉なのだという事実を、彼らはみずからの言葉を生きることによって、はっきり自覚したであろう。それこそこの本の刊行の最も重要な理由である。

第 3 部
詩としての子どもハイク

1　思い出

　私は1983年夏、広報部に来て、JALとハイクの前史を知り、子どもハイクの魅力に取りつかれて、地球歳時記の編纂を思い立った。第3部では、広報部の7年間を振り返り、脳裏を過ぎる情景、書き留めておきたいこと、子どもの詩性とハイクについて、主観を交え、少し綴ってみたい。

（1）東京ビル9階・広報部 ― 紙ヒコーキ

　私は1983年8月、東京ビル9階の企画室から経営広報部へ20m異動した。サッチャー、レーガンの規制撤廃の潮流は日本の航空界にも及び、自由競争原理を導入し、航空3社の国内線、国際線別の限定を外し、もっと自由に競争させるべきだという世論が優勢になっていた。社長は朝田から高木に替わり、創業の精神を取り戻し、全社一丸となって、自由競争を勝ち抜こうとしていた。

　私は出版グループを担当し、全社内向けの「おおぞら」、海外現地スタック向けの「英文おおぞら」、社外オピニオン・リーダー向けの「季刊おおぞら」などの広報誌の刷新に着手した。

　「おおぞら」は毎月、2万部以上発行し、パイロット、スチュワデス、整備員、海外派遣員などすべての社員に配り、最も手間暇と金をかけている。しかし、配布当日の午後には、モノレール浜松町駅の屑籠が「おおぞら」で一杯になるという。何とか家まで持ち帰って、家族にも読んでもらいたい。

　改めて「おおぞら」を眺めると、表紙は毎月、支店長を囲んでスタッフ全員が笑っている集合写真である。これでは、JALは地上職が主役、運乗、客乗、整備は脇役に見える。中身もコミュニケーション誌といいながら、地上職中心、内外支店の情報が多い。

　ところで、丸の内は丸ビル、中央郵便局、国鉄をはじめ、皇居側のビルはみな8階までだった。しかし、高度成長期の末期、この規制が緩和されたらしい。JALは本社スタッフの増加に対応し、8階の上に9階を造った。口さがない連中は御神楽を乗せ、"末広がりの8"を"窮するの9"に変えたから、事故が続くのだという。役員室、経営企画室、広報部などは9階にあり、人事部、営業本部、宣伝部などは8階にある。広報部は御神楽だから、東側の東京駅、北側の中央郵便局、南側の三菱銀行（当時）、さらに南側の丸の内街まで見渡せる。郵便局の屋上の金網の中では、昼休みになると局員が体操をしている。広報部の真下は宣伝部で、かつては屋上に出る非常階段だったところが、今では両部を繋ぐ通用階

第3部　詩としての子どもハイク

段になっている。

　私はこの通用階段を使って、よく宣伝部の岡崎に相談に行った。「おおぞら」の表紙を何とか、全社員・全家族にとって身近なものにしたい。みんなテレビを見る。テレビにはJALのコマーシャルが出る。そこで、毎号、宣伝部制作のJALコマーシャルを表紙にもってきた。航空会社らしいユニークな社内報を作りたい。日経連では、毎年優れた社内報を表彰しているが、付録がついていない！　ユニークな試みとして、付録に紙飛行機を付けたらどうか？　子どもにせがまれて、家に持ち帰るようになるかも知れない。

　そこで、整備本部の有志に「紙飛行機を楽しむ会」を結成してもらい、彼らの設計した紙飛行機を、毎号付録につけた。客乗本部がスチュワデスに呼び掛けて「紙飛行機を飛ばす会」を作ってくれた。東京ビルでも、広報部は一番おおらかで開放的な職場だった。記者も社員も業者も自由に担当者のデスクへ来た。印刷会社から紙飛行機が届くと、担当のミス北岡が組み立てて、口をすぼめてテスト・フライトを行なう。真っ直ぐ飛んで壁にぶつかる場合もあるが、大抵は室内を廻って隣のグループやときには部長の席まで飛んでいった。

　1985年5月、シアトルのキングドームで、第2回世界紙飛行機コンテストが行なわれることになった。JALは日本 ─ シアトルのオフィシャル・キャリアになり、報道・海外グループのプレス・リリースで、参加を呼びかけた。国内営業部長を団長にして、「紙飛行機を楽しむ会」「紙飛行機を飛ばす会」の有志が、キングドームに乗り込んだ。いつもは野球のメジャーリーグなどに使われている全天候型の室内競技場だ。ホームベースに立って、ボーイングの技術者OBが飛ばすと、少年少女たちが巻き尺の先を持って走り、飛距離が計測される。ストップ・ウォッチで滞空時間を計測する。デザイナーが飛行機のデザインと飛形の美しさを採点する。参加部門は技術者などのプロ、成年、未成年の3レベルに分かれる。

　これが紙ヒコーキといえるのか？　という代物もある。大きな張りぼてのヒコーキで、審査員が集まって協議する。2人掛かりで飛ばすと、すぐ足元に落ちて、壊れてしまった。槍のような紙ヒコーキが来た。先端が尖って重く、外野まで飛んだが、失格になった。

　コンテストの主催者はボーイング・ミュージアム、審査員の一人は日本の代表的デザイナー、二宮康明氏である。4種目×3レベル＝12部門のうち9部門のトップに、日本から参加した紙飛行機が輝いた。現地の新聞は"日本の飛行隊、米国の飛行隊を破る！"と一面トップで報道した。帰国すると、岡崎が「おい、こんどは後楽園球場でやろうよ」といった。

（2）羽田機体工場 ─ B747の重整備

　1985年8月12日夕方、広報部に戻ると、みんなテレビを見ている。羽田発大阪行123便（B747SR型機）の機影がレーダーから消えたという。だんだん記者が集まり始めた。業務の市ノ澤が帰ってきて、作業テーブルの上に立ち、記者たちに状況を説明し始めた。あっという間に、記者団とともにいなくなった。羽田に事故対策本部、御巣鷹山に現地対策本部が作られ、広報部の主力は各対策本部に移動して、東京ビルは業務・海外グループの3人、出版グループの私以下4人だけになった。

　8月下旬になって、事故原因として圧力隔壁の修理ミス説が有力になった。私はモノレールの羽田空港で降り、旅客ターミナル、郵便局、貨物ビルの前を通って、一番奥の機体工場へジャンボの重整備作業を見に行った。

　ビルの建設現場のように、ジャンボの周りに足場が組まれている。私はヘルメットを被って、段梯子を上がり、最後部の左ドアから中に入ると、内部はガランドウである。与圧される部分のすべて、すなわち客室、操縦室、貨物室のあらゆる内装品を取り外し、構造部材（枠組み、骨組み、外板、隔壁など）を剥き出しにして、亀裂や腐食、損傷などを徹底的に点検し、もしあれば交換、修理している。最後部はすり鉢状の円い隔壁で、その中心は目線よりやや高い。メインデッキの細長い足場を上下左右の構造材を見回しながら前方へ歩いて行った。最前部は平らな隔壁で、壁伝いにケーブルや油圧パイプが足場の下から上方の操縦室へ伸びていた。引き返し、段梯子を上がってアッパーデッキの足場に移った。先端は操縦室で、その手前の脱出ドアから外へ出た。操縦室を囲むように足場が渡してある。

　まるで、荒海の中に浮上した潜水艦の船橋、いや、エイハブ船長のモビー・ディック（白鯨）みたいだ。孤絶したコクピットで、ダッチロールを繰り返す機体を必死でコントロールしようとする3人のクルーたち……。

　アッパーデッキからメインデッキの足場へ降り、メインデッキの窓に沿って後方へ歩く。

　荒天の中を進む国際線ジャンボ、飛沫を浴びる操縦室、真っ暗な空間に点々と繋がる小さな灯、…が瞼に浮んだ。しかし、機内は平穏の支配する世界。ほとんどの人たちは眠っている。ところどころでランプが灯り、読書などをしている。後方の暗がりで、母親が立って赤ちゃんをあやしている。スチュワデスが膝をついて、客席の幼児に話しかけている。

　やがて、夜が明ける。朝食が告げられ、窓が開けられ、機内に光が満ちる。飛

行機は吹きあがる雲の上を、ときどき雲をかすめながら、進んで行く。窓外を食い入るように見つめる子どもたち。操縦席に招かれ、機長の解説に目を輝かせる男の子。大空、大海原……。

あの灯火の中に、あの朝の光の中に、かけがえのない命があったのだ。坂本九ちゃんのスキヤキ・ソングと、あの明るい笑顔があったのだ。

喪失感に襲われながら、何としても、あの時間と空間を大切にして、かけがえのない命、けがれを知らぬ心を慈しみ、育まねばならないと思った。

第16回全国学生俳句大会は10月末に締め切られ、選考・表彰の過程に入った。しかし、航空事故を起こした立場なので、日本航空賞は遠慮したいと申し出ると、水野あきらさんは学生俳句の顕彰と航空事故とは別だ。航空事故の後だからこそ、悪びれずにアピールすべきだと、逆に励ましてくれた。

国際交通博覧協会から俳句をカナダ交通博覧会に出展してほしいという要請が国際営業部に来た。芭蕉の奥の細道を出展する案も検討したが、日本の子ども俳句の出展の方が、新鮮味があり、航空事故後のCI運動としての意義が認められた。

（3）カナダから社用貨物 ― 子どもたちの絵とハイク

水野あきらさんとともに、忘れられないのはJALバンクーバー支店のピーター・ウェイトだ。海外で初めての子どもハイク・コンテスト、ピーターはクリスマス休暇直前まで、学校への案内に追われた。先生方は果たして休暇前に生徒たちにハイクの宿題を出せるだろうか。応募期間は3カ月しかない。

やきもきしていると、翌年1月からハイクが支店に届き始めたという。審査は東京でするので、毎月、月末にまとめて作品を送ってもらう手はずだった。集まり具合を訊くと、支店の同僚たちが興味をもって覗きに来るので、面白そうなのを選んで、支店のガラス窓に貼り出しているという。

1月はほとんど来なかったが、2月、3月と、締め切りが近づくにつれ、大量の郵便袋が支店に送られて来るようになった。東京へは1カ月遅れで、2月から社用貨物の段ボールがいくつも届くようになった。

初めは成功を案じて、ピーターに何度も問い合わせていたが、嬉しい驚きに変わった。ノートの切れ端に書きつけたものから、ポスターみたいに大きな作品まで、大きさはまちまちである。中でもびっくりしたのは、ほとんどの作品に絵やイラスト、写真がついていることだった。

四つ折りの紙を拡げると、大きな空に大きな海、カモメの写真を3羽切り抜いてきて、空に貼り付けてある。右下の波間にハイクが書いてある。

女の子が鎧窓を開けて、朝日の輝く空を見上げている。画面には開け閉め可能な窓が貼り付けられている。朝起きて、窓を開けたときの感動をハイクにしたのだ。
　青い大きな池に緑の葉１枚と蜘蛛の網、周りに茶色の土と黄色いお日様。ハイクは「ポチャン！　水が割れる。／蓮が寂しく身震いし、／また独りになる。」蓮の滴が水に落ちて、水紋が拡がった様子を描いたらしい。
　赤い半そでに白いパンタロンの女の子が草原から半身を起こして、池を覗いている。水に女の子の顔が映っている。「水に顔がうつっている／水に手を入れると／皺になった」
　真中に枝を左右に３つ拡げた木があり、枯葉が１枚つき、天辺に鳥が止まって地面を見下ろしている。左側の地面では順番に草が芽を出し、少し伸び、蕾を拡げ、赤い花が咲く様子を描いている。右側では、２本の緑の葉の木の間にハンモックを渡し、子どもが日向ぼっこし、黄色い太陽が輝いている。「春は始まったばかり／蕾がポプコーンみたいに開く／春の日がきれい」
　画面一杯に橙色の吹き出し、その中に「ハイク」のタイトル、続けて「今日の午後は／わたし、ハイクができないの／たぶんあしたね」の３行、その下に小さな雲が３つ、一番下に大きな疑問符。

第３部　詩としての子どもハイク

　ハイクを思いついた動機、ハイクを作る過程、ハイクで表現しきれない思いなどがわかり、子どもたちの奔放な発想や、巧まざるユーモアににやりとさせられる。募集では絵やイラスト付きでとは一言も断っていなかったが、自然にこうなった。「ハイクを作ろう」で日本の作品を切り絵付きで紹介したためかも知れないが、主催者にとっても、審査員たちにとっても、カナダの子どもたちの作品を開くのは大きな楽しみであった。

　1987年7月、JALの東京 ― 松山線開設を記念して、俳都松山（地元ではそう自称する）で小中学生から俳句＆絵のコンテストを行ない、カナダの子どもたちの作品と合わせ、ハイク＆絵の展覧会を催した。カナダの子どもたちのハイクは、マスコミの話題を集め、多くの全国紙が7～8月、絵やイラスト付きで紹介してくれた。1988年1月、あすか書房（教育書籍）から過去15年分の小中学生の入選作品から約400句を選び、『俳句の国の天使たち』が発刊された。この巻末で、私は初めて"地球歳時記"という言葉を使った。

　1988年2月25日、朝日新聞の「天声人語」は『俳句の国の天使たち』を取り上げ、日本やカナダの子どもたちの作品を紹介し、最後に次のように記した。――日本の子が出稼ぎの父の句を作り、カナダの子が、編み物をして生活費を稼ぐ母親や原野のオオカミの句を作る。そういう句を知り合うことの意味も大きい。日航では、毎年、世界のどこかの国で俳句コンテストを行なう計画だという。いずれ世界規模の歳時記ができるかもしれない。――

（4）航空局総務課―日航財団の設立申請

　1988年8月、私は過労が祟って擬似メニュエル氏病になり、慈恵医大病院に通っていた。ある日、病院から戻ると、航空局総務課の園田良一総括補佐官から電話があったという。急いで、出向くと、懸案の日航財団設立について審査を始めたいということだった。

　実は、社外広報誌「季刊おおぞら」の編集では、関東学園大学の福士昌寿教授に助言・協力をお願いしていた。同氏は経済企画庁の下河辺敦事務次官の下で、全国総合開発計画の策定、さらに総合研究開発機構の設置・経営に関わり、官庁きっての見識の持主といわれていた。1987年末、福士先生からJALの完全民営化を機に、企業財団を作って、今までの社会貢献的事業を移したらどうかと助言された。調べてみると、JALスカラシップの創設時など、過去2度ほど、財団の設立を検討したが、具体化できないでいた。1988年初め、日航財団の設立素案を作り、経営企画室の了承を得て、運輸省に提出したが、何の音沙汰もなく、すっ

かり忘れていたのだった。

　9月初めから、毎週、あるいは隔週に運輸省へ通う日々が始まった。JALにとっては初めての財団設立案件であるが、数多の財団を所管する運輸省にとっても、企業財団の設立申請は初めてであった。どうやら財団を作って推進したい事業の意義は認めるが、なぜ運輸省なのか、公益的事業ならなぜ冠財団にするのかについて、受け止めかねているようだった。トヨタ財団、本田財団、NHK文化財団などをヒヤリングして、他官庁では同種の冠財団が存在することを報告したが埒があかない。なぜ、運輸省なのか、航空局なのか？　福士先生の示唆を受けて財団の目的は"航空文明"に関わることになったが、財団の事業が文化交流では外務省、青少年育成では文部省との共管になり、運輸省としては扱いにくい。双方で知恵を絞った結果、文化交流や青少年の育成でなく、"地球人"の育成と交流になった。

　総務課の総括補佐官といえば、航空局全体を総括する総務課長の右腕であり、あらゆる業務が集中してくる要職である。しかも、年末に向かって最も多忙な時期に、園田さんは右も左も分からぬ申請者に対し、一緒になって知恵を絞り、具体化し、省内を通してくれた。

　日本航空では利光副社長が初めから最も熱心だった。初めは10億円で企画したが、1989年秋には30億円に増やしたらどうだと言われた。意を強くしてその金額で経営企画室に持っていくと、話が違うと同室部長と論争になった。上司の塩田部長が全役員・部長を回ろうといって、一緒に各部門を回った。ほとんど全ての役員・部長から大いなる賛同を得て、90年度予算案で20億円が約束された。

　年末、運輸省との折衝も山を越え、東ビル7階の日航財団設立準備室で、部下の池松とともに、諸準備に専念することになった。年が明け、園田氏は毎週2時間ほど割いて、日航財団の目的、事業1、事業2と、寄付行為を相対で成文化していった。1月29日（月）、日航財団の設立許可申請書を2月2日（金）に提出してほしいという電話を受けた。日付を区切られ、はたと困った。申請者側で、寄付行為の各事業に合わせて、3年間の個別計画と細目予算を作成しなければならない。

　笹川平和財団（運政局所管）の設立申請書の付属書にならえばいい！　友人の（株）リンケージ社長、三好さんに助っ人を頼み、翌日から丸3日間、会議室に籠って、今後3年間の個別計画・細目予算を作り上げた。

　翌日10時、設立申請書一式を持って、池松と園田氏を訪ねた。2日間続いた

大雪は止んだが、寒い朝だった。園田さんは窓を背にしたデスクで、申請書案一式を1頁、1頁、丁寧にゆっくり検めていく。

航空局総務課は霞が関第3合同庁舎の7階にある。窓から見下ろすと、警視庁から国会議事堂へ向かう大通りがあり、その向かい側一帯はこんもりした林の尾崎憲政記念公園である。かつてはここに、陸軍参謀本部と陸軍省が聳え立ち、霞が関を睥睨していた。右手には三宅坂に向かう内堀通りや内堀を挟んで、その向こうに皇居が見える。思えば、蟬しぐれの中を通い始め、紅葉が終り、冬景色となり、今日はしんとして雪に覆われている。ふと2・26事件の雪の日を思い浮かべた。

審査は2時間ぐらいで終わり、昼飯時だった。誘われるままに、園田さんとスタッフ2人について、私は池松と雪の積もった国会正門前の大通りを横切って、尾崎憲政記念公園の丘に歩いていった。手前の参謀本部跡は疎林や駐車場になり、奥の陸軍省跡に憲政記念館が建っている。園田氏がフロントに行って、昼食を注文してくれた。食堂は閑散として、我々5人だけだった。雪景色の疎林を眺めながら、安堵と感謝に浸った。

(5) 生口島 ― 灯篭流し

1990年4月、日航財団の発足に伴い、私は事務局長として総務部と事業部を統括する立場になった。『地球歳時記』に関しては、事業部長が統括し、私は時々相談に乗ったり、対外調整をしたりするだけで、専ら経過報告を受ける立場になった。

そこへ、6月、一つハプニングが起こった。タイ支店から、花博に招待する子ども代表にタイの王女を加えたいと言ってきたのだ。タイでは首都圏169校が応募し、5月末入選50句を選んだところ、王女のハイクが入っていた。母親の皇太子妃は応募を知らなかったが、大変喜んで、自分も付き添いとして、キャンプに参加したいと希望しているそうだ。

タイのロイヤル・ファミリーへの応接は、日本の皇室よりずっと大変である。財団の常務は猛反対したが、私は塩田部長に「広報部がすべて対応する。お前はイベントに専念しろ」と言われた。JAL側ではバンコク支店長 ― 広報部長 ― 秘書室部長のラインですべて対応し、社外ではタイの駐日大使館、日本の外務省・警察、広島県庁、瀬戸田町が協力して対応していた。

私は8月26日、午前中でプレハイク・フォーラム(東京)を終え、審査員たちとともに空路、現地入りした。夕暮れにはまだ早いサンセットビーチでは子ど

もたちがさまざまなゲームに興じていた。運動会のように来賓者のテントがあり、挨拶に行くと、内に皇太子妃、和気町長、山地社長、滝田常務がいて、山地社長が「君、どうなっているんだ！」と楽しそうに声をかけてきた。

　27日午後、子どもたちも付き添いも瀬戸内海クルーズに出るので、私も審査員たちと一緒に乗船した。夕方、盆踊りの浴衣に着替えて、バスで高さ25mのみかん色の高根大橋を渡り、瀬戸田港の向かい側の高根島に移動した。町民たちも浴衣姿で、両岸の浜辺に集ってきた。いよいよ灯篭流しだ。

　瀬戸内海はかつてトマス・クックが世界一周の途中、芸予諸島を通って「イングランド、スコットランド、アイルランド、スイス、イタリアの湖のどれよりも素晴らしく、それら全部の最も良いところだけとって集めて1つにしたほどに美しい」と絶賛した内海である。

　西は響灘、豊後水道で日本海、太平洋に通じ、東は紀伊水道で太平洋に通じる。満潮と干潮の潮位の差は瀬戸内海の中央で2m（大潮のときは3m）を越える。生口島はこの中央よりやや西に位置するので、瀬戸内海の中でもとくに、干満の差が大きく、満ち潮、引き潮の流れが速い。この満潮が干潮に転じ、引き潮が西方浄土を目指す日時を選んで、生口島の地蔵院が霊送りを行なう。すなわち、この引き潮に合わせて、一連のお盆行事（夏祭り）が設定され、先祖の御霊のお迎え〜供養〜お送りが行なわれるのである。

　この年は8月27日19時半頃から、引き潮が始まった。潮は生口島と高根島の間の幅150mの瀬戸田水道を通って、沖の小島（ひょうたん島）に向かい、やがて右へ曲がって、高根島の島陰に消えていく。

　子どもたちは自分のハイクを一つ書き入れた紙を手にしている。付き添いや審査員たちも名前やハイクなどを紙に書き入れた。みんな砂浜に屈んで、蝋燭を灯した灯篭に紙を入れ、藁舟を潮に浮かべた。港や町の明かりは消され、両岸から次々と灯篭が離れ、やがて、ひと群れの灯となって、暗い海の彼方へ遠ざかっていく。

　幻想的で実に美しい。無数の灯篭が海を流れていく様子は、いかにも故人の魂を慰めるとともに、残された遺族の心をも慰めてくれるかのようだ。しかし、我々は「今」を生きている。その生を無駄にしないことを誓いながら、灯篭を流しているのだ。

　再びバスで生口島に戻り、瀬戸田港の盆踊り会場に下りた。沖合で盆提灯や造花などで飾られた2隻の精霊船（しょうろうぶね）が燃やされ、島中の明かりが戻り、盆踊りが始まった。水玉模様の鉢巻に、男の子は白地・幾何学模様の浴衣に紺帯を締め、女の子

は紺地・花模様の浴衣に赤帯を締めている。白地の浴衣を着た町の世話役が脇から踊りの指導をする。島の人たちも大会役員たちも、大人も子どもも、みんな加わって、踊りも心も一つになった。

2　覚え書き

　子どもハイクの募集要項の中で、どんな言語でも、ハイクは次のルールに従って作るように定めている。
——ハイクは3行で、全部で17音節を越えないように、第2行は第1行や第3行より長くなるように作りなさい。——
　大人のハイクに関しては、3行、5・7・5シラブルにこだるのは、むしろ少数派であり、ハイク形式よりもハイク精神を優先する傾向がある。しかし、子どものハイクに関しては、どの国のどの言語においても、3行、5・7・5シラブルのハイク形式を遵守すべきだと思っている。なぜ、遵守すべきか？　その結果、多くの優れた作品が作られているからだ。

（1）学校教育のカリキュラム、定型詩

　大人のハイクと異なり、子どものハイクは学校を通して募集する。したがって、絶対要件として、まず、教える先生の立場、教わる生徒の立場に立って、彼らの理解・支持を得なければならない。
　どの国でも、詩や文学を含む言語教育は、国語の時間に行なわれる。どの国・民族にも多かれ少なかれ、伝統的な固有の詩がある。多くの国で、古典的な名詩が初等科の教科書に載っており、教室で朗読される。しかし、詩の創作は子どもにとっても教師にとっても難しい。
　ところが、1960年代に米国の小学校でhaikuの創作が試みられ、1970年代にはカナダ、オーストラリア、英国などの英語圏に拡がり始めた。これは何といっても、ハイクが教えやすく、作りやすい定型詩だからである。
　俳句（日本）でも、ハイク（海外）でも、子どもたちは5本指を折って、母音の数を数える。日本では「とまった」の「っ」や「ボール」の「ー」は母音1つと数える。先生は対象をよく見て、思ったこと、驚き、発見、想像、願望、共感などを、17音節で書きなさい。可愛い、悲しい、きれいなどの形容詞は入れないで、相手の想像に任せなさいと指導する。

　　　　あかとんぼ / とまったとこが / あかくなる　　　　山したまみ子、小1

　　　　ボール一つ / サッカーゴールに / 残る秋　　　　山口幸典、小6

飛んでいるときは単なる「とんぼ」「虫」だが、止るとそこが赤くなる。「赤とんぼ」の本質を発見した。「一つ」というだけで、季節感、情景など、書き手の心情が伝わってくる。

  The pond is frozen / Under a blanket of snow / Just like me in bed
  池は凍っている / 雪の覆いの下で / ベッドの中の私みたいに
          カティ・ゼーマン、小4、カナダ

  The friendly snowman / Enjoying the sun's heat / Feeling the mistake
  人のいい雪ダルマは / 気分よく日向ぼっこしている / しまったと思いながら
          スザンヌ・ヒュン、小6、カナダ

雪に覆われて凍っている池、ベッドの中の私みたいに。人なつこい雪だるまが日光浴を楽しんでいる、何かおかしいと感じながら。どちらも5・7・5のシラブルで、3行目に書き手の心情が小気味よく表現されている。

大人の世界では今日、ハイクは世界各国で作られている。日本には、俳句（日本語）とハイク（外国語）は別物だという意見がある。外国には、ハイク精神を重視し、ハイク形式は2・3・2音節でも1行でも、自由に作ればいいという意見もある。
しかし、初等教育の現場では、英語圏に限らず、どの言語においても、5・7・5音節、3行の定型詩形を遵守する方が教えやすいし、作りやすいし、結果として、子どもらしい詩（ハイク）が生まれるようである。
子どもたちは制約を与えられ、その中で何とか思いを表現しようとする。その結果、子どもらしい詩（ハイク）が生まれる。「芸術は解き放す前に、いったん牢獄に閉じ込めなければならない」（レオナルド・ダ・ヴィンチ）、「規則があるからこそ、自由になれる」（ゲーテ）のである。

（2）韻律、朗読
どの国、どの言語でも、ハイク（定型詩）は同じ5・7・5音節、3行という共通ルールで作られるが、言語の特性の違いにより、その響きも情報量も異なってくる。
すべての言葉は音声を伴うが、音声には日本語や古代ギリシャ語などのように

音の高低を特徴とするもの、ラテン語などのように音の長短を重要とするもの、また英語やドイツ語のように音の強弱を特色とするものがある。リズムとは音の強弱、高低および長短の交錯の繰り返しをいう。一定のリズムが規則正しくめぐってくる文が韻文（verse）であり、そうでない文は散文（prose）である。韻文のリズムあるいは規則を韻律という。

　　　春のうららの / 隅田川、のぼりくだりの / 船人が

このように、日本語の伝統的韻律では、5音節、7音節を基本とする7・5調、5・7調などがよく使われる。フランス語の韻文でも、同じように5音節、6音節などが一定数繰り返される。これに対し、古代ギリシャ語やラテン語では音節の長短、英語やドイツ語では音節の強弱、中国語（漢詩）では声調（平仄）が重視される。イタリア語やスペイン語では、フランス語と同様の音節数に加え、アクセントのパターンが重視される。

Tyger！Tyger！burning bright	虎よ！虎よ！夜の森かげで
In the forests of the night,	赫々と燃えている虎よ！
What immortal hand or eye	いかなる神の手か眼が、
Could frame thy fearful symmetry？	均整ある汝の恐るべき五体をつくり得しや

このウィリアム・ブレイクの有名な『虎』は英国の初等教育で必ず朗読され、子どもたちは大好きだ。第1～3行の Ty/ger/Ty/ger/burn/ing/bright、In/the/for/ests/of/the/night、What/im/mor/tal/hand/or/eye は強弱4詩脚で、行末には弱音節がなく、押韻している。第4行の Could/frame/thy/fear/ful/sym/me/try は弱強4詩脚である。

Cowering, shaking	縮みながら、揺すりながら
the caterpillars are coming	芋虫どもがやってくる
we leaves can't run	ぼくらは葉っぱだ、逃げられない
	ジェレミー・D・ベイン、小5、カナダ

Cow/er/ing,/ sha/king は強弱弱、強弱、the/ ca/ter/pil/lars/ are /com/ing は

192

弱強弱弱、弱強弱で、各行末は押韻している。we/ leaves /can't/ run は一転して弱強、弱強である。第１行、第２行と、強弱強弱の速いテンポで、畳みかけるように大きな恐怖が迫ってくる。第３行では、弱強弱強のゆっくりしたテンポに変わり、切ないため息で終わる。

  春眠不覚暁　chun mian bu jue xiao　　春眠　暁を覚えず
  処々聞啼鳥　chu chu wen ti niao　　　処処　啼鳥を聞く
  夜来風雨声　ye lai fen yu sheng　　　夜来　風雨の声
  花落知多少　hua luo zhi duo shao　　花　落つること知んぬ多少ぞ

この孟浩然の『春眠』はどの高校漢文教科書にも載っている。作者はまだ寝ているのだろうか。「起」から「承」へ、その思いは鳥の鳴く声に誘われて、外の情景へと移っていく。そういえばと、昨夜来の風雨に「転」じ、余韻を感じさせながら「結」ぶ。起・承・結の各句末は押韻している。

  小々蒲公英　　xiao xiao pu gong ying　　　小さな小さなタンポポに
  対他軽々吹口気　dui ta qing qing chui kou qi　フーッと息を吹きかけたら
  飛出小傘兵　　fei chu xiao san bing　　　　小さな落下傘兵が飛び出した
      韓濤（ハン・タオ）、小４、中国

　５・７・５の音数律で、英（ying）、気（qi）、兵（bing）と押韻している。漢詩の（五言・七言）絶句は、起承転結の４行詩だが、漢俳では第１行が「起」、第２行が「承」、第３行が「転」「結」を兼ねるので、"臥龍点睛"の決定的役割を果たす。第３行が日常生活における「発見」であり、蒲公英の白い絮と小さな落下傘兵の連想・取り合わせがいい。
　子どもたちはハイクの制約（５・７・５音節、３行）の中で、言葉を選び、リズムを整える。芭蕉は「舌頭に転がせ」と言ったが、言葉を変えては口ずさみ、滑らかさ、響き、リズム、イメージなどを確かめる。こうして、幼少より親しんできた童謡や学校で覚えた古典詩のリズムに、自身の体験が重ねられ、子どもらしい詩＝ハイクが生まれる。
　1989 年、ロシア地区の表彰式、特選５人の子どもたちが自作を朗読した。モスクワ支店長は、内容はわからなかったが、素晴らしいと思った。1990 年、生口島と花博で世界から集まった子どもたちが自作を朗読した。ドイツ代表の審査

員は講評で「昨日今日と、同じハイクを聴き、同じ感動を覚えた。ほとんどのハイクが実際に素晴らしいのだ、そうでなければ、こんなことは起こりえないのだと、私は思う」と述べた。

　ハイクはそれぞれの言語で作られる韻文、詩である。詩だからこそ、言語の障壁を超えて、聴く者の心情を揺さぶることができるのだ。

（3）ハイクの翻訳

　詩（ハイク）という言語文化は、映像や音楽、スポーツと異なって、言語の障壁を超えることができない。異なる言語文化をお互いに理解・鑑賞するためには、どうしても共通言語が必要になる。

　今日、英語は人類の共通語になりつつある。例えば、日本人がフランス語、ドイツ語、ロシア語、アラビア語などで書かれたハイクを鑑賞する場合、これらの言語は理解できないから、英語に翻訳されたハイクで原句を鑑賞するしかない。この原句から英語に翻訳されたハイク（英訳ハイク）は、まず原句に忠実な直訳でなければならない。すなわち、原句の内容を正確に過不足なく翻訳した直訳でなければならない。しかし、それだけでは不十分である。この英訳ハイクは英詩特有の強弱、リズムを備えた韻文でなければならない。従って、翻訳者には英詩人の素質が要求される。

　ここで、英語ハイクと英訳ハイクの違いを断っておきたい。英語を母語とする子どもたちの作る英語ハイクは英語特有の強弱、リズムがあると同時に、5・7・5、3行の17シラブルで構成される。一方、日本の俳句を翻訳した英訳ハイクは英詩特有の強弱、リズムを持ち、3行で構成されるが、17シラブルより少ない場合が多い。日本語の俳句は英語ハイクより情報量が少ないからである。従って、5・7・5の音節で、日本の俳句を翻訳しようとすると、原句にない内容を付加することになる。すると、原句の良さが損なわれ、別の英語ハイクになってしまう。

　ジャック・スタムは俳句と英語ハイクの両方を作れるビート派の詩人、コピー・ライターだった。たとえば、次の英訳ハイクは中曽根首相がアフガンの難民キャンプを訪れたときに作った俳句の英訳である。4・6・5シラブルで、far away、drifting の説明が付加されているが、原詩（俳句）の良さが生かされている。

　　望郷の掘り深き眼や夏の雲
　　His deep set eyes / look homeward far away / summer clouds drifting…

第３部　詩としての子どもハイク

　子どもの俳句は、いかにもその年齢の子どもが作った子どもらしいハイクに翻訳しなければならない。翻訳者自身が子どもになって作らなければならない。ジャック・スタムは子どもになれる詩人であった。

　　たけのこよぼくもギプスがとれるんだ　　　畑上洋平、小２
　　Hey, bamboo shoots / they're going to take / my cast off too!

　　ひまわりやまっきっきいのフライパン　　　三角綾子、小２
　　Sunflowers! / yellow, yellow, yellow / fryingpans

　第１句は４・６・４シラブル、第２句は３・６・３シラブルである。どちらも、いかにも子どもらしい英訳ハイクで、第２句の第２行にはうならされる。
　日本語のわからない外国の教師や子どもたちは、このジャック・スタムの英訳に魅せられて、日本の５・７・５音で構成されている原句（俳句）を想像し、自分たちもこれにならって母国語で、５・７・５音節のハイクを作ってみたいと思うのである。
　ただし、各国の初等・中等教育の国語のカリキュラムで、ハイクの鑑賞や創作を取り上げる場合、教材としてのハイクは５・７・５音節、３行の形式が望ましい。米国の教科書をみると、ハリー・ベーンが英訳した日本の俳句が載っているが、いずれも５・７・５シラブル、３行で英訳されている。原句（俳句）の良さが損なわれても、教材としては紛らわしくないからであろう。

　　古池や蛙飛び込む水の音
　　An old quiet pond… / A frog jumps into the pond, / Splash! Silence again.

（４）創作の適齢期

　世界における子どもハイクの先進地域は英語圏である。1960年代後半に米国の小学校の教育課程に取り入れられ、カナダ、英国、オーストラリアへと次第に拡大していった。すでに第１部で、米国における経緯と実情について述べたので、ここでは、英詩の本家、英国の学校教育における英詩の扱い、ハイクの扱いを紹介し、子どもハイクの創作適齢期について考えてみたい。
　英国の初等・中等教育は６＋５＝11年制の義務教育で、初等（小学校）は５歳（小１）〜11歳（小７）、中等（中学校）は12歳（中１）〜16歳（中５）である。

初等教育のカリキュラムでは、7歳（小3）、9歳（小5）、11歳（小7）のクラスの9/10で、英詩が語学学習の刺激として読まれることになっているが、実際には11歳（小7）のクラスでは2/5しか読まれていない。中等教育のカリキュラムでは、文学自体が英語科目中の選択科目なので、大半の学校では、文学の中の英詩は不定期に読まれるだけである。しかし、英詩はあらゆるヨーロッパ文学の中で、英文学の精髄であり、1200年間の詩には子どもたちの近づけるものがたくさんある。

　リンダ・ホールによれば、詩を読むことが生み出す楽しさと喜びは、読みたいから読むという自己達成への第1歩になる。毎週の英語または言語の割り当てのなかに詩を規則的に読むセッションを固定するとよい。年長には40分、7歳には30分、幼少には20分で十分である。1度目は教師が朗読する。2度目は生徒たちが各自黙読する。3度目は教師または希望者が朗読する。生徒たちは教師の声を通して、詩人の言葉（詩人の魂、精神）を聴いている。

　原始時代には、詩は口承芸術であり、音楽に近かった。詩は朗読される（聴かれる）ものであり、眼で読まれたり、内耳で聞かれたりするものではない。小さい子どもがとくに詩に反応するのは、響きやリズムが楽しいからである。発育の初期段階にあり、言葉が強い音楽ビートやはっきりしたリズムに結びついているとき、その言葉は魔法の力を持つのである。

　幼稚園を卒業したばかりの幼年には、童謡が依然として喜びの源泉である。お伽話や民話とともに、童謡は子どもたちの想像的な世界を養い豊かにする。強いリズムや押韻のある韻文や詩はすべての若い子どもたちに対し抗しがたい魅力を持つ。

　英詩には超現実やお道化の要素がある。ルイス・キャロルやエドワード・リアの詩は9歳（小4）〜13歳（中2）全体に人気があり、特に11〜13歳にとって魅力的である。

　大脳研究で分かったことだが、大脳は4歳までがもっとも吸収・学習するが、小学校でも受容性・弾力性がある。しかし、中学校では、大脳はほぼ完成し、話し言葉に対する驚異的な弾力性を失う。知的能力は小学校卒業までに安定するが、精神的成長は小学校高学年〜中学校低学年にもっとも進む。詩のような豊かな言語的源に晒されるほど、言語取得や知的成長によい。これが故に、初等・中等の生徒たちにとって、詩を定期的に読むべきなのである。

　詩の創作と称して、定期的に"散文の切れ端"である自由詩を書かせたがる教師が多いが、子どもは何を書いたらいいか戸惑うばかりである。子どもに創作さ

せる詩の形式としては、無韻詩、ハイク、頭韻詩が考えられる。創作させる場合には、どんな形式か予めよく説明し、1学期に1回ぐらいの不定期に止めるべきであると、リンダ・ホールはいう。

なるほど、英国の初等中等教育の教科書や教師用指導ガイドを見ると、英詩の創作はなく、9（小4）〜13歳（中2）の補完プログラムとして、ハイクを紹介し、「君も作ってみよう」と教師や生徒に呼びかけている。

日本の初等・中等教育の国語教科書をみると、散文や自由詩の創作はあっても、俳句や短歌の創作はほとんどない。民間の試みとしては、日本の全国学生俳句大会（昭和45年〜、毎年開催）があり、幼稚園〜大学生までの青少年が応募している。大会趣旨に賛同した小中高の学校やクラスの教師たちが生徒たちに創作させ、作品を事務局に送ってくるのである。

そこで、この昭和59年度（1985、第15回）の応募数6万3000の内訳をみると、小学生が48％、中学生が42％を占める。学年別にみると、2％（小1）、3％（小2）、5％（小3）、7％（小4）、12％（小5）、20％（小6）、12％（中1）、13％（中2）、16％（中3）と、小学校高学年〜中学校の応募が多い。この傾向は毎年変わっていない。

どうやら、英国でも日本でも、子どもたちがハイクを創作する適齢期は9〜14歳ぐらいらしい。初等教育の後期から中等教育の前期の子どもたちである。日本の子どもたちの俳句を年齢順に並べていくと、低学年の俳句はあどけないが、中2・中3になると大人っぽく、異性を意識するようになる。

小1〜小2は「空想時代」「童話期」、自分がすぐ虫になったり、雲になったりして「アニミズム」の代表のような時代を過ごす。自然や環境が生きていて自分と話すことができると感じている。次第に、物に即して観察力が増し、動きに応じて対応できるようになる。

小3〜小4では、次第に現実的になり、空想からの脱皮が見え始める。思考の深さが論理的になり、原因・結果の因果関係に興味を示す。

小5〜小6では、性的な成熟が始まり、体だけでなく、心や考え方、感じ方にも表れ、とりわけ、異性に対する感情が新しい進展を見せる。思考力は大人と同様の能力に近づき、抽象化、概念化ができるようになり、言葉も表現力も豊かになる。

中1〜中3では、第2次性徴が発現し、男らしさ、女らしさの身体的条件が整う。親と心理的な距離をとり、秘密を持つようになる。同性の友人と交友関係を持ち、自己愛を築いていく。自分にはないものを周囲から取り入れ、理想を実現

しようとする。

　　　あかとんぼとまったとこがあかくなる　　　　山下まみ子、小1

　　　あげはちょう口をのばしてでん話かけ　　　　小林晋平、小2

　　　とびこむと魚の気持ち夏の海　　　　　　　　山下美喜、小3

　　　秋の風本のページがかわってる　　　　　　　宮崎敦江、小4

　　　風だいてコスモス天に行きたがる　　　　　　宮沢明子、小5

　　　わたり鳥いまもどこかで戦争が　　　　　　　佐藤義明、小6

　　　さそり座の心臓ねらう揚花火　　　　　　　　飯田了子、中2

　　　すきな人母にも秘密水中花　　　　　　　　　中村香織、中2

　　　沈丁花ガラスの割れる音遠い　　　　　　　　上野明紀、中3

（5）絵、イラスト

　世界子どもハイク・コンテストでは、本来の詩の募集としては邪道であるが、応募作品に絵またはイラストを添えるように勧めている。

　——ハイクには、ハイクを説明するイラストレーションを添えることを勧めます。ハイクの選考はハイク自体ですが、イラストレーションは視覚的興味やハイク展示の魅力を高めるとともに、子どもたちを映像的ハイクに巻き込み、ハイク作りの喜びを高めるからです。——

　この募集方式は1986年のカナダ子どもハイク・コンテストでの体験に基づく。募集時には一言もそんな要請をしなかったのに、郵便袋を開けると、ほとんどの作品に絵やイラストが付いていたのである。

　たとえば、朝窓を開けたら、清々しい青空が拡がっていたというハイクがある。窓が描いてあり、観音開きの鎧窓が付いている。子どもは何とかして、そのときの感動を伝えようとして、ハイクに開き戸を貼り付けたのだろう。

第3部　詩としての子どもハイク

　また、茶色の背景に大きなだいだい色の吹き出しがあり、ハイクというタイトルで3行のハイクが書いてある。その下に小さな雲が3つ浮かび、大きな疑問符が描いてある。

　I have no ideas / of haiku this afternoon / maybe tomorrow
　わたし / 今日の午後ハイクできないわ / たぶん明日ね
　　　　　　　　　　　　　　　J・マリノフスキー、小6

　あるとき、イタリアで、小学校の先生が生徒の書いたイラスト付きのハイクを見せてくれた。真中に大きなハートがあり、子どものそで口から波線がハートへ延びている。「このハートはなあに？」と訊くと「お母さんだよ」という、「じゃあ、この波線は？」と尋ねると「愛だよ」と言われたそうだ。また、別の男の子は頭

　　　　　　　　Dalla mia manica
　　　　　　　　un felice affetto corre
　　　　　　　　verso mia madre

をひねっている先生を見て、「どうして分からないかなあ、芭蕉が言っているじゃないか、竹を書こうと思ったら、竹になれって」。

　イラスト付きの作品を見て、先生や審査員は子どもの思いを知り、一生懸命に表現しようとする内容に微笑む。「長い人生、これまで私はあらゆる場面で選句、投稿作品を選ぶ仕事をやってきていたが、世界中の子どもたちのハイクと絵を見ていると、作業に飽きるということが全くない。眠たくもならない。こっちが世界中の子どもたちの心と想い、考えに同化しちゃうんだなあ。あの仕事は愉しかった。お茶も食事もそっちのけで仕事したなあ」と金子兜太は語る。

　いろんな詩の中でも、ハイクは一番短いから、感動や思想を伝えるのは難しい。説得をあきらめて、感想や想像は読み手に任せるしかない。子どもたちは乏しい語彙を駆使して、何とか思いを言葉にしようとして、表現しきれないものを、絵やイラストにするのである。

　詩は古来、ホメロスの叙事詩や人麿の長歌のように、耳で聴き、味わうものであった。音楽は時間芸術、絵画は空間芸術、舞台は総合芸術といわれる。吟遊詩人は琴を弾きながら英雄詩を歌い、琵琶法師は琵琶を弾きながら、平家物語を語った。

　洋の東西を問わず、詩は本来、音楽に近い時間芸術であるが、ハイクは絵画に近い空間芸術である。ハイクはコトの詩でなくモノの詩であり、一枚の絵となるような簡潔な描写によって、全般的なムードまたは情緒をつくり出す。

　　　　枯れ枝に烏のとまりけり秋の暮　　　　　　　芭蕉

　　　　ボール一つサッカーゴールに残る秋　　　　　山口幸典、小6

「秋の暮」、［秋］は一般的な状況であり、「枯れ枝に烏のとまりけり」、「ボール一つサッカーゴールに残る」は明瞭な事実の陳述である。この2つを対照させることによって、ハイクは深みを持つことになり、思考や想像の出発点になり得るのである。

　だから米英の小学校の教科書のハイクには大抵、絵やイラストが付いている。

　しかし、俳画では俳句と絵画とのバランスが大事で、付き過ぎの絵は説明的、蛇足として、排される。従って、ハイクを展示したり、出版したりする時には、芸術的専門的視点から、絵をどうあしらうか、デフォルメさせるかなどの修正・工夫が欠かせない。

（6）地球歳時記の編纂

　地球歳時記の編纂は募集 — 創作 — 応募 — 選考 — 表彰 — 作品集（出版）— 募集 — 選考……のサイクルを描く。サイクルの中心は教室、国語の時間に、先生のガイダンスを承けて、生徒がハイクを創作する。地球歳時記（作品集）の出版は、何よりも教室の生徒や先生を満足させ、次の創作へと動機づけるものでなければならない。

　地球歳時記の編纂サイクルを動かすためには、編纂事務局は "Haipedia"（仮称、データベース）を構築しなければならない。このデータベースに基づき、応募ガイドが作られ、ハイク授業が行なわれ、選考・審査・表彰が行なわれ、『地球歳時記』（入選作品集）が出版される。

　フランスや中国のように、不定期や任意であっても、教室（学校、クラス）でハイクを教えられない国・地域もある。こういう国・地域では別の募集方式を取ることになるが、ここでは教室を最小単位として、編纂サイクルを回すことを想定して、"Haipedia" の基本機能を考えてみることにする。

①編纂事務局
日航財団が編纂事務局となって、"Haipedia" を構築・運営する。各国・各地の編纂支局（JAL 支店、提携先、協力先）が当該地域の編纂機能を分担する。

②各国・地域での募集・選考・表彰
日航財団は応募要領、創作指導ガイドを作成し、各編纂支局に配布する。各編纂支局は募集チャンネル、選考委員会を組織し、学校や教室などに応募を呼び掛ける。選考委員会は応募作品から入賞作品、特賞作品を選び、総評、ならびに特賞作品の選考理由を記述する。各編纂支局は当該国・地域における入賞発表・表彰を行なうとともに、入賞・特賞作品、並びに選考委員たちのコメントを、英訳を付して、日航財団に送る。

③地球歳時記の出版
日航財団は全入賞（特賞を含む）作品を言語別、国・地域別に整理し、まず、言語毎に原句と英訳との突合せを行い、正確な英訳（直訳）に改める。次に、英詩人（もしくは準ずるネイティブ）に予選を委嘱して、この全入賞作品（英訳）から本選対象作品を選び、英詩（3行無韻詩）鑑賞に堪えるようにリライトしてもらう。日航財団は予選担当委員を含む本選委員会を組織して、予選通過作品(英訳)を評定し、特選作品（英訳）を選び、各委員に総評、選考理由を記述してもらう。日航財団は全入賞作品を特選と入選に分け、特選作品は英訳・和訳・原語併記で、

予選作品は原語のみで、地球歳時記に掲載する。

　ここで、私自身の経験に基づき、"Haipedia" がなぜ必要か、その理由を一つ、述べておきたい。編纂事務局としては、過去の入賞作品のデータベースを構築し、各編纂支局における審査・選考にあたって、応募作品が類似句や盗作句に該当しないかをチェックできるようにしておかなければならない。1986年のカナダ子どもハイク・コンテストのときは、編纂事務局が JAL 広報部、編纂支局が JAL バンクーバー支店だった。類似句や盗作句を選考したり、表彰したりすると大変なことになることを痛感した。第2部でその初体験・対応を述べたが（前述 P114～5）、世界子どもハイク・コンテストとなると、各編纂支局の直面する困難はバンクーバー支店の比ではない。もっとも、1990年の第1回世界子どもハイク・コンテストのときは、英語圏以外の各国・各地では、ほとんど学校教育でハイクが取り上げられていなかったので、類似句・盗作句のチェックはまだそれほど話題にならなかった。　一方、日本国内に関しては日本学生俳句協会が過去20年分の入賞作品をすべて掌握し、類似句・盗作句はもとより、大人の手の入った句をもはねていたので（前述 P99～100）、安心して選考・表彰できた。
　しかし、現在は、この課題にどう対応しているのだろうか？
　私の退職後、かつての JAL は倒産して、新しい JAL として再生され、日航財団は JAL 財団に変わったが、幸い世界子どもハイク・コンテストは継続され、2018年11月には『地球歳時記第15集』が発行された。巻末の財団常務理事挨拶を読むと、国際俳句交流協会、国際交流基金、日本ユニセフ協会、各国大使館、外務省・在外公館、文化庁、ブロンズ新社、日本航空の協力を得て、44の国と地域から25万句のハイクを募集している。
　『地球歳時記第1集を出した30年前と、第15集を出した現在とでは、編纂を取り巻く環境は大きく変わっている。

① JAL は本業に徹し、財団の自立性が高まった。財団は JAL から航空券・現金・人手の支援をほとんど得られなくなった。しかし、各国大使館、外務省・在外公館の協力・支援を得て、編纂支局は JAL の路線や支店のない国・地域に拡大し、新たな協力先、提携先にお願いしている。
②編纂事務局においても、国際俳句交流協会の協力を得て、審査や選考を行なっている。
③クラウド、タブレット、SNS、AI などデジタルネットワークの技術革新がまさ

に進行中で、この新技術・知恵を編纂サイクルにいかに取り入れるかが、重要になってきている。

30年前だったら、①②のような編纂態勢で、はたして類似句・盗作句をチェックできるのか、途方に暮れたところであるが、③の環境下では、これを可能にする"Haipedia"の構築・運用がずっと容易になり、手の届くものになってきたのではなかろうか。

（7）"Haipedia"に託する夢

"Haipedia"は放送局のデジタル・アーカイブのようなものである。財団の保有するハイクはほとんど文字であるから、まず文字情報のデータベースを作る。すなわち、1986年のカナダ子どもハイク・コンテストから最新の第15回世界子どもハイク・コンテストまで、すべての入賞作品、選考した審査員のコメント、学者・評論家・文学者などの評論を入力する。次に、各国の初等科・中等科の教科書や副読本から、ハイクに関するページを入力する。これらの文字情報は原語、英訳、和訳で表記される。

この文字ハイクのデータベースを基にして、各編纂支局、編纂事務局の審査・選考をバックアップする"Haipedia"を作る。次に、財団で保有するハイクの絵やイラストなどの画像情報を加える。最後に、ハイクの朗読（原語、英訳）を収録し、音声情報を加える。

"Haipedia"は各支局、編纂事務局における個々の審査・選考に役立つだけではない。ほとんどの編纂作業（募集─応募─選考─発表）がデジタルネットワーク上で処理できるようになるので、選考委員に特定日時に特定場所に集ってもらう必要はない。郵便のやりとりはネット上のやり取りに置き換えられる。

"Haipedia"には2年ごとに新しいハイクが追加され、収録されるハイクの国・地域、言語が拡がっていく。また、絶えず英訳、その他の言語訳が改訂・増補されて、鑑賞の世界が拡がっていく。2年ごとに、新しいハイクを収録した地球歳時記（本）が出版され、入賞した子どもたちや学校に配られるが、地球歳時記の本当の価値はすべてのハイクを収録した"Haipedia"にある。

編纂支局は、当該国・地域のニーズに応じて、"Haipedia"のハイクに現地語訳や音声や画像を追加し、より身近で便利な指導ガイドを作るかもしれない。現地のイベントに合せて、現地限定の地球歳時記を作ることもできる。先生方は、教室でのニーズに合わせて、プリントや視聴覚教材をつくり、生徒たちの作品も入

れて、自分たちの歳時記を作ることができる。

　JAL財団はこの"Haipedia"をベースに、ホームページや地球歳時記を文字、音声（朗読）、画像（絵やイラスト）付きのマルチメディアに進化させる。

　人々は進化したホームページや地球歳時記により、子どもたちのハイクを鑑賞する。また、進化したホームページを通じて、お互いに感想や疑問を述べたり、体験やアイデアを交換したりすることもできる。

　JAL財団の使命はこの"Haipedia"を常に改訂・増補しながら、「子どもたちの地球歳時記」を進化させていくことにある。

　例えば、1990年、大阪・花と緑博記念コンテストの応募作品：

　　　　Mvua yanyesha　　　　　　　雨が降っている
　　　　sukuma tele sokoni　　　　　　市場にいっぱいスクマが出て
　　　　kila mmoja ana furah　　　　　みんな幸せ
　　　　　　　　　　　　ダマリス・ワンジル、小4、1990、ナイロビ（ケニア）

　中央にスワヒリ語のハイク3行、学校、名前。右上の四角い囲いのなかに、葉っぱが3枚。

　Googleで検索すると、スワヒリ語はケニアの公用語、ジャンボ（挨拶の言葉）、サファリ（旅行の意味）は日本でもなじみ深い。スクマ・ウィキ（1週間何とか乗り切る）は野菜の名前、ケニアにはトマト、キャベツ、ジャガイモなどもあるが高い。スクマは市場でホウレンソウみたいに大束に括られ、10円くらいで買える。とてもおいしい炒め料理になり、誰でもこれさえあれば1週間生き延びられる。ナイロビは1年中温暖だが、7〜10月は曇りがちで、平均17〜18℃の肌寒い雨季に入る。スクマは7月、最初の霜が降りるころから美味しくなる。

　あるいは、1988年、クィーンズランド・レジャー博記念コンテストの応募作品：

　　　　Hatching from their shells　　　　殻から孵り
　　　　Babies break from the night sand　赤ちゃんたちが夜の砂浜から
　　　　Racing for the sea　　　　　　　海を目指して競走する
　　　　　　　　　　　ロイコ・ステファン、小7、1988、オーストラリア（ステファン島）

第3部　詩としての子どもハイク

　大きな葉っぱが4枚突き出した丘状の島、幅広い砂浜の丘の縁の粒々から子亀が現れ、次々砂地を走り、海中へ泳ぎ出していく。島の上に、三日月があり、島や子亀や海は薄紫、砂地と海の一部が、月の薄明かりで黄みを帯びている。浜辺の左側には∧点の連続が海から砂地、砂地から麓、麓から海へ続いている。海から這い上がり、麓で卵を産む母亀、海中に入る母亀が描いてある。
　Googleで検索すると、ステファン島はオーストラリア・クィーンズランド州のケアンズ東沖6kmにある12万㎡の小島、大珊瑚礁の北端にあり、熱帯雨林に覆われ、海鳥の保護海域になっている。人口は60人、メラネシア系とポリネシア系。

　地球歳時記にはいろんな国、いろんな地域の子ども心＝ハイクが溢れている。子どもたちのハイクは、大人たちへの贈り物だ。

3　詩人と子ども

（1）芭蕉、俳諧は三尺の童にさせよ

　芭蕉は晩年、弟子たちに「軽み」を説き、俳諧は「子どもの遊ぶごとくせよ」とか「三尺の童にさせよ」と言っていたという。

　服部土芳の『三冊子』によれば、芭蕉の「俳諧は三尺の童にさせよ、初心の句こそ頼もしけれ」と述べ、俳諧の達人たちが思うまま感じたままを真直ぐに言えるようになるにはどうしたらいいかを論じている。俳句が巧く作れるようになると、小手先の器用でまとめたり、大して感激もないのに技巧だけで作ったり、一つのカテゴリーにはめて作ったりして、巧者の病弊に陥るようになる。この境地を抜け出すには、「小児の精神に還り、純真な心になること」（能勢朝次）、「子どものように自然に、自由に、自意識を持たずに行なうこと」（R・H・ブライス）である。

　また、『三冊子』の同じ文脈で、芭蕉は「竹の事は竹に学べ」「気先きに乗せてすべし」と述べているが、鈴木大拙は『禅と日本文化』で、これを一如に論じ、次のように解説する。自分が竹になること、竹を描くとき竹と同一化したことさえ忘れること、これは竹の禅ではなかろうか。これは画家自身のなかにもあれば竹のなかにもあるところの、「精神の律動的な動き」とともに動くことである。芸術は絵であれ、音楽であれ、詩であれ、生の意義を味わうことから発する。生および事物の究極の真理は一般に概念的でなく直覚的に把握されるべきだという観念こそは、禅宗が日本人の芸術鑑賞の涵養（かんよう）に寄与してきたところのものである。

　さらに、野坂門樗路の『鉢袋』によれば、芭蕉は「俳諧を子どもの遊ぶごとくせよ」と教えたが、その心は荘子のごとくせよということである。「俳諧をするなら荘子をよくよく見て、荘子のごとくあるべし」と言ったのだという。

　ところで、「三尺童子」は中国古代から使われてきた言葉で、『宋史・胡銓傳』（南宋の政治家・文人、AD1102〜80）にも用例がある。日本では『源氏物語』などで「童」が使われ、10歳前後の子どもを指す。三尺は90.9cmだが、昔の日本人は現在よりずっと身長が低かった。

　芭蕉の用いた「三尺の童」とは、現在の6歳から12歳の小学生に相当すると思われる。

第3部　詩としての子どもハイク

　　たけのこよ　　　　Hey, bamboo shoots
　　ぼくもギブスが　　they're going to take
　　とれるんだ　　　　my cast off too!

畑上洋平、7歳、小2

　筍の皮が次ぎ次ぎに剥がれて落ちてゆく様子と、少年自身のギブスが、回復にともなってとれてゆく様子が、ごく自然に重なって（重奏感があって）、スケールの大きい俳句だと感銘した。少年にとっては、自分も筍も同体だったのだろう。どっちも同じ生きものとして感覚していたのだ。

　私はこの少年の感覚を「生きもの感覚」と言っている。「アニミズム」という呼び方で包んでしまってよいわけだが、表現行為に直結させてそう言う。子どもだけでなく―子どもにとっては極く自然なのだが―大人の場合はどうかと思って、まず松尾芭蕉に問いかけてみた。芭蕉は俳句を詩として確立した人である。

　芭蕉は承知していたが、実行できなかった。文芸論として語られたが、芭蕉自身は「子ども」にはなれなかったからである。だから死ぬまで悔しがっていた。（論評：金子兜太）

（2）マコーレ、偉大な詩人にならんと欲する者は、先ず小さな子どもになれ

　マコーレによれば、人間の想像力は文明化するにつれ、大人になるにつれ、衰えてくる。今日の文明社会では、子どもが一番想像力に富んでいる。小さな女の子は狼が話せないことも英国にいないことも知っているが、『赤頭巾』の物語を聞くとすすり泣き、狼の歯が喉に触れるのを感じて、暗い部屋に入ろうとしない。原始社会では、大人はアイデアに富む子どもだった。トマホークは死の歌を叫んでいる間、頭皮を剥ぐナイフを感じない。文明社会では、知識、科学、哲学、分類や分析、機知や雄弁、韻文に溢れているが、詩は少ない。詩とは想像の上に幻想を創り出すようなやり方で、言葉を用いる芸術である。魔術のランプが肉体の眼に幻を創り出すように、詩は心の眼に幻を創り出す。魔術のランプが暗い部屋でもっとも機能するように、詩は暗い時代にもっと機能した。

　文明化された文学の社会で、偉大な詩人になろうとする者は、まず小さな子どもにならなければならない。心を覆うさまざまの網をずたずたにし、文明人たらしめてきたもろもろの知識を忘却しなければならない。彼の才覚そのものが妨げになっているのだ。

そして、マコーレは文明化された社会での偉大な詩人として、ミルトンを挙げる。ミルトンは当時、ヨーロッパで最高水準の教養を身につけた文明人だった。ヨーロッパの共通語であったラテン語を自在に操ってクロムウェル外交を支え、ラテン語・ギリシャ語・ラビ文字で詩を書くことができた。ミルトンの目指した詩人は、ギリシャ悲劇の詩人たちではなく、叙事詩のホメロスであった。中世にはダンテがいたが、その手法とは異なり、ミルトンの手法は絵画的であった。
　『失楽園』の筆致は雄渾壮大を特色とし、描写法は具体性を主とすることが多い。神のように遍在と永遠とを属性とする者も、一定の所に一定の形をとっているように描かれている。たとえば、

> So eagerly the Fiend
> O'er bog or steep, through strait, rough, dense, or rare,
> With head, hands, wings, or feet pursues his way
> And swims, or sinks, or wades, or creeps, or flies.
> かくまで懸命に悪魔は
> 沼や崖を越え、狭隘なる、粗雑なる、濃密なる、または希薄な所を通って、
> 頭を突き、両手を用い、翼を張り、脚を踏んで、道を開き、
> 泳ぎつ、沈みつ、渉りつ、匍いつ、飛びつ行く。

　このように、いちいち目に見える物象と行動とを文字に表して、断えず視覚的印象を与えるのが、ミルトンの好む手法である。確かに、マコーレが説くように、読み手の想像に幻想を創り出すような書き方である。ミルトンは素描し、観る者に輪郭を埋めさせる。主音を弾じ、メロディーは聴き手に造らせるのだ。

> Cowering, shaking　　　縮みながら体をゆすりながら
> the caterpillars are coming 芋虫どもがやってくる
> we leaves can't run　　ぼくらは葉っぱだ逃げられない
> 　　　　　　　　　　　　　　ジェレミー・ベイン

　5・7・5に近く、韻への配慮もある。調子が張っていて歌うに適している上、葉っぱの恐怖をいう最終行のやるせなさの表現も、簡潔で充実している。子どもは踊るような調子でこわいことを歌ってのける名人だ。この年代では、観察と観念とが、まだ親密さを保っているからだろう。

これだけのことがこの作者に言えたのは、逆説的ながら、彼が「短くて一定のリズムのある言葉」で書くように要求されたからにほかならない。省略と強調の要請が、凝縮と飛躍を生み出しているのだ。(論評：大岡信)

(3) 想像力

　文学、とくに詩は事実の再現ではない。目前に現存する世界は現実性(actuality)をもっているにせよ、必ずしも実在性（reality）をもっているものではない。現実性は相対的真理であるにとどまるが、実在性は絶対的真理をつかんでいる。

　文学は万人が受け入れるもの、どこにでもあり得るもの、またいつでもあり得ることを目的として、永遠の相の下に描くべきものであるから、現実性よりも実在性を究極の目標とすべきなのである。ゆえに偉大な文学は、ある特殊な事柄を選んで永遠の普遍性を表す。小天地によって大天地を彷彿させる。言い換えれば、詩人は読者に親しみのある、もしくは親しみ得べきことをよすがとして、未知の大世界をも窺い知らせるため、具象性に富んだ表現を用いるのである。(斎藤勇、『英詩概論』)

　詩とは、真・美・力への情熱であるが、その概念は想像と空想によって具体化され、例証され、その言葉は多様な統一性の原則によって調律される。その手段は宇宙が内包するもの、その目的は歓喜と昂揚である。

　想像は悲劇または深刻な黙想に属し、空想は喜劇に属する。マクベス、リア王、失楽園、ダンテの詩は想像に満ちている。真夏の夜の夢は空想に満ちている。

　ミルトンによれば、詩は科学に比べると、単純で、感覚的で、情熱的である。単純とは、明瞭で自明だから。感覚的とは、優しく想像に溢れているから。情熱的とは、興奮し熱狂的だからである。(レイ・ハント、『想像と空想』)

　この地球には2つの異なる人種が住んでいる。1つは大人（adult）、もう1つは小人（child）と超小人（super-child）＝詩人（poet）である。(JD ウィルソン、『詩と子ども』)

　　　　　くさのとげ　　　　　Wind blowing
　　　　　かぜがいたいと　　　among meadow thorns
　　　　　いっている　　　　　 saying, "that hurts"
　　　　　　　　　　　　　　　　　　　戸田暁子、小4、10歳

この句は俳句のよいところをすべて兼ね備えている。5・7・5、季語、そして2行目の終わりで意表をつくところなど……。同時に小さな子どもが草を刈った野原を吹く風という単純で平凡な景色を見て、いかに自分の想像力を働かせたかがよく解る。
「くさのとげ」というところから、読み手はもう刈り入れも終わってしまった晩秋を想像する。冬がやって来るまでにはまだ間があるが、日増しに日は短くなり、風も強く冷たくなってくる。
　この句には驚きもある。強く吹く風を感じるだけでなく、その風が草のとげに吹きつけるピューピューという音まで私たち読み手に聞こえてくる。その風の吹く音に混じって風が「いたい、いたい」と言っているように子どもの耳に聞こえるのである。
　さらに、この「いたい、いたい、いたい」によって、読み手はこの子どもの個人的体験について知ることもできる。この子どもは刈られた草や稲の上を裸足で踏んだときの痛さを知っているのである。作者は風に対して哀れみを感じている。その痛みを避けることができず、それでもますます早く吹き抜けようとしている風に対してである。この句の重要な部分はすべて、1行目と2行目にある。(論評：ドリス・ゴッティング)

　　子どもたちは、詩人と同じ詩心を持っている。
　　子どもたちの詩心を起こし、育む世界共通の詩型、それがハイクではないか。

あとがき

　ハイクの創作は戦後、米国で始まり、1963年に最初のハイク雑誌 "American Haiku" が発行された。1963年、日本航空米州支社が全米ハイク・コンテストを行ない、ハイク・ブームを起こし、大衆化の流れを作った。その一つとして、小学校の先生たちが関心を持ち、やがて小学校の教育課程に取り入れるようになった。

　本書の第1部は米国におけるハイク創作の始まり、小学校でのハイク創作の取り入れ、日本航空の役割を中心に、記録と証言にもとづいてまとめた。なお、ハイクは米国から世界各国へ拡がり、今日では多くのハイジンがいろんな言語でハイクを作っているが、その大人ハイクの歴史と現状については、本書では触れていない。

　第2部は日本における子ども俳句の創作活動への協賛、カナダにおける子どもハイク・コンテスト、1990年の第1回世界子どもハイク・コンテストの実施など、日本航空の子どもを対象とする「地球歳時記」の編纂事業への展開を、具体的客観的にまとめた。そのなかで、多くの識者、詩人、教育者、評論家の子どもハイクに関する評論を収録した。

　私は1983年夏、広報部に来て、JALとハイクの前史を知り、子どもハイクの魅力に取りつかれて、地球歳時記の編纂を思い立った。1986年のカナダ交通博、1988年のオーストラリアレジャー博、1990年の大阪花博と、国際博覧会への出展イベントと結びつけて、子どもハイクの世界を拡げてきた。振り返ってみると、これはJALの広報部にいたからできた、JALのネットワークが機能したから実現したプロジェクトだと、つくづく思うのである。

　そこで、第3部では、ハイクと子ども俳句に触発されて、子どもハイクの地球歳時記に取り組んできた当事者として、脳裏をよぎる情景、書き留めておきたいこと、子どもの詩性とハイクについて、主観を交えて、少し綴ってみた。

　最後に本書を書き終えて、私の感想を2つ述べておきたい。まず、子どものハイクの魅力や可能性について、広くあるいは深く考究した本はまだ少ないようである。

　大人の場合、一部のハイク愛好者が作るだけだが、子どもの場合には、誰でも作るし、大人には到底作れないような作品も生まれる。

各国各民族にはそれぞれ固有の詩型があるが、そのほとんどは子どもには作れない。ごく一部の天才的な詩人のみが、優れた詩を作ることができる。
　子どものハイクを大人の目線で指導したり評価したりしてはいけない。子どもの心、子どもの気持ちになって、子どもの表現したいこと、書きたいことを想像しながら、その言葉を子ども自身から引き出さなければならない。
　先生も子どもも、どんなハイク（詩）がどうして優れているのか、わからない場合が多い。金子兜太氏、ドリス・ゴッティング氏、大岡信氏のような優れた鑑賞者に選考や評論を委ねながら、子どもハイクの魅力や可能性について、さらに考究していく必要がある。
　"三尺の童"（子ども）といっても、子どもの発育とともにハイクの魅力や可能性は変わっていく。大脳研究や児童心理学と合わせながら、子どものハイクを研究する必要もある。
　子どもハイクへの取り組みは子どもの創作教育に資するためであるが、感性教育のためとか、平和のため、地球環境のためなどと称する向きがある。これは本来の目的からの逃げ、言い訳であると思う。

　もう1つは、子どもハイクとメディアとの関係である。1963年に全米ハイク・コンテストを行なったときはラジオ全盛時代で、ラジオ放送を通じてハイクの魅力や作り方を宣伝し、入賞を発表した。1986年にカナダBC州子どもハイク・コンテストを行なったときはテレビ全盛時代で、テレビ放送を通じて、教室にハイクの作り方をガイドし、入賞や表彰を行なった。
　2020年の第16回世界子どもハイク・コンテストはデジタル・ネットワークの興隆時代に入賞や発表が行なわれる。近い将来、ハイクの募集、入賞・表彰のみならず、審査・選考もデジタル・ネットワークを通じて行なわれるようになるだろう。

　本書を書き終えるにあたって、今までJALのハイク活動に共鳴し、参加、協力、援助、助言、指導など、さまざまな形で活動を共にしてくださった内外の多くの人々、諸組織に厚く御礼申し上げたい。私が直接お世話になった人々の一部は本書で言及したが、その他に、マスコミ、地域社会、学校関連など、内外各界各地でたくさんの人々のお世話になっている。
　私がご恩顧を受けた人々の中には、すでに故人となられた方々も多い。本書上梓にあたって、懇篤なるご指導、ご援助、ご協力に深謝するとともに、心からご

あとがき

冥福をお祈り申し上げたい。

　なお、本書の第1部、第2部は俳人、岡田史乃氏のご厚意を得て、その主宰誌『篠(すず)』に2004年11月から2015年4月まで49回にわたって連載した「地球歳時記」を書き改めたものである。また、本書の引用文、引用句の多くは、日本航空（及び日航財団）が主催・出版した成果物に拠っている。また、大岡信氏の論評や論文は本書の核心を形成するものなので、できるだけ原文通り、引用、抜粋するように努めた。篠の会発行所、日本航空（及びJAL財団）、明治大学図書館には、本書への転載、引用を快諾いただいた。ご厚意に対し、厚く感謝する次第である。

　また、本書の編集、発行に際しては、多摩大学の久恒啓一副学長、日本地域社会研究所の落合英秋社長、編集者の矢野恭子氏に多大なお世話になった。久恒氏は私のJAL広報部在任後半の右腕で、後任である。職場にあっては同氏、家庭にあっては妻の康子がいたから「地球歳時記」を推進できたと思っている。改めて深く感謝したい。

参考文献

はしがき

Japan Air Lines: "Haiku'64"
JAL財団ホームページ :http://www.jal-foundation.or.jp/

第1部

2 R.H.Blyth: "A History of Haiku vol.1-2"
R.H.Blyth: "Haiku vol.1-4"
J.W. Hackett: "The Zen Haiku and other Zen Poems"
J.W. Hackett: "Haiku Poetry"
鈴木大拙『禅と日本文化』（岩波新書）
能勢朝次『三冊子評釈』（三省堂）
ラフカディオ・ハーン『日本の抒情詩』

3 Amy Lowell: Pictures of the Floating World

Steve Turner: "Jack Kerouac"
スティーヴ・ターナー『ジャック・ケルアック』（室矢憲治訳、河出書房新社）
Ann Charter: "Kerouac -A Biography"
Jack Kerouac: "Book of Haikus"

4 諏訪優『アレン・ギンズバーグ』（弥生書房）

Barry Miles: "Allen Ginsberg"
Steve Turner: "Jack Kerouac"
スティーヴ・ターナー『ジャック・ケルアック』（室矢憲治訳、河出書房新社）
Ann Charter: "Kerouac -A Biography"
Barry Miles: "Allen Ginsberg"
Allen Ginsberg: "Joulnals3, Berkeley"
Jack Kerouac: "Book of Haikus"
佐藤和夫『海を越えた俳句』（丸善ライブラリー）
Alan Watts: "The Way of Zen"
Jack Kerouac: "The Dharma Bums"
Jack Kerouac: "Desolation Angels"

Cor van den Heuvel: "The Haiku Anthology"

5　Theodore Roszak: "The Making of a Counter Culture"
　　"Kerouac -A Biography" by
　　"Jack Kerouac -King of the beats" by Barry Miles

6　"The Haiku Anthology" by Cor van den Heuvel
　　Japan Air Lines: "Haiku'64"
　　Guardian, 1967
　　佐藤和夫『菜の花は移植できるか』（桜楓社）
　　佐藤和夫『俳句からハイクへ』（南雲堂）
　　日本航空『季刊おおぞら 1985 春季号』（佐藤和夫、）
　　HBJ 社 : "Language For Daily Use"（米国教科書、1972）
　　スコット・フォースマン社（米国教科書、1969/73）
　　Elizabeth Scofield: "Haiku, A New Poetry Experience for Children"
　　Kenneth Kock: "Rose, where did you get that red?
　　US Japan Foundation: "Three Years of Grantmaking: An Assessment"（1984.9）
　　English Mainichi: "Mainichi Daily News, 1983.4.18"

第 2 部

1　Japan Air Lines: "Haiku'64"（1964.9.4）

3　日本航空『季刊おおぞら No48』（1985 春）─俳句の国際化を図る
　　日本航空『季刊おおぞら NO49』（1985 夏）─囲碁の国際性

4　日本学生俳句協会『昭和 59 年度全国学生俳句大会入賞作品集』
　　水野あきら『小・中学生の俳句』（あさを社、1986.1.27）
　　日本航空『俳句の国の天使たち』（あすか書房、1988.1.20）

5　博報堂『広告』No248（1985.1・2 月号）─ジャック・スタム
　　『毎日グラフ』（1986.7.20）─カナダ交通博で行われた HAIKU イベント
　　日本航空『おおぞら』（1986.9 月号）─JAL ハイク・コンテスト
　　Japan Air Lines: "Out of the mouth…"（1987）

Japan Air Lines: "OHZORO" （1986.5）──Peter Waitt
日本航空『俳句の国の天使たち』（あすか書房、1988.1）

6　Japan Air Lines: "1987/88 JAL Haiku Contest in North America"（1988）

7　日本航空『季刊おおぞら No56』（1987 秋）
イタリア俳句友の会『イタリア俳句のあゆみ』（2005）
Japan Air Lines: "1988 JAL Haiku Contest in Japan"（1988）

9　Japan Air Lines: "The Way Kids See It"(1988)
日本航空『ハイク・ブック、世界のこども俳句館』（平凡社、1989.6.20）
松山市立子規記念博物館『俳句と HAIKU―第 20 回特別企画展』（1989.10.3）

10　日航財団『（財）日航財団設立申請書』（1990.3）
日航財団『航空文明 No21』（2000.8）──日航財団設立 10 周年、特別座談会
日航財団『地球歳時記 '90』（1991.3.25）
NHK 総合テレビ『地球の緑は 5・7・5』（1990）
大岡信『第十折々のうた』（岩波新書、1992.9.21）
岩波書店『へるめす No33』（1991.9）──ハイクが俳句に教えてくれる事（大岡信）
日航財団『地球歳時記 '92』（1993.3.31）
大岡信『新折々のうたⅠ』（岩波新書、1994.10.20）
大岡信『1900 年前夜後朝譚』（岩波書店、1994.10.21）
日本文体論学会編『俳句とハイク』（1994.11.10）
"Children's Haiku"──Forward（Makoto Ooka, CandyHall, 1995）
日航財団『航空文明 No1』（1995.7）──子供ハイクの国際化の意義（大岡信）

第 3 部

2　斎藤勇『英詩概論』（研究社）
Linda Hall: "Poetry for Life: A Practical Gide to teaching Poetry in the Primary School"(Cassell, 1989)
Japan Air Lines: "Out of the mouth…"（1987）
Japan Air Lines: "The Way Kids See It"（1988）
日航財団『地球歳時記 '90』（1991.3.25）

『語る兜太、わが俳句人生』（金子兜太、岩波書店、2014.6.25）

3 能勢朝次『三冊子評釈』（三省堂）
井本農一『芭蕉とその方法』（角川選書）
日航財団『地球歳時記第 10 集』(2009.3.25) ―生きもの感覚（金子兜太）
R.H.Blyth: "Haiku 1, Eastern Culture"（The Hokuseido Press）
鈴木大拙『禅と日本文化』（岩波新書）
日航財団『地球歳時記 '90』（1991.3.25）
Thomas Babington Macaulay: "The works of Lord Macaulay, vol.5"―Milton（August, 1825）
斎藤勇『斎藤勇著作集 4』―イギリス文学論集 1（研究社出版）
斎藤勇『英詩概論』（研究社）
Leigh Hunt: "Imagination and Fancy"
日航財団『地球歳時記 '90』（1991.3.25）
日航財団『地球歳時記第 4 集』（1997.4）―生きものたち、そして想像の楽しさ（金子兜太）
JAL 財団ホームページ :http://www.jal-foundation.or.jp/

人名索引

A Ackroyd, Joyce 139,140
  Aoun, Caroline 160,**162**
  天野威之 139
  Antonellie, Troy **141**
  有馬朗人 164,167,168
  有光次郎 92
  朝田静夫 92,101,149,180
  Ashbery, John 175
  Auger, Nicole **117**
  AVALLE, D'Arco Silvio 129
  Aziz, Azah 145

B Bach, Johann Sebastian 19,27
  Bain, Jeremy Duncan **171**,**192**,**208**
  Baker, W.L. **108**
  Ballero, Felice **131**
  Behn, Harry 74,78,79,195
  Blake, William 33,37,**80**,**81**,**192**
  Blyth, Reginald Horace 11,12,13,15,16,18,19,21,22,24,25,27,48,
    58,63,78,79,83,206
  Boucher, Sheila Williams 39
  Braun, Chris **113**
  Bridge, Amos **157**
  Brrennan, Willy **113**
  Buerschper, Margret 146
  Bunyan, John 35
  Burleigh, David 111,133
  Burroughs, William 29,31~34,36,38,51,52,62
  Byron, George Gordon 125

C Caen, Herb 55,61,62

Captain Ahab 182
Carr, Lucien 31,32,37
Carroll, Lewis 196
Cassady, Neal 34~38,41,44,45,47,48,62
Cayce, Edgar 47
Cervantes, Miguel de 35
Chang, Julie **108**
Charters, Ann 34,50
Chibisova,Maryya **162**
Ciola, Nicola 129,**130**
Cook, Thomas 188
Corso, Gregory 51
Clark, Ross 139
Crichton, John Michael 69
Cromwell, Oliver 208
Cummings, E.E. 167

D   Dante, Alighieri 209
da Vinci, Leonard 191
DeCosimo, Ryan **163**
Delgery, France 174
Delteil, Andre 146
Desamito, Christine 162
Diaz, Myrna 82
Dini, N.H. 146
Divinagracia, Jamie J. 172
Donnelly, Scott **175**
Dreiser, Theodore 35
Duncan, Robert 44
Dylan, Bob 34

E   Eastman, Max 126
江國滋 121

Einbond, Bernard Lionel **127**,128
Eisenhower, Dwight 61
Eliot, T.S. 53
Emerson, Ralph Waldo 19,50,54

F   Falkman, Kaj 156,164
Farr, John 18
Farrell, Anita **84**
Ferlinghetti, Lawrence 45,50,52,64
Ford, Kristianne Penton **140**
笛木あき子 **107**
藤岡和賀夫 92
藤松忠彦 105~108
福士昌寿 92,185,186

G   Gay, Gary 124
Gillespie, Dizzy 28
Ginsberg, Allen 28,29,31~34,37,38,**39**~**43**,44~48,**49**,52,58,61,62
Ginsberg, Louis 33,37
Goethe, Johann Wolfgang von 191
Goodman, Benny 31
Gotting, Doris 163,210,212
Guerin, Christopher D. **127**
Gunderson, Carla **138**

H   Hackett, James William 9,11~13,**14**~**15**,16,**17**~**20**,21~23,**24**,
         27,28,59,63~65,68,**88**,**105**
Hackett, Patricia 11,12,64,65
Hadian, Soekarno 157,166
Hall, Linda 196,197
韓濤（han tao）**193**
Hansson, Lene **174**
畑上洋平 **159**,**195**,207

人名索引

服部土芳 23,206
Harr, Lorrain E. 71
春海 13
Haverty, Joan 36
Hawker, J. **108**
Hearn, Lafcadio 25
Hemingway, Ernest 34,53
Henderson, Harold G. 63,70,76,78,79,119
Heuvel, Cor van den 58,59,63,126,128,135,155
Higginson, William J. 58,155,163
平山郁夫 147
久恒啓一 213
Hodson, Jenny **157**
Holidy, Billie 36
Holmes, John Cleon 29,31,52
Homer 200,208
Horn, W.J.Clayton 53
胡銓 (hu quan) 206
Huncke, Herbert 29,33,37,41
Hunt, Leigh 209
Huxley, Aldous Leonard 28
Hyun, Susanne **115,191**

I　　Iballa, Jennifer **138**
市ノ澤武士 101,182
飯田了子 **95,198**
池田真二 **104**
池松邦彦 147,187
猪俣寛彦 147,155
Ip, Joyce **171**
石田波郷 93,98
Island, Alia **113**

J	Janeira, Armando Martins 125
	Jefferson, Jennifer **127**
	Jouffroy, Alain 175
	Jung, Carl Gustav 28
K	柿本人麻呂 200
	Kammerer, Dave 32
	上林陽子 109
	金子兜太 95,97~100,102,105~108,166,167,169,200,207,212
	加藤武彦 106,108
	葛飾北斎 69
	川人朝代 93
	川上慶子 102
	河北秀也 155,157,169
	河村雄次 136,137
	川崎展宏 92
	川戸智美 **161**
	Keene, Donald 92
	Kerouac, Jack 28~32,34~38,45~57
	Kilbride, Jerry **124**
	Kirkup, James 132,133
	北岡美知子 181
	Klotz, Leigh L. **127**
	Knight, Arthur and Kit 40
	Knight, John 139,141
	小林平八郎 137
	小林一茶 **83,121**
	小林晋平 198
	Kock, Kenneth 79,81,82
	Krokna, Andrei **158**
	Kroll, Robert **127**
	久保田月鈴子 105
	窪田宗弘 **161**

櫛田隆士 95
楠本憲吉 98
鳩摩羅什、阿難陀 24

L　　Lamantia, Philip 45,46
　　　Lamb, Tania **140**
　　　Lear, Edward 196
　　　李芒（li wang）153,158,165
　　　Libro, Antoinette **127**
　　　Lifshitz, Leatrice **127**
　　　Littleproud, Brian 139
　　　Lixian, Wan **162**
　　　Loewenfeldt, Charles von 85
　　　London, Jack 35
　　　Louic, Charles **114**
　　　Lowell, Amy **25**

M　　Macaulay, Thomas Babington 170,207,208
　　　MacClure, Michael 44~46
　　　町田直 107
　　　Mahidol, Bajrakitiyabha 160,**162**
　　　Malinoski, Jennifer **114**,**116**,**199**
　　　正岡子規 **25**,**74**,166
　　　増田一夫 145
　　　松田義幸 88,90,92,136
　　　松田優作 121
　　　松尾芭蕉 23,**75**,**76**,**83**,121,**125**,128,166,**195**,**200**,206,207
　　　松尾静麿 88
　　　Maqguier, Melanie **171**
　　　Maugham, William Somerset 69
　　　McGrath, Amy **142**
　　　McKeown, Michael **140**
　　　孟浩然（Mèng Hàorán）**193**

Miller, Alton Glenn 31
Miller, Caroline **132**
Milstein, Gilbert 52
Milton, John **208**,209
三角綾子 **104,122,195**
水村カズエ 120
水野あきら 94~100,103,106,108,118,136,157,169,183
宮本由太加 93,99,152
宮崎敦江 **198**
宮沢明子 **198**
三好省三 186
Mountain, Marlene **135,167**
向井去来 23
Munby, Keith **66~69**
Murray, Jacqui 139,174

N　内藤鳴雪 125
中川宋淵 11,15~18
中村香織 **198**
Nakar, Anno **107**
中村草田男 93
中村ゆかり **122,123**
中曽根康弘 **104**,113,**194**
Nakatsu, Dan 2,8,10,64,65
ナオミ 32,37
夏目漱石 **75**
新名政仁 **158,161**
Nimz, Doris **113**
二宮康明 181
新渡戸稲造 107
野田一夫 137,145
能勢朝次 23,206
Noutsius, Sara **156**

O	落合英秋 213
	緒方宗博 11,15,16
	尾形仂 92
	岡田史乃 14,19,24,30,68,75,77,78,84,105,213
	岡崎俊城 181
	オキツ・ヒサツネ 121
	大平正芳 90
	大野明 151
	大岡信 169,170,173~176,209,212
	太田聡子 **132**
	Orlovsky, Peter 28,39,43~45,51
P	Papadopoulos, Paul G **84**
	Parker, Edith(Edie) 32
	Patchen, Kenneth 44
	Patriciu, Serban-George **172**
	Paz, Octavio 155,175
	Pengelly, Shannon **156**
	Perez, William E Avila **161**
	Pound, Ezra 47,53
	Presley, Elvis Aron 53
	Prince Charles 103
	Princess Diana 103
	Prammer 16,18
Q	Quinti, Jolanda **130**
R	Reagan, Ronald Wilson 70,150,180
	Remaut, Seth **142**
	Reumer, Wanda 156,165
	Rexroth, Kenneth 44~46,51,52,83
	Ribeiro, Vinicius Teixeira **173**
	Robinson, Carolyn 37

	Rodriguez, Rodicindo Y **162**
	Roosevelt, Franklin 60
	Roszak, Theodore 60,61
S	佐橋滋 90
	斎藤勇 209
	西東三鬼 93
	Salinger, Jerome David 125
	Salleh, Muhammad Haji 145,157,165
	坂本九 183
	坂田栄男 92
	Sanguineti, Edoardo 129
	佐藤和夫 2,69~71,88,90,92,93,102,103,106~108,111,112,114,116, 124,126,128,132,136,139,141,144,155,168,169,174
	佐藤義明 **198**
	沢木欣一 124
	Schubert, Franz Peter 19,27
	Scofield, Elizabeth 72,76
	Scougall, Steven **141**
	関口コオ 105,106,108,118,138
	センザキ・ニョゲン 11
	Shakespeare, William 79
	Shearing, George 36
	柴田昌明 101~105
	柴生田康子 213
	Shiels, Karena 39
	清水祐子 137,144,145,155
	下河辺敦 185
	塩田年生 186,187
	新沢晃義 **104**
	樗路（shu lu）206
	Smith, Rachel **141**
	Snyder, Gary 45,46,48,51,56,58,59,62

Solomon, Carl 41,42
園田良一 151,185~187
Spicer, Jack 44
Spiess, Robert 71
Stamn, Jack 103,111,116,118~123,132,139,144,155,
　　　　168,169,174,194
Stein, Gertrude 50
Stephen, Loiko **204**
Stevens, Sonya **142**
Stevenson, Nahhani **117**
Suarez, Maybelle **114,117**
菅野憲正 **158**
Suglia, Argo **130**
鈴木大拙 11,15,22,25,26,28,62,206
鈴木和代 **138**
鈴木幸夫 72
Swede, George 58,111,112,116,155,167

T　　多田裕計 72
　　田上さき子 **125**
　　高木養根 180
　　高浜虚子 25
　　武内龍二 88
　　滝田あゆち 188
　　玉井大介 **104,123**
　　田中角栄 149
　　Tang, Ky Van **162**
　　田沼武能 118
　　Tejada, Ismael Almena **162**
　　手島有紀 **175**
　　Thatcher, Margaret Hilda 150,180
　　Thomas, Dylan Marlais 121
　　Thoreau, Henry David 47,54

戸田暁子 **158,209**
利光松男 186
外山滋比古 91,92,132
Toynbee, Arnold 28
津田まり子 **122**
Tu, Diana **141**
Tudor, R.Geoffrey 2
Turner, Steve 28

U　内田望美 **123**
内田園生 129~131,134
有働享 66
上田眞 124,125
植原由美子 160
上野明紀 **198**
梅崎壽 151
浦達也 136

V　Vasio, Carla 129
Verhaaf, Tali Jane **157**
Virgilio, Nicholas 59,63
Vivardi, Antonio Lucio 49
Vollmer, Joan 32,33

W　Wairimu, Elizabeth **172**
Waitt, Peter 105,109~112,114~117,183
和気成祥 147,188
Walls, Jan 111~113,116,155
Wanjiru, Damaris **205**
渡部聡 **156**
Watts, Alan 9,46,55,62,89
Welch, Lew 45,62
Weinreich, Regina 58

Whalen, Philip 45,46,48,62
Whitman, Waldo 40,50,54,80
Williams, William Carlos 38~40,44,52,54
Wilson, J.D. 209
Wolfe, Thomas Clayton 35,53
Wordsworth, William 125
呉爽（wu shuang）**174**

Y　八鍬良雄 147,152
山田由貴子 **161**
山地進 151,**188**
山口幸典 **104**,190,200
山したまみ子 95,**104**,190,198
山下美喜 **198**
矢野恭子 213
Yasuda, Kenneth 84,85
与謝蕪村 25,26
吉野賢聖 98
吉野義子 124
Young, Lester Willis 36

Z　Zeman, Katie **191**
朱実（Zhu shi）153
Zolbrod, Leon 102~105,107,111,115,122

著者紹介

柴生田俊一（しぼうた・しゅんいち）

1939年、東京都生まれ。東京大学経済学部卒業。
1965～1996年、日本航空。1996～2001年、日航財団。2001～2005年、嘉悦大学。
日航財団常務理事（元）、嘉悦大学教授（元）。国際俳句交流協会常務理事（元）、俳誌『海程』同人（元）、俳誌『篠（すず）』同人（元）。

子ども地球歳時記（こどもちきゅうさいじき）

2019年11月16日　第1刷発行

著　者	柴生田俊一（しぼうたしゅんいち）
発行者	落合英秋
発行所	株式会社 日本地域社会研究所
	〒167-0043　東京都杉並区上荻1-25-1
	TEL (03)5397-1231(代表)
	FAX (03)5397-1237
	メールアドレス　tps@n-chiken.com
	ホームページ　http://www.n-chiken.com
	郵便振替口座　00150-1-41143
印刷所	中央精版印刷株式会社

©Shibouta Shunichi　2019　Printed in Japan
落丁・乱丁本はお取り替えいたします。
ISBN978-4-89022-247-6

日本地域社会研究所の好評図書

前立腺がん患者が放射線治療法を選択した理由
がんを克服するために

小野恒ほか著・中川恵一監修…がんの治療法は医師ではなく患者が選ぶ時代。告知と同時に治療法の選択をせまられる。正しい知識と情報が病気に立ち向かう第一歩だ。治療の実際と前立腺がんを経験した患者たちの生の声をつづった一冊。

46判174頁／1280円

こうすれば発明・アイデアで「一攫千金」も夢じゃない！
あなたの出番ですよ！

中本繁実著…細やかな観察とマメな情報収集、的確な整理が成功を生む。好きをお金に変えようと呼びかける楽しい本。アイデアのヒントは日々の生活の中に埋もれている。

46判205頁／1680円

高齢期の生き方カルタ ～動けば元気、休めば錆びる～

三浦清一郎著…「やること」も、「行くところ」もない、「毎日が日曜日」の「自由の刑（サルトル）」は高齢者を一気に衰弱に追い込む。終末の生き方は人それぞれだが、現役への執着は、人生を戦って生きようとする人の美学であると筆者は語る。

46判132頁／1400円

新・深・真 知的生産の技術
知の巨人・梅棹忠夫に学んだ市民たちの活動と進化

久恒啓一・八木哲郎著／知的生産の技術研究会編…梅棹忠夫の名著『知的生産の技術』に触発されて1970年に設立された知的生産の技術研究会が研究し続けてきた、知的創造の活動と進化を一挙に公開。巻末資料に研究会の紹介も収録されている。

46判223頁／1800円

大震災を体験した子どもたちの記録

宮﨑敏明著／地球対話ラボ編…東日本大震災で甚大な津波被害を受けた島の小学校が図画工作の授業を中心に取り組んだ「宮古復興プロジェクトC」の記録。災害の多い日本で、復興教育の重要性も合わせて説く啓蒙の書。

A5判218頁／1389円

日英2カ国語の将棋えほん
漢字が読めなくても将棋ができる！

斉藤三笑・絵と文…近年、東京も国際化が進み、町で外国人を見かけることが多くなってきました。日本に来たばかりの生徒も、この本を見て、すぐにみんなと将棋を楽しんだり、将棋大会に参加するなんてこともできるかもしれません。（あとがきより）

A4判上製48頁／2500円

――― 日本地域社会研究所の好評図書 ―――

脱・価格競争で売れ。

堀田周郎著…今だから話せる"播州ハムブランド"の誕生秘話。ロゴマークの作り方、マスコミの利用法など、実践的なアドバンテージ・マーケティングを解説。ブランディングとは小さな会社ほど簡単で、一歩抜け出すための最適な方法の構築を説く。

46判186頁／1700円

失われたバラ園

文…はかたたん／絵…さわだまり…福島県双葉町に「双葉バラ園」はありました。17歳の時、街角に咲く真紅のバラに感動した岡田勝秀さんが丹精込めて作り上げたバラ園です。でも、東日本大震災で立ち入り禁止になり、もう訪れることはできないのです。

B5判上製32頁／1400円

偉人の誕生日366名言集

久恒啓一編著…実業家・作家・政治家・科学者など古今東西の偉人たちはどう生きたのか。名言から、いい生き方や人生哲学を学ぶ。うるう日を含めた1年366日そばに置きたい座右の書！

46判550頁／3500円

77のことわざで学ぶ安全心得

黒島敏彦著…偶然ではなく必然で起こる事故。ことわざには、日常にひそむ危険から身を守り、予防するためのヒントがある。現場や朝礼でも使える安全心得をわかりやすく教えてくれる1冊。きっと役に立つ安全マニュアル！

46判208頁／1800円

企業が求める発明・アイデアがよくわかる本

中本繁実著…どうすれば小さな発想や思いつきが大きな成功へとむすびつくのか。ヒット商品開発者になれる。アイデアを企業に商品化してもらうための方法を説く。発明の極意とは？ 夢と志があれば夢をお金に変える方法を教えます！

46判229頁／1800円

おんがくかい

絵と文／きむらしょうへい…とうとう世界が平和になったことをお祝いする音楽会が、ルセール国で始まりました。さまざまな動物たちが、ちきゅう音楽を奏でます。音楽が聞こえてくるような楽しい絵本。

B5判上製30頁／1500円

※表示価格はすべて本体価格です。別途、消費税が加算されます。